이웅종헌의 반려견 이해하기

국립중앙도서관 출판시도서목록(CIP)

아동문학과 반공 이데올로기 / 선안나 지음. — 서울 : 청동거
울, 2009
　　p. ;　　cm. — (어른을 위한 어린이책 이야기 ; 08)
색인수록
ISBN 978-89-5749-115-7 93810 : ₩16000
아동 문학〔兒童文學〕 반공 문학〔反共文學〕
810.9-KDC4　895.709-DDC21　　　CIP2009000344

어른을 위한 어린이책 이야기 **08**

아동문학과 반공 이데올로기

2009년 2월 3일 1판 1쇄 인쇄 / 2009년 2월 11일 1판 1쇄 발행

지은이 선안나 / 펴낸이 임은주 / 펴낸곳 도서출판 청동거울 / 출판등록 1998년 5월 14일 제13-532호
주소 (137-070) 서울 서초구 서초동 1359-4 동영빌딩 / 전화 02)584-9886~7
팩스 02)584-9882 / 전자우편 cheong1998@hanmail.net

주간 조태봉 / 편집 김상훈 임연화 김은선 / 마케팅 김상석

값 16,000원

ISBN 978-89-5749-115-7

이 책은 한국예술위원회 문예진흥기금을 받아 제작되었습니다.

아동문학과 반공 이데올로기

선안나 지음

청동거울

야만의 역사 속 어린 생명들을 생각하며

이 책의 핵심 키워드는 어린이, 아동문학, 반공주의다.

첫째, 어린이를 주목한 까닭은 이러하다.

그동안 각 분야 학문 연구는 으레 어른 중심의 관점으로 이루어져
왔다. 그런데 동시대를 살았다 하더라도 연령, 계층, 지역에 따라 개
별 체험은 다르기 마련이다. 때문에 남성뿐 아니라 여성 관점의 연구
도 필요하며, 청소년과 어린이의 삶과 문화도 분야별로 조명되어야
한다. 그런 면에서 이 책에서, 지난(至難)한 현대사를 살았으나 여전
히 침묵 속에 묻혀 있는 어린이의 삶을 담론의 장에 일부나마 복원하
고자 하였다.

둘째, 어린이를 둘러싼 여러 영역 가운데 필자의 전공 영역인 '아
동문학'을 구심점으로 삼았다. 그리하여 어린이와 이데올로기의 관
계를 보다 밀도 있게 규명하고, 나아가 현대 한국 아동문학의 형성과
전개 과정, 주요 특질을 일정하게 밝히고자 하였다.

셋째, 반공주의는 오랫동안 한국의 사회 지배 이데올로기로 한국
인의 심성과 문화에 깊은 영향을 주어 왔다. 이에 반공주의와 어린이
의 영향관계를 살핌으로써, 궁극적으로 한국인과 반공 이데올로기의
상관관계를 일정하게 규명해 보고자 하였다.

이 책은 총 4부로 구성하였다.

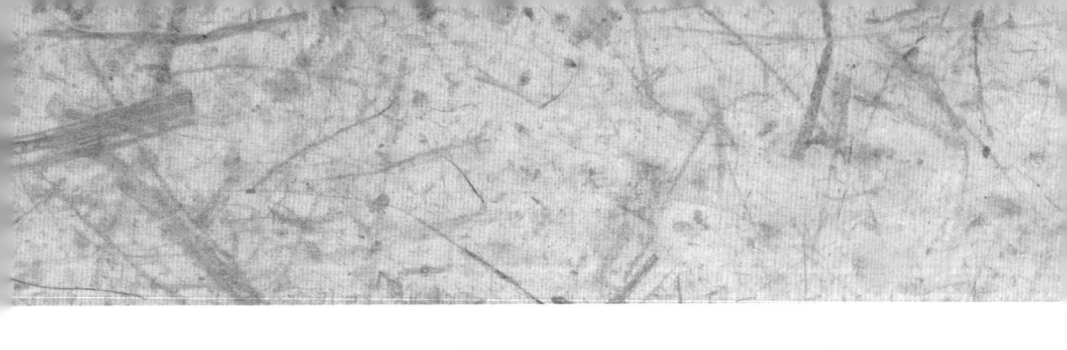

　1부에서는 한국전쟁과 반공주의의 정착을 다루었다. 반공 이데올로기가 어린이에게 왜 문제가 되는지를 서두에서 밝히고, 반공주의의 개념과 정의, 형성과 전개 과정을 살폈다. 그리고 반공을 내면화하게 된 시기인 한국전쟁의 과정에서, 한국의 어른들이 어린이들에게 어떤 관점과 태도를 취하였는지 알아보았다.

　2부에서는 교육과 문화, 일상의 영역에서 어린이들에게 반공 이데올로기가 주어진 양상을 탐구하였다. 한국전쟁 이전의 교과서와 전쟁 중에 발행된 전시 교재, 전후의 교과서를 검토하여 반공 담론의 등장이 언제 어떤 내용으로 전개되었는지 알아보았다. 반공과 함께 등장한 친미, 반북, 국가주의, 전체주의 이데올로기 등도 검토하고, 어린이의 생활 속 반공의 환경도 함께 조명하였다.

　3부에서는 아동문학의 장에 반공문학이 창작되고 반공주의가 자리잡게 되는 과정을 잡지와 단행본으로 나누어 살펴보았다. 전쟁으로 종군작가들이 가장 먼저 반공문학을 창작한 이래, 반공이 하나의 자명한 문화로 자리잡게 되기까지 어떤 작가와 작품들이 있는지 훑어보았다.

　4부에서는 대표적인 반공주의 작가의 작품을 보다 면밀하게 분석하고, 동시대 아동문학의 전반적 지형을 전체적으로 개괄하였다. 그리하여 마지막으로 반공주의가 한국 아동문학에 어떤 내적·외적 영향을 불러왔으며, 한국인의 심성에 무엇을 새겼는지 조심스럽게 정리하였다.

　거칠고 부족한 글이지만, 잔혹한 현대사를 헤쳐 왔던 한국의 어린이의 삶과 문학을 처음으로 폭넓게 복원해 보았다는 데 의미를 둔다.

아동문학은 소외된 학문이라 선행연구가 없을 뿐 아니라, 기본 자료도 없어서 서울의 도서관들은 물론이고 강원, 부산, 충남, 부천…… 자료를 찾아 전국을 뒤져야 하는 어려움이 있었다.

목도한 진실을 쓰기도 쉽지 않았다. 누구도 하지 않았던 말을 해야 하는 어려움이나, 여전히 지난 시기의 자장(磁場)에서 자유롭지 않은 한국 아동문학의 장에 속한 일원이기도 한 점은 차라리 괜찮았다. 그보다 유년기에 동화를 통해 영혼의 자양분을 취했던 이들, 잔혹한 시공간을 살며 척박한 아동문학을 일구어 왔던 이들을 이데올로기의 문제로 분석하고 비판해야 함이 버거웠다. 그러나 도도한 객관적 진실 앞에서 소소한 개인적 심회는 마땅히 접어야 할 일.

세상 속에서 공평무사와 평등이 더 많이 실현되길 바란다. 그러나 강자와 약자, 가진 자와 못 가진 자 사이에 언어의 양극화가 더 심해지고 있는 현 시국을 걱정하며, 역사 속에서 현실에서 여전히 침묵하는 약자들에 대해 생각한다.

2009년 새해 첫 달
선안나

|차례|

● 머리말 5

제1부 한국전쟁과 반공주의의 정착

반공 이데올로기와 어린이 ● 13

반공주의의 정착과 양상 ● 17

어린이의 희생을 강요한 국가, 어른들 ● 25

가족 대 가족의 무한 생존경쟁 ● 30

제2부 반공교육과 일상적 실천 환경

전쟁 전후, 반공정책과 교과서 ● 39

전쟁체험을 반공체험으로 ● 46

타인의 담론과 어린이의 허위의식 ● 54

친미, 반북의식의 주입 ● 61

국가주의, 전체주의 교육 ● 66

이승만 우상화와 반공의 일상화 ● 73

제3부 아동문학과 반공주의

전후 아동문학과 아동잡지 ● 81
최초의 반공작품 창작 실태 ● 95
반공문학의 패턴과 논리 ● 108
전후 어린이책의 현황 ● 119
일반문인들의 아동문학 창작 ● 127
전후 아동문학인들의 활동 ● 135

제4부 반공작품 자세히 읽기

반공주의 작가와 작품들 ● 145
마해송의 『앙그리께』분석 ● 150
강소천의 『그리운 메아리』외 ● 165
전후 한국 아동문학의 지형 ● 181
한국 아동문학사와 반공주의 ● 200
마무리 ● 207

● 부록 | 반공아동문학 작품 사례
   철이는 살아 있다 | 박경종 213
   38°선상의 소 | 박계주 221
   동해물과 백두산이 | 작자 미상 231
● 찾아보기 237

단편소설
싸우는 병정

제1부
한국전쟁과 반공주의의 정착

반공 이데올로기와 어린이
반공주의의 정착과 양상
어린이의 희생을 강요한 국가, 어른들
가족 대 가족의 무한 생존경쟁

반공 이데올로기와 어린이

아동문학은 어린이들이 즐기는 문학이다. 순수해야 할 아동문학에 웬 이데올로기 논의인가 하는 의문을 가질 사람이 있을지 모르겠다. 그러나 한 사람의 정체성은 사회적·문화 환경적 요인들에 의해 많은 부분 형성된다는 점에서, 주어지는 정보를 스펀지처럼 흡수할 뿐 비판력이 없는 유년기와 이데올로기의 관계는 특별히 심도 있게 연구되어야 할 필요성이 있다.

한반도에도 매 시대 특정 이데올로기가 어린이들에게 주어져 왔다. 그 중에서도 반공주의는 현대 한국과 한국인의 심성에 깊은 영향을 준 문제적 이데올로기로 손꼽을 수 있다.

아래의 기사를 한번 살펴보자.

지난 23일 오후 5시 30분께 서울 여의도 〈한국방송〉 정문 앞에서 '공영

방송 지키자'는 손팻말을 들고 1인 시위를 벌이던 박아무개(49·여) 씨가 대한민국 어버이연합회 소속 회원 6~7명으로부터 집단구타를 당했다. 이 단체 회원들은 1m 길이의 손팻말용 각목으로 박 씨의 머리 등을 때린 뒤 박 씨가 쓰러지자 발로 밟았다. 박 씨는 "갑자기 나에게 다가와 '빨갱이에게 맛을 보여주자'고 하더니 누군가가 손팻말 각목으로 머리를 내리쳐 넘어진 상태에서 발길질을 당했다"고 말했다. 병원으로 옮겨진 박 씨는 곳곳에 멍이 들었고 허리와 목 통증을 호소하고 있다.

— 2008년 6월 24일《한겨레신문》(www.hani.co.kr)

위의 기사는 '공영방송을 지키자'는 취지로 1인 시위를 하던 시민에게, 우익 관변단체 회원들이 '빨갱이'라며 백주에 폭행을 가했다는 내용이다.

이 기사는 2008년의 한국 사회 현실을 보여준다. 동서냉전 시대가 막을 내린 지가 언제인데, 한반도에서는 공동묘지에서 유령이 걸어나오기라도 한 듯 때 아닌 색깔 담론이 한창이다. 10년 만에 간첩 원정화의 구속 발표, 연세대 오세철 명예교수의 국가보안법 구속 등 공안정국의 부활 조짐은 물론이고, 관변단체 회원 등 우익 성향의 국민들이 자발적으로 나서서 정부에 반대하는 시민들을 무조건 '좌파', '빨갱이'로 매도하는 것을 볼 수 있다.

고길섶은『우리 시대의 언어게임』에서, "대중들은 스스로 반공 이데올로기를 생산하고 스스로 '반공하는 삶의 주체'로 만들었다. 이것은 민주화운동이나 통일운동 등 현실 변혁을 무력화, 지연시키는 커다란 장애물이 되었다"라고 하였다. 기존 권력이나 질서에 도전하는 모든 저항의 움직임에 대해 '좌경', '용공' 등으로 '빨갱이' 딱지를 붙여버림으로써 저항자들은 꼼짝없이 주저앉게 된다는 것이다.[1]

한국에서 국가 권력은 법과 제도 및 물리적 폭력을 통한 지배뿐 아니라 교육과 문화 일상의 영역에서 다양한 상징 조작을 통해 반공 이데올로기를 지속적으로 관철시켜 왔다. 이명박 정부의 미국 쇠고기 협상 실책을 비판하는 시민들에게 즉각 색깔 공세를 펴는 '반공하는 삶의 주체'들을 보며, 기득권 위주의 질서 유지에 봉사하는 '대중적 지지 기반'이 우리 사회에 여전히 뿌리 깊게 자리하고 있음을 확인하게 된다.

그렇다면 분단 이후 지금까지 한국 사회의 불평등한 질서를 정당화하고, 보호하고, 그것을 재생산하게 하는 '반공규율 권력'은 언제 어떤 과정을 통해 생성되었을까?

이 지점에서 비판력이 형성되기 이전의 어린이 전체에게 주어진 반공교육의 의미를 묻게 된다. 어린이의 '어린이성'을 표적으로 하여 어른들이 자신의 희망과 기대를 위탁한 것은 20세기 근대적 특징 가운데 하나인데,[2] 한반도에서도 어린이는 이념상의 무구함과 신체적 미래성 때문에 '이데올로기적 신념의 수용기(受容器)'로 여겨져 왔다. 그 가운데서도 반공주의야말로 대표적 사례로 손꼽을 수 있을 것이다.

과연 한국에서 반공 이데올로기는 언제 누가 어떻게 어린이에게 주기 시작했으며 그 내용은 어떠한 것이었을까? 왜곡된 근현대사와 아동문학은 과연 어떤 영향 관계를 갖고 있으며, 한국전쟁 당시 및 전쟁 이후 반공주의는 어린이의 삶에 어떤 양상으로 주어졌을까?

이 책에서는 '아동문학' 분야를 중심으로, 어린이를 둘러싼 교육과

---

1 고길섶, 『우리 시대의 언어게임』, 토담, 1995, 233쪽.
2 혼다 마스코, 구수진 옮김, 『20세기는 어린이를 어떻게 보았는가』, 한림토이북, 2002, 87쪽.

문화 그리고 일상 환경에 반공주의가 처음 자리잡는 양상을 객관적 자료를 통해 살펴볼 것이다.

반공주의의 정착과 양상

반공주의는 '공산주의에 대하여 적대적이고 배타적인 논리와 정서'를 말하며, 그 중에서도 한국에서는 '북한 공산주의 체제 및 정권을 절대적인 악과 위협으로 규정하고 그것의 철저한 제거 또는 붕괴를 전제'하는 말을 뜻한다.

그런데 여타의 반공국가들과는 달리, 한국의 반공주의는 독특한 역사적·물리적 환경 속에서 거듭 변화되고 심화되었기 때문에, 개념과 특성 역시 한반도의 역사적 상황 속에서 파악하고 해명해야 한다.

한반도에서 반공주의는 일제강점기에 처음으로 등장하였다. 그 원인으로는 '국제 공산주의 운동의 영향'과 '독립운동 세력 간의 갈등'이라는 두 요소를 손꼽을 수 있다. 이때의 반공주의는 밖으로부터 위로부터 주어진 이데올로기였으며, 한반도의 생활과 문화 속에서 자생적으로 발생한 이념이 아니었다. 주지하다시피 이 시기에 활동한

민족주의자나 독립운동가 중 다수가 사회주의자였는데, 조선을 강점한 일본 제국주의자들에게 이들은 '치안유지법'을 적용하여 제거해야 할 적이었지만 조선 민중에게는 아군이었다. 독립운동 세력들 간의 갈등 역시, 사상은 서로 다를지라도 독립을 추구한다는 면에서 민중들은 동등하게 받아들였다. 일부 극우파를 제외하고는 조선의 민중들에게 좌파에 대한 거부감이 없었다는 뜻이다.

해방 직후에도 마찬가지였다. 서구 열강이 각축을 벌이는 국제 현실 속에서 식민지에서 갓 해방된 나라는 아직 너무나 위태로웠다. 따라서 이때는 '반외세' 정서를 바탕으로 한 민족주의가 사회 지배 이데올로기의 위치에 있었으며, 전반적 사회 분위기는 오히려 좌파 분위기가 짙었다.[3]

이승만과 우익은 반공주의를 주장하였지만, 파벌을 초월하여 전체 민족이 힘을 합쳐 통일국가를 수립하여야만 한다는 인식이 폭넓게 형성되어 있었기 때문에 이 주장은 힘을 가질 수가 없었고, 그래서 주창한 개념이 바로 민족주의를 근간으로 한 '일민주의'였다. 우리 민족은 일민(一民)이고, 우리는 시급히 자결, 자급, 자일(自一)하는 것에 온 힘을 기울여야 하기에, 나누어지는 데서 죽고 일(一)에서 산다고 주장하였다. 그러나 대세에 영합하여 민족주의의 외피를 빌렸을 뿐이지, 일민주의의 실제 내용은 반공주의였다.[4]

---

3 《동아일보》, 1946. 8. 13. ; 국사편찬위원회, 『자료대한민국사』, 104~105쪽.
　1946년 8월 미군정청에서 실시한 여론조사(8,453명)에서 "귀하의 찬성하는 것은 어느 것입니까?"라는 질문에, "공산주의 7% 자본주의 15% 사회주의 70%"라는 결과가 나온다.
4 이승만, 『일민주의개술』, 일민주의출판회, 1956. ; 이관후, 「국가형성기의 한국 민족주의 : 한국전쟁과 통치 이념의 변화-일민주의에서 반공주의로」, 서강대 대학원 석사, 2003, 73쪽.
　"민주주의로 공산주의를 대항하는 것은 사상이 너무 평범하여 이론상 엄밀한 조리에 들어서는 공산주의 선전을 대항하기 어려울 것이므로 일민주의 하에서 사대 정강을 정하여 한 정당을 세워 일변으로 공산주의를 배격하며 일변으로는 민주주의의 영구한 토대로 삼기로 한 것이니……"

그러다 한국전쟁의 체험으로 반공주의가 사회 지배 이데올로기로 자리잡게 되어 더 이상 민족주의를 전유할 필요가 없어지자, 일민주의 또한 사라지게 된다. 대신 '지도자를 중심으로' 하나로 뭉쳐야 함을 역설하던 일민주의의 '강력한 영도자론'만 이승만 개인 우상화로 이어지게 된다.

대통령 각하께서 영수 할아버지를 보시더니 가까이 다가 오셔서 할아버지의 손을 붙드시고,

"영감! 얼마나 고생하였소."

하시며, 붙드신 손을 놓으실 줄을 모르셨다. 할아버지는 아무 말도 못 하시고, 고맙고 황송한 마음에 눈물만 흘리고 계셨다. 영수가 할아버지의 옷자락을 붙들자 대통령 각하께서는 영수의 머리를 쓰다듬으시며,

"너의 할아버지로구나! 잘 위해 드려야 한다." 하셨다.

— 「백성을 사랑하시는 어른」 중에서.[5]

사실 전쟁 이전이나 전쟁 중 그리고 이후에도 이승만에게 '국민은 없었다'[6]는 점을 상기해 볼 때, 위의 글은 교육제도를 사유화하여 학령기 아동 전체에게 거짓 이미지를 주입하였다는 비판을 하지 않을

---

5 국민학교 도의 독본, 『착한생활』 4학년, 1955, 73~74쪽.
6 김동춘, 『전쟁과 사회』, 돌베개, 2000, 91쪽.
"미국은 이미 1949년 6월에 전쟁에 대비하여 제8군과 극동공군 및 해군사령부가 참여하는 재한 미국인, 영국인과 프랑스인, 유엔 한국 위원단의 철수 계획을 수립하여 (서울신문사 편, 『주한미군 50년』, 행림출판사, 1975, 138쪽) 전쟁이 발발하자 곧바로 실행에 옮겨 단 한 명의 민간인도 다치지 않고 일본으로 수송하는데 성공했다. 그러나 이승만은 이런 노력을 전혀 하지 않았으며, 전쟁 발발 후에도 자신은 몰래 도피한 채 거짓 방송을 계속하였고, 한강 이북에 수만 명의 국군과 경찰, 은행권과 국민들을 그대로 둔 채 한강다리를 폭파시킴으로써 헤아릴 수 없는 희생을 가져왔으며, 예고 없이 다리를 폭파함으로써 피난 중이던 4천 명 이상의 사람들이 물귀신이 되는 등 아비규환의 참상을 초래하였다."

수 없다.

어쨌든 한국전쟁으로 전체 국민이 전쟁의 공포와 고통을 생생히 체험한 이후에 반공주의는 단숨에 남한 사회의 지배 이데올로기로 자리잡게 되었다. 서로 죽고 죽이는 전쟁 과정을 통해 적극적인 반공 세력이 국민 내부에서 생성되었으며, 전쟁 상황 특유의 적개심은 남한 국민과 국가를 쉽게 일치시켰다. 공산 침략에 대한 두려움과 그것이 가져온 고통과 궁핍이라는 '산 경험'은 이후 반공담론 생성의 마르지 않는 원천이 되고 있는 것이다. '북한의 도발'로 인해 전쟁이 시작되었다는 사실 때문에 전쟁으로 인한 불행, 고통이 모두 김일성과 북한에 전가됨으로써, 이승만 정권의 반공주의는 어떤 강압적 수단이나 이데올로기로도 얻을 수 없는 정당성을 획득하게 되었다.[7]

그런데 이승만의 반공주의는 체험적 생애를 통해 내면화한 '친미사상'으로부터 비롯된 것이었음을 주목할 필요가 있다. 이승만이 배제학당에서 접하게 된 '기독교를 통한 조선개화론'은 10대 이후 그의 사상에 일관된 영향을 미쳤으며, 그에게 정치적으로 결정적 영향을 준 서재필과 윤치호는 서양문명 부강의 원천이 기독교에 있다고 확신하고 조선도 그 길을 따라야 함을 국민들에게 줄곧 역설하였다. 특히 5년에 걸친 투옥기간 중 선교사들의 보살핌을 받으며, 이승만은 기독교와 서구문명을 일치시키고 선교사들이 가지고 있던 '서구 중심적 관념'을 내면화하였다.[8]

미국=기독교=민주주의의 도식은 소련=종교탄압=공산주의의 이분법적 대타개념 위에 성립되었다. 즉 반공주의의 냉전적 사고 이면에는 공산주의를 추상적 관념인 '악'으로 규정하는 '종교적 가치

7 조현연, 『한국현대정치의 악몽-국가폭력』, 책세상, 2000, 23쪽.
8 이정식, 권기붕 옮김, 『초대대통령 이승만의 청년시절』, 동아일보사, 2002, 277쪽.

관'이 내면화된 채 사회 각계로 파급되었던 것이다.

허명섭은 박사논문 「해방 이후 한국교회의 재형성 : 1945~1960」 에서 이렇게 서술하였다.

공산주의 유물론과 계급투쟁론 그리고 도덕관념 등은 기독교가 전혀 수용할 수 없는 것이었다. 그래서 한경직 목사는 공산주의를 '묵시록에 있는 붉은용'과 동일시하면서 기독교인들에게 '이 용을 멸할 자 누구냐' 고 촉구하며 공산주의자들과의 싸움을 독려하였다. 이명직 목사도 공산 주의를 계시록의 '붉은용'과 동일시하며, 적그리스도를 상징한다고 보았 다. 한국의 대표적인 보수주의 신학자였던 박형룡 박사도 공산주의를 '붉 은용'이라고 부르면서 그에 철저히 반대하였다. 공산주의와 그 종주국인 리시아에 계시록 12장에 등장하는 마귀의 이름을 붙여 종교적인 의미를 부여했던 것이다.[9]

UN군 민간정보교육국에서 1950년에 발행한 초등부 지침서 『민주주의와 평 화, 공산주의와 전쟁』[10]을 보면 책 표지 에 흰 옷을 입고 피리를 부는 여인과 총 을 든 채 거꾸러지는 검은 그림자가 선 명히 대비되어 있다. '천사'와 '악마'를 즉자적으로 떠올리게 하는 이미지는 정 치적 차원의 문제를 종교의 차원으로 전 이시킴으로써, 공산주의자와의 전쟁을

9 허명섭, 「해방 이후 한국교회의 재형성 ; 1945~1960」, 서울신학대 대학원 박사, 2004, 83쪽.
10 UN 민간정보교육국, 『민주주의와 평화, 공산주의와 전쟁』(UNIT NO.12.), 1950.

선과 악의 싸움을 수행하는 '성전(聖戰)'으로 인지시킨다. 내용의 서술 방식에서도 기독교적 언술을 발견하기란 어렵지 않다.

> 팟쇼주의나 나치스주의나 군국주의나 공산주의가 똑같은 것들이다. 이 모든 주의자들의 통치하는 방식은 다 백성의 권세를 빼앗고 또 사실로 백성을 종으로 만드는 것이다. 모든 권세는 다스리는 몇 사람의 손에나 혹은 독재자 한 사람의 손에 들어간다. (중략)
> 백성들에게 말하기를 자기네 국경 밖에 여러 나라와 여러 민족이 자기네를 정복하려고 위협하고 포위하고 자기네 생명선을 끊어버리고 혹은 정당하게 나아가는 길을 막고 혹은 하나님께서 자기들에게 주신 지경(地境)을 침범할 위험이 있다고 충동하였다.[11]

위의 예문은 국제 질서의 패권을 추구하는 미국의 반공주의와 기독교가 제도 매체를 통해 전파되는 구체적 양상으로써, 일제 식민지 기구에 의한 반공주의와 더불어 민족 외부로부터 그리고 위로부터 국민들에게 주입한 이데올로기의 사례가 되겠다.

이처럼 한국의 반공주의는 전쟁의 체험에 종교적 가치가 내면화된 형태로 주어졌기 때문에, 남한 국민의 심성에 더욱 깊고도 집요한 영향을 지속적으로 미치게 된다. 공산주의자는 반드시 없애야만 할 '악'이므로, '사람'도 아닌 '빨갱이'의 제거에 양심의 가책을 느낄 일말의 필요가 없고, 반공은 곧 선을 구현하고 진리를 따르는 일이므로 당연하고도 정의로운 행동으로까지 여겨지게 된다.

그러나 수많은 국민이 희생되고, 국토는 황폐화되고, 폭력의 유산

---

11 UN 민간정보교육국, 위의 책, 16~20쪽.

을 구조적으로 물려받게 된 한국전쟁은 과연 누구에 의한, 누구를 위한, 어떤 전쟁인가? 절대다수가 피해자인 이 전쟁에서 이익을 본 사람들은 누구인가를 따져보지 않으면 안 된다.

결론적으로 말해 극단적 방법을 써서라도 '자신들을 중심으로 한 통일 권력을 가지고자' 했던 '남북한 핵심 정치 지도자와 핵심 지배 집단'에 가장 큰 책임이 있다. 물론 자신들의 전략에 맞는 국가를 만들기 위해 극좌와 극우의 정치지도자가 권력을 장악하게 하였던 미·소의 점령정책에 더욱 근원적인 책임이 있으며, 한반도 민중이 외세를 배격할 입장도 힘도 갖지 못했던 것은 식민지 지배의 결과였기 때문에 한국전쟁은 일제 침탈의 직접적인 결과로 볼 수 있다. 한국전쟁의 최대 수혜자는 미국과 중국, 일본, 그리고 남북한의 지배집단이었으며, 최대의 피해자는 침전했다가 죽고 다친 군인과 그 가족들, 이산가족, 피학살 민간인, 장기수, 미군 범죄의 피해자, 기아선상의 북한 주민, 과도한 군사비 지출로 인해 응당 누려야 할 복지 혜택을 누리지 못하는 대다수 남북한 민중들인 것이다.[12]

전쟁을 통해 핵심 지배계급은 막대한 부와 이득을 쌓고 세습을 하였는데,[13] '국가 안보'를 내세운 반공주의는 기득권을 지키는 데 가장 강력하고 효율적인 도구가 되었다. 이승만은 자신에 대한 비판을 국가에 대한 비판으로 치환시켜 용공혐의를 씌움으로써 반대자를 제거 또는 억압하는 방식으로 독재를 일삼았고, 60~70년대의 박정희

---

12 김동춘, 『전쟁과 사회』, 돌베개, 2000, 307쪽.
13 장상환, 「한국전쟁과 경제구조의 변화」, 한국정신문화연구원 편, 『한국전쟁과 사회구조의 변화』, 백산서당, 1985, 170~189쪽. 전쟁을 전후하여 있었던 농지개혁 때 일본인이 남기고 간 귀속재산을 친미 세력과 상인들에게 연고자 위주로 헐값 방매함으로써 신흥 재벌을 양성하였다. 서재진의 연구에 의하면, 57대 자본가의 75%가 50년대에 기업을 설립하였다.(1985) 소수 정상배들의 횡재와, 자유당계 기업에 대한 특혜금융은 한국자본주의를 매판적, 관료독점적, 기생적 성격으로 만들었다.

도 마찬가지였다.

권혁범은 이렇게 오랜 세월 재생산된 반공주의 회로는 모든 불법적이고 부패한 현실을 코앞에 보면서도 순응하고 사는 버릇, 이것을 통해 유지되는 집단적 범죄행위에 대한 동참과 인정의 정치 사회적 문화를 더욱 강화하는 데 이바지하였다고 진단한다. 체제순응성을 강제하는 정치 사회화 과정을 통해 불균형 발전과 사회 이익의 불균등 재분배로부터 오는 사회적 약자의 저항을 효과적으로 봉쇄하고 길들이는 역할을 수행한다는 것이다.[14]

정부 수립 이후 2008년 현재까지도 정부나 기득권의 잘못에 대한 대응의 움직임이 있을 때마다 어김없이 등장하는 색깔론은, 한국에서 반공 이데올로기가 가진 자의 이익을 지키는 데 얼마나 유용한 도구인지 여실히 보여준다.

---

14 권혁범, 『우리 안의 파시즘』, 삼인, 2000, 60~61쪽.

어린이의 희생을 강요한 국가, 어른들

　어린이의 삶은 그 시대 그 사회의 경제구조, 가족 조직 및 어린이 위치와 관련하여 성인들이 어린이를 어떻게 생각하느냐에 따라 절대적인 영향을 받게 된다. 그렇다면 대한민국 정부에 '어린이'는 과연 어떤 존재였을까?

　우리 나라에 근대적 의미의 아동복지 관련 사업이 시작된 것은 개화기 이후 외국 종교단체들이 들어와 선교활동을 겸하여 육아 및 구호사업을 실시한 것이 시초이다. 공적 부조의 법규 시초는 일제가 1944년 3월 1일 자국의 '구호법'을 토대로 하여 12년 늦게 제정한 '조선구호령'이다. '모자보건법', '의료보호법' 등이 종합되었다고 하지만, 조선구호령의 실제적 성격은 조선인을 학도병이나 징용으로 차출하기 위한 대가로 지불한 치안상의 선심정책에 불과했다.

　해방후 미군정시대에는 기아 방지, 최저생계 유지, 의료보호 등을 위해 1946년 아동노동법규(어린이 노동보호)가, 1947년에는 미성년자 노동보호법이 제정되었다. 그러나 과도기의 사회 혼란에 대처하기 위해 임시방편적인 행정 각서와 행정 지침을 발부하는 정도였지, 미군정 당국은 체계적인 복지제도의 발달에는 관심이 없었다.[15]

그러다 1948년 남한 정부가 수립되었으나 50년대 내내 어린이를 위한 어떤 복지정책도 세우지 않았다. 오히려 국가는 어린이에게 나라를 위해 목숨을 내놓을 것을 공식적으로 요구하였다. 문교부는 '우리의 맹세'를 제정하여 어린이들이 읽는 모든 종류의 책에 빠짐없이 인쇄하게 하고, 학교에서 날마다 아래 내용을 외우게 하였다.

첫째, 우리는 대한민국의 아들 딸, 죽음으로써 나라를 지키자.
둘째, 우리는 강철같이 단결하여 공산침략자를 처부수자.
셋째, 우리는 백두산 영봉에 태극기 날리고 남북통일을 완수하자.

국가는 1949년 7월부터 전 국민이 읽는 모든 잡지에 '우리의 맹세'를 의무적으로 싣게 하였다. 즉 전쟁 발발 이전부터 국가는 어린이의 개별 삶과 연관이 없는 반공 이데올로기를 제도적으로 어린이에게 강요하였음이 확인된다.

이승만 정권은 북진통일을 외치며 경찰조직을 중앙집권적으로 강화하여[16] 준전시 체제를 구축해 나갔다. 제주 4·3사건 및 여순사건

---

15 김명남, 「아동복지정책에 관한 연구」, 단국대 정책경영대학원 석사, 2001, 6쪽.
16 강혜경, 「한국경찰의 형성과 성격 (1945-53)」, 숙명여대 박사, 2002, 16~54쪽.
   해방후 미군정은 한반도에 진주하면서 맨 먼저 경찰권을 인수하여 경찰기구를 중앙집권화시키는 한편, 일제 경찰을 재임용하고(해방 시 일제 경찰 26,677명 중에서 조선인이 40%인 10,619명이었다. 이중 80%가 47년까지 재고용되었다) 신규 인력 충원에 있어서도 극우적 성향의 청년들을 대거 기용하였다. 따라서 해방후 한국 경찰은 일제 경찰과 북한에서 부일 등 반민족 행위자로 쫓겨 온 경찰, 우익 청년들로 채워져 일제 치하에서와 다름없는 인권 유린과 억압 정책이 행해졌다.

등 국가폭력으로 인한 희생자가 40년대 후반에 이미 십수만에 이르는 상황이었는데, 그 속에는 영유아 및 아동도 다수 포함되었다.[17] 전쟁을 충분히 예상할 수 있는 상황에서 이승만은 국가의 수반으로서 아무런 대책을 강구하지 않았고, 오직 미국의 참전 여부에만 신경을 썼다. 전쟁 발발 당일에도 주미 대사를 만난 자리에서 "이 상황은 아무에게도 놀라운 일이 아니다. 나는 오래 전부터 이와 같은 사태를 경고해 왔다"며 "여성이나 아이들도 나와서 막대기나 돌멩이를 갖고서라도 싸워야 한다"[18]고 말하였다. 위기 시에 '국가와 민족의 이름으로' 여성과 어린이까지 당연히 호출하는 모습을 볼 수 있는 것이다. 물론 북한의 경우도 실제로 어린 인민군 병사를 대거 징집하여 전쟁터에 보내 전쟁 도구로 삼았다. 남북한의 기득권 세력이 벌인 싸움에, 힘없는 국민들과 죄없는 어린이들끼지 헤아릴 수 없이 희생을 당해야 했던 것이다.

한국전쟁으로 인한 인명 피해는 실로 엄청났다. 수많은 어린이가 전쟁 과정에서 죽고 다치고 집과 가족을 잃었다.[19]

---

17 김종민, 「제주 4·3 항쟁, 대규모 민중학살의 진상」, 『역사비평』, 1998, 봄.
　　제주 4·3 항쟁 당시 이승만 정권은 제주도 해안선에서 5km 떨어진 지역을 무조건 적성(敵性)지역으로 지정하여 초토화 작전을 감행하여, 젖먹이부터 노인까지 남녀노소 가리지 않고 3만여 명을 학살하였다.

18 Foreign Telations of the United State(미 국무성 외교문서), Vol.n.1950, p.130. ; 김동춘, 『전쟁과 사회』(돌베개, 2000)에서 재인용.

19 전쟁 발발 후 미 공군의 무차별 폭격은 사실상 어린이를 포함한 모든 한국인을 잠재적 적으로 취급한 학살 행동이었고, 50년 겨울 이후 잔류 인민군 및 빨치산을 소탕하는 국군의 작전 과정에 지리산 일대 지역의 민간인 대량 학살이 벌어졌다. 2월 8일 산청군 금서면 가현마을에서 하루 동안 학살당한 사람만 해도 529명으로 추정되는데 그 중에는 10살 미만의 어린이가 100여 명 포함되어 있었고,(김동춘, 앞의 책, 217쪽) 2월 10일부터 3일간 있었던 거창 학살사건의 경우 살해당한 마을 주민 752명 중 3세 이하의 영아가 119명이었고 14세까지의 어린이는 259명이었다.(박명림, 「한국전쟁과 한국정치의 변화」, 한국정신문화연구원 편, 『한국전쟁과 사회구조의 변화』, 2002, 67쪽) 북한군의 남한 점령 지역에서의 학살당한 민간인의 수는 남한 정부의 공식 추계로는 12만 8천 936명인 것으로 집계되었는데, 전북 옥구군 미면의 경우 9월 27일부터 29일 사이에 반동분자 및 그 가족 574명이 집단 학살당했고, 미면 신풍리에서 학살된 66명 가운데는 24명의 여자와 4살 난 어린아이도 포함되어 있었다.(권영진, 「6·25 실상 다시 본다」, 『역사비평』, 1990, 봄, 302쪽)

삶의 각 시기는 그 자체로 완결되는 생의 내용이라는 점에서 무능력한 상태로 최악의 현실에 내팽겨졌던 당대 어린이의 삶은 그 무엇으로도 대신하거나 보상할 수 없는 것이었다.

전쟁과 월남, 피난 등으로 인한 고아, 기아, 미아 등이 대량으로 발생한 반면 아동복리법이 제정된 것은 1961년이었다. 1950년 내내 아동복지제도가 전무하였던 반면, 국가와 사회는 제도 규율을 적용하여 이들을 차별, 배제하는 데 앞장섰다. 일례로 《경향신문》 1954년 5월 11일자에는 "악질 꼬마 걸인, 경찰국 우선 백 명 수용"이라는 제호 하에 아래와 같은 기사가 실려 있다.

시내 중심가에서 통행하는 부녀자들로부터 금품을 강요하는 거지들에 대하여 이렇다 할 대책이 없어 사회의 비난을 사게 하고 있다 함은 기보도한 바 있거니와 10일 시경찰국에서는 우선 시내 PX 근처를 중심한 도심지에서 부녀자들을 울리는 악질적인 거지들 백 명을 수용하게 되었다고 한다.

전쟁으로 생존 자체를 위협받는 처지가 된 어린이를 위한 일말의 복지정책도 수립하지 않고, 국가는 강제적 규율장치를 통해 전쟁 피해자인 어린이를 강제로 처벌하고 통제하였던 것이다.

전후 실질적인 아동복지 활동은 주로 외국 자선 구호단체들에 의해 이루어졌으며, 정부는 이에 대한 감독과 관리의 의무만을 담당하였다. 이 시기 아동복지사업의 특징은 어린이의 생존을 위해 의·식·주의 기본 욕구를 충족시켜주는 물질 자원의 분배와 가족을 잃은 어린이를 위한 시설 수용을 제공하는 정도의 임기응변적인 성격에 머물렀다.

'후생시설 설치구호령'을 통하여 아동복지시설의 최소 기준을 제정하였고, 이로 인해 1945년에는 전국 42개 고아원에 수용된 아동의 수가 1,819명이었던 반면 1955년에는 484개소에 50,417명, 1961년에는 615개소에 63,355명, 1967년에는 589개소에 70,944명으로 나타난다.[20]

이 통계를 보면 전쟁 직후인 1955년보다 12년 뒤인 1967년에 오히려 수용아동의 수가 20,427명이나 늘어나고 있는데, 이 사실은 보호대상아동이 충분히 수용되지 못하였거나, 전후 사회의 혼란과 빈곤으로 인해 사생아, 혼혈아 등 버려지는 어린이가 50년대 내내 지속적으로 증가하였음을 말해준다.

입양은 요보호 아동의 시설 수용과 함께 전후 아동복지의 주된 내용을 이루는데, 아무런 법규정도 없다가 1952년에 사회부 장관 훈령으로 '후생시설 운영요령'이 발표되면서 국내 입양이 시작되었다. 즉 후생시설에 수용된 아동을 일정한 절차에 따라 원하는 사람에게 위탁 양육할 수 있게 하였는데, 이때 지도권을 시, 읍, 면장에게 일임하였다. 국외 입양은 1954년 전쟁고아 대책 수립 후 시작되었으나 법조항이 없는 관계로 영문번역 사무실을 통해 개인 간 합의로 이루어졌으며, 1961년 9월 30일에야 '고아입양특례법'이 제정되어 법적 근거가 마련되었다. 고아들은 주로 미국으로 보내졌는데, 대통령의 지시에 따라 혼혈아가 우선적 입양 대상이 되었다. 이렇게 1955년부터 61년에 걸쳐 국외 입양된 4,190명 중 혼혈아는 2,601명으로 62%에 달했다.[21]

---

20 최원규, 「외국민간원조단체의 활동과 한국사회사업 발전에 미친 영향」, 서울대 대학원 박사, 1995, 19쪽.
21 윤혜미, 「국내입양과 해외입양 : 과거와 현재 그리고 개선방안」, 『동국논집』, 1995, 265쪽.

가족 대 가족의 무한 생존경쟁

임시방편으로 시설에 수용하거나 입양을 하는 것 외에 국가적인 어떤 정책과 배려도 없었기에, 고연령 소녀들은 시설을 나오면서 자연스럽게 매춘의 길로 접어드는 경우도 많았다.[22] 전쟁 피해자인 어린이가 성장하면서 생계를 위해 매춘을 하게 되는 악순환이 60년대에도 계속되었던 것이다.

시설에 수용되지 않은 많은 전쟁고아들과 극빈 가정의 어린이들은 일찍부터 생활전선에 뛰어들어 생존을 위한 경제활동을 하였으며,[23] 이들은 착취와 폭력에 무방비로 노출되어 있었다. 한 사례를 들면

---

22 서울특별시 시립부녀보호지도소, 『윤락여성에 관한 연구보고서』, 1966. ; 이임하, 「1950년대 여성의 삶과 사회적 담론」, 성균관대 대학원 박사, 2003, 88쪽에서 재인용.
23 《동아일보》, 1957. 9. 17.
  "미성년의 직업통계에 의하면 14세에서 19세 사이 청소년 중 1,103,700명이 농사일, 회사급사, 광산 등에서 경제활동을 하고 있는데, 이 중에 소녀가 468,800명이다."

《경향신문》 1954년 4월 7일자에는 아래와 같은 내용의 기사가 실렸다.

"도둑혐의로 아동고문",

금제군 만항국민학교 교감과 김교사는 사친회비 2만 80환이 도난당한 것을 동교의 사동 김소년 등의 소행이라 지목하고 김소년을 숙직실에 감금, 밥을 굶기고 무수히 구타하고 발을 매달아 거꾸로 달아놓는 등 갖은 사행을 다하였다고 하는데 김소년은 수차 인사불성에 빠졌다고 한다.

고아와 빈곤층의 많은 소녀들은 '식모'가 되었는데, 일부에서는 주인집 식구들과 온정적인 관계를 유지한 경우도 있었지만 일반적으로 이들은 '노예'와 다름없는 생활을 하였고, 저임금과 장시간 노동보다 이들을 더욱 괴롭힌 것은 강간, 희롱 등의 성폭행과 도둑 누명, 폭행 등이었다.[24] 이렇게 고된 노동으로, 도둑누명으로, 상습적 성폭행으로 상처받은 소녀들은 결국 매춘시장을 찾아가기도 했다.[25]

전후에는 전쟁으로 인해 사망한 어린이뿐 아니라 부모의 열악한 생활환경으로 인해 살해당한 아이들도 많았고, 곳곳에 널려 있는 폭발물 잔해로 인한 사상도 흔하게 일어났다. 피난으로 인한 이동으로 공동체적 질서를 벗어나는 경험과 기존의 가치 붕괴에 따른 여성들

---

24 12세 고용소녀가 시계를 훔쳤다고 방안에 감금하고 장작으로 무수히 구타하고 성기를 부젓가락으로 찌른 사건이 발생(《경향신문》, 1955. 11. 12), 식모가 말을 듣지 않는다고 장작으로 머리를 구타하여 사망시킨 사건(《경향신문》, 1956. 10. 16), 성폭행 후 버림받은 소녀가 주인집 남매를 유인하여 저수지에 빠뜨린 사건(《경향신문》, 1956. 7. 31) 등, 50년대 식모 폭행사건은 흔한 일이었다.
25 이임하, 앞의 논문에서 재인용. 102쪽.
"1965년 동두천 지역에서 매춘여성 198명을 대상으로 한 표본조사에서 전직이 '식모'였던 매춘여성은 26.2%인 52명으로 가장 많은 비율을 차지하고 있었다."

의 억눌렸던 성적 욕망 분출, 피난 체험을 통한 산아제한의 필요성 등 다양한 이유로 낙태가 유행처럼 행해지기도 했다. 수술할 비용이 없거나 낙태를 시도했으나 실패한 여성들은 영아를 살해하는 일도 많았고 유기는 더욱 자주 일어났다. 영아살해가 주로 혼인 외 관계에서 일어났다면 영아유기는 합법적 혼인관계에서도 생활고 때문에 빈번히 발생했다. 《경향신문》 기사에 따르면 1957년 1월부터 10월까지 서울에서만 591명, 하루 평균 2명씩의 영아가 유기되었는데, 이 중 남자 아이는 133명이었고 여자 아이는 485명이었다.[26]

시설에 수용되거나 입양된 고아들뿐 아니라, 일반 가정의 어린이도 피폐한 환경에 처한 경우가 많았다. 전쟁과 피난 과정에서 가족 구성원이 사망하거나 생사가 불분명한 경우가 부지기수였고, 특히 가장의 부재는 보편적인 현상이었다.

공식으로 집계된 사망자 외에 피납자 및 월북자를 비롯한 행방불명자와, 어머니가 사망한 가정까지 더한다면 결손 가정에서 자란 어린이의 수는 더욱더 늘어날 것이다. 종전 후 한국 사회에는 절박한 '생존 전쟁'이 지속적으로 펼쳐졌고, 어린이들 또한 길거리로 나가 경제활동에 참여하여야 했다.

에릭슨(Erikson)은 인간의 심리발달을 시기별로 나누고, 각 시기마다 전진과 후퇴 또는 통합과 지체 사이의 전환점을 특징짓는 '결정적' 단계(critical steps)가 있다고 하였다. 태아가 특정 시기[예컨대 장기(臟器) 형성기]에 약물 복용 등으로 손상을 받게 되면 그 이후에 영구적인 결함을 갖게 되듯, 인간이 매 시기에 맞게 되는 '결정적' 위기를 원만히 극복하지 못하면 개인 생애에 위기를 수반하게 된다는 것

---

26 《경향신문》, 1957. 11. 6.

이다. 전쟁으로 적지 않은 한국의 어린이들이 적절한 시기에 적절한 심리 발달을 이룰 기회를 박탈당했으리라 짐작되며, '결정적 위기'까지는 아니더라도 집단적으로 겪은 전쟁의 생생한 원초적 체험은 그 이후에 익힌 어떤 학습보다 강고한 영향을 50년대 주체들에게 미쳤을 것이다.

그런 의미에서 전쟁으로 인한 남한 사회의 변화를 짚은 김동춘의 글을 참고할 만하다.

(국민들은) 언제나 자신과 가족의 안위만을 단속하는 존재가 된 것이다. 우리 사회에는 염치와 도덕이 없으며 내일을 생각하는 마음, 이웃과 공동체를 생각하는 마음이 메말랐다. 말 그대로 전쟁 상황, 피난 상황의 연속이다. 전투는 끝났으나 전쟁은 정치사회 질서 속에 깊이 뿌리를 내리고 재생산되었다.[27]

한편 전쟁으로 1년 정도 마비되었던 교육은 '전시교육체제'라는 중앙집권적인 교육비상정책의 형태로 1951년 2월 재개되었다. 피난학생의 취학 독려, 가교실 및 피난 특설학교 설치, 북한 피난 학생 수용, 도시 피난학교 설치, 생벽돌 교사의 건축, 임시교사 1000교실의 건축 추진, 전시교재의 발행 등의 교육시책이 이루어졌다.[28]
피난학교 수업은 초기에는 노천수업이 대부분이었고, 이후 가교실 건축사업이 진행되어 비바람과 추위를 면한 전시교육이 형성되었다. 교사 현황을 살펴보면, 징병이나 월북, 납북 및 '부역자 처벌법'에 의

27 김동춘, 『전쟁과 사회』, 앞의 책, 304쪽.
28 한국교육문화협회 편, 『한국교육과 민족정신』, 문교사, 1953, 282~299쪽.

거한 적색교원 일소 조치 등으로 1953년에는 정교사가 60%에 불과하였으나, 휴전 후 사범교육 강화와 교원 재교육을 통해 1950년대 후반에 이르면 교원 수가 50% 증가하였다.[29]

휴전이 되자 정부는 '의무교육완성 6개년 계획'(1954~1959년)을 입안하여 의무교육제도의 본격적인 시행에 들어갔고, 그 결과 1954년에는 초등학교 취학률이 82.5% 정도였지만, 1959년에는 96.4%에 이르러 의무교육제도가 완전히 정착되는 단계로 접어들었다. 그리하여 1945년에는 1,366,024명이던 초등학생의 숫자가 1954년에는 2,678,374명으로, 1960년에는 3,621,269명으로 급격히 증가하였고,[30] 그 바람에 중학교 입시 병목현상이 빚어져 명문 중학교로 진학하기 위해 많은 국민학생들이 '입시지옥'에 시달려야 했다.

전쟁 직후 한국 사회는 기득권층과 빈민층의 빈부격차가 극명하였다. 《경향신문》 1954년 6월 20일자에는 〈학원에도 빈부의 명암, 국민교통학에 자동차의 장사진, 태반이 군용 관용차 유용〉이라는 제호하에 이런 기사가 실려 있다.

사범부속학교는 고관부호의 자녀들이 가장 많이 다니고 있다는 학교이다. 19일 아침 7시 30분부터 동 8시 30분 사이에 아동을 태우고 을지로 5가 교문에 다다른 차량의 수효는 무려 48대! (…) 특히 관용차량 중에는 군차량을 필두로 국회 내무부의 표식도 뚜렷한 차량이 가족의 동반도 없이 단순히 아동들을 등교시키기 위하여 사용하고 있으며, 반면에 이제 겨우 7, 8세밖에 아니 된 어린이들이 혼잡한 버스 전차 등을 타고 등교하다

---

29 김남수, 「1950년대 국민학교·중학교에서의 반공교육」, 성균관대 교육대학원 석사, 2003, 20쪽.
30 윤종주, 「해방후 우리나라 인구변동의 사회사적 의의」, 『인구문제논집』, 역사비평사, 1998, 52쪽.

가 교문 앞에 다달아 〈친구〉들이 자가용 차에서 내리는 것을 보고 손가락을 빼물며 우두커니 서있는 처량한 모습을 보여주고 있어 부형들뿐만 아니라 길 걷는 사람의 심정을 거칠게 하고 있는 것이다.

고아와 빈민층 자녀 등 수많은 전쟁 피해 어린이들이 고통을 겪는 한편, 지배계층 및 기득권층을 중심으로 자녀를 소위 명문 중학교로 진학시키기 위한 '위장전입'과 '과외'가 성행했고, 과열된 자녀교육 열기로 인한 '치맛바람'이 큰 사회적 문제가 되었다.

전후(戰後) 한국 사회에는 대가족에서 소가족 형태가 급속하게 자리잡았는데, 1950년대 축소된 가족주의가 드러낸 가장 중요한 특징이 바로 '과도한 교육열'이었다. 고등교육을 통한 출세와 사회적 희소가치들에 접근하려는 열망이야말로 축소된 가족주의를 전후의 한국 사회에 뿌리내리게 한 원동력이었다.[31] 농민에게는 '우골탑'을, 도시 서민에게는 '북청 물장수의 신화'를 낳기도 한 자식교육을 위한 부모들의 헌신적인 희생의 바탕에는 '우리' 가족의 성공을 위한 강한 경쟁심리가 작용하였으며, 이러한 교육 현실은 1950년대에 한국인의 삶이 이미 '자본주의적인 정신'에 지배되고 있음을 보여준다.[32]

또 다양한 형태로 확대되고 변이된 가족주의(학연, 지연, 혈연 등 연고주의, 인맥, 혼맥 등 가족적 공동체 형성 등)가 타자 배제를 통한 기득권

---

31 정진상, 「한국전쟁과 전근대적 계급관계의 해체」, 경상대학교 사회과학연구소 엮음, 『한국 전쟁과 한국자본주의』, 한울 아카데미, 2000, 50~51쪽.
　"다시 새로운 계급과 지위서열이 생겨날 때까지는 누구나 다 같은 처지의 사람들이 된 셈이 다. 이러한 평준화 의식은 계층 상승·이동의 기회균등화로 나타났고, 이는 교육열을 불러일 으킨 중요한 요소로 작용했을 것이다."
32 강인철, 「한국전쟁과 사회의식 및 문화의 변화」, 한국정신문화연구원 편, 『한국전쟁과 사회 구조의 변화』, 앞의 책, 251~255쪽.

유지의 주요 기제로 작동하기 시작한 것도 이때부터였다.[33] 세계적으로 유례를 찾기 어려운 한국 사회의 가족 이기주의와 과도한 교육열 또한 같은 맥락에서 해석할 수 있다. 극단적 생존경쟁 및 전후 사회의 변동에 따른 신분 상승 기회 체험, 그리고 전쟁을 통해 어떤 재산보다 교육이 안전한 자산임을 깨달았기에, 교육을 수단으로 하는 가족과 가족 간의 생존경쟁과 이로 인한 계층별 격차는 지속적으로 대물림되고 있다. 그리고 2008년 현재, 이명박 정부의 신자유주의 정책으로 교육 및 삶의 양극화 현상은 더욱 그 골이 깊어지고 있다.

---

33 최재석, 『한국인의 사회적 성격』, 개문사, 1983. ; 강인철, 앞의 글, 257쪽에서 재인용.
　"전쟁 직후인 1953-1955년경부터 혈연, 지연, 학연으로 구성된 조직들이 급속히 활성화되었다. 종친회와 향우회, 동창회가 우리 역사에 등장한 것이 이때가 처음은 아니지만, '근대적인 이익집단'의 성격을 보다 명확히 부여받으면서 급속하게 일반화된 역사적 계기로서 1950년대는 매우 중요한 시기였던 것으로 보인다."

단편소설
싸우는 병정

제2부
반공교육과 일상적 실천 환경

전쟁 전후, 반공정책과 교과서

전쟁체험을 반공체험으로

타인의 담론과 어린이의 허위의식

친미, 반북의식의 주입

국가주의, 전체주의 교육

이승만 우상화와 반공의 일상화

전쟁 전후, 반공정책과 교과서

　대부분의 사람들은 학교에서 배우는 지식을 가치중립적이라고 믿지만, 마이클 W. 애플은 학교를 문화적 헤게모니의 전수자이며 선택의 전통자이고 문화의 통합자로 보았다. 교육제도 자체가 본질적으로 정치적 행위에 개입되어 있으며, 특정한 헤게모니에 의한 사회 유지 및 통제의 기능을 하고 있다는 것이다.[1]

　그런 점에서 한국의 경우 전쟁 상황의 특수성으로 인하여 국가 권력이 중앙집권적으로 강화되었고, 교육도 정치 권력의 직접적 영향 아래 있었음을 주시할 필요가 있다. 제1공화국 수립 이후부터 교육제도와 학교 규율, 다양한 신체적 훈육을 통해 학령기 어린이 전체에게 반공 이데올로기가 전면적이고 지속적으로 주어져 왔던 것이다.

---

[1] 마이클 W. 애플, 박부권·이혜영 옮김, 『한국인의 사회적 성격』, 한길사, 1985.

한국에서 '반공주의'가 전체 국민을 움직이는 내적 규율로 자리잡게 된 데는, 비판력이 형성되기 이전의 유년기부터 지속적으로 실시한 제도 교육의 역할이 주요한 몫을 하였다고 판단된다.

전쟁 이전과 이후, 국가의 통일·반공정책과 교육정책을 비교해 보자.

〔표 2-1〕 국가 통일·반공정책과 교육정책, 실제 반공교육 내용[2]

시기 구분	통일·반공정책	반공교육 정책	반공교육 내용
건국~전쟁 발발 이전시기 (1948~1950. 6)	● 반공·무력통일정책(48년) ● 북한만의 UN 감시하의 선거제의 (49년)	민주시민교육	직접적 반공교육 내용 없음.
전시교육기 (1950~1953)	● 북한만의 UN 감시하의 선거	● 멸공교육 ● 방일·반공교육 ● 승공·통일교육	● 「전시학습지도요항」: 반공을 직접적으로 명시하고 있는 최초의 교육과정. ● 교재, 교육내용 : 철저히 전쟁 승리 및 반공 관련 내용
1차교육과정기 (1954~1959)	● 통일독립 민주한국 재건 ● UN 감시하, 남북한 총선 실시제의	● 반공·방일사상 ● 국가에 대한 충성심 ● 자유 민주진영과 공산주의의 움직임	● 명시된 교육과정으로서의 반공교육 확립 ● 국군에 대한 애경심 ● 북한의 6·25 남침 죄악상 폭로 ● 민주주의와 공산주의 비교 ● 의무이행(통일을 위한 노력)

2 이 표는 다음 논문과 저서를 참고하여 요약 정리해 보았다. 박용헌, 『초등학교교과서에 반영된 통일·반공교육의 변천과정분석연구』, 국토통일원, 1978, 21쪽. ; 김남수, 「1950년대 국민학교·중학교에서의 반공교육」, 성균관대 교육대학원 석사, 2003. ; 한국교육십년사간행회, 『한국교육십년사』, 풍문사, 1960.

위의 표를 보면, 건국 이후 한국전쟁 이전까지 정부의 통일정책은 '반공 무력 통일'이었지만 교육정책으로 연결되지는 않은 상태였다. 그런데 한국전쟁 발발로 1년 정도 마비되었던 교육이 1951년 '전시 하특별교육조치'라는 비상조치의 형태로 재개되면서, 반공을 넘어선 '멸공'이 교육 정책의 맨 앞자리에 놓이게 됨을 볼 수 있다. 그와 함께 반공을 직접적으로 명시하고 있는 최초의 교육과정인 『전시학습 지도요항』이 일괄적으로 주어져 교실 차원의 교육이 전면적으로 실시되었는데, 이때 모든 교과내용은 철저히 전쟁 상황과 관련되도록 짜여 있었다. 대외적으로는 '북한만의 UN 감시하의 선거'를 정책으로 내세웠지만, 실질적으로는 총체적 반공교육 정책이 수립되고 현장에서 실천되었던 것이다.

그리고 1차 교육과정기에도 대외적인 정책은 통일을 표방하였지만 이 시기에 반공 교육을 '제도적 차원'에서 확립하게 되었다. 문교정책이나 정책 수행을 위한 장학방침이 정해지고 제도권 매체로서 교과서의 성격 역시 규정되었는데, 교과목에 따라 차이는 있지만 기본적으로 모든 교육 과정의 첫머리에는 '반공'이 놓여 있었다. 이후 1960년대~1970년대에 박정희 정권 때도 반공을 국시로 삼았고, 더욱 체계적인 반공 교육이 이루어졌다.

국가는 전쟁 이전부터 법적 제도적 장치를 통해 교육을 통제하였다. 그 내용은 첫째, 부역자 처벌법을 강화하여 적색교원을 일소하도록 하였으며 '교원정화위원회'를 설치하여 반정부적인 교사를 교직에서 물러나게 하였다. 둘째, 대학교수 등으로 구성된 30명의 '국민 사상지도원'을 만들어 '국민 사상을 올바로 확립'하고자 하였다. 셋째, 교육 공무원법을 제정하여 교원들의 정치사상 표현의 자유를 억압하는 한편, 실제적으로 학교는 정부여당의 정책을 지지하고 선동

하는 장소였다. 넷째, 중학생과 대학생의 정치활동을 강력하게 금지하고 단속하였다.[3]

그런데 이처럼 교사와 학생들의 정치 활동을 일절 금지하여 정부 의사와 어긋나는 의견은 표현하지도 가르치지도 못하게 법제화해 놓고, 실상 정부는 50년대 내내 학생들을 동원하여 관제 데모를 벌였다. 잦은 학생 동원에 대해 대구《매일신문》에「학도를 도구로 이용하지 말라」는 사설이 실리자 자유당 간부 인솔 청년들이 경북 경찰국 사찰과 간부의 지휘 아래 신문사를 습격하여 여러 명의 중·경상자를 내었고, 주필 최석채는 국가보안법으로 구속되었다. 어용단체와 공권력이 결합하여 정당한 언론의 비판을 물리력으로 제압해 버린 것이었고, 이러한 경우가 비일비재하였기 때문에 누구도 양심적 발언을 하기가 어려웠다.[4]

해방 이후 대한민국 정부가 수립되기까지 미군정에 의한 통치가 3년간 실시되었다. 이는 한국 교육의 헤게모니 세력이 일본에서 미국으로 바뀐 것을 의미한다. 당시에 추진되었던 미군정기 교육적 특성들이 한국 교육의 방향과 기반을 결정하였다는 점에서, 미군정기 교육은 현재의 한국 교육을 구조적으로 이해할 수 있는 계기를 제공한다.[5]

교과교육의 내용을 살펴보면, 전쟁기간 동안 성격이 다른 세 종류의 교과서 사용이 확인된다. 전쟁 이전의 교수요목과 그에 기반한 교과서와 1951년 편찬된 전시교재인『전시생활』및 교사 학습지침서인『전시학습지도요항』, 교수요목기의 교과 내용을 약간 바꿔서

---

3 이상 김남수, 앞의 논문, 9~11쪽.
4 서중석,『조봉암과 1950년(하)』, 역사비평사, 1999, 793쪽.
5 정태범,「미군정기 및 교수 요목기의 교과 과정과 교과용 도서 편찬」,『한국편수사연구1』, 한국교과서연구재단, 2000, 42쪽.

1952년부터 발행한 교과서가 바로 그것이다.

1952년 9월부터 정식교재로 국어, 셈본, 사회생활, 과학 등 네 과목의 교과서 21종과 중등국어 6종을 펴냈으나, 물자의 파괴로 인쇄 사정이 어렵고 교과서를 만들 종이를 구할 수 없어 전 학년 분량의 4분의 1만을 먼저 펴냈다. 그러다 미국의 아시아 자유위원회에서 교과서 용지 1,540톤을 기증 받아 교과서 전량을 펴낼 수 있었다.[6]

그런데 1952년부터 발행된 초등학교 『국어』에는, 세계사적으로 손꼽히는 잔혹한 전쟁 중에 나온 교과서라고는 믿기 어려울 정도로 평화롭기만 한 내용의 글이 다수 실려 있다.

지붕 네 귀가 번쩍 들린 큰 기와집 틈에 끼워 있는 조그마한 우리 집, 그나마 한쪽으로 쓰리질듯하여 한쪽을 버티어놓은 우리 집. 그래도 터전만은 넓어서, 넓은 앞마당에는 가득히 꽃을 심어, 첫여름부터 늦가을까지 언제나 꽃이 질 때가 없다. (중략) 이웃집에서들은 날마다 꽃을 얻으러 온다. 우리 어머니는 무엇이든 남 주기를 좋아하셔서, 달라는 사람이면 누구든지 조금씩은 다 나누어 주신다.

1952년에 발행된 『국어』(4-1) 교과서에 실린 글 일부이다. 전쟁으로 고아가 되거나 다친 어린이, 가족과 집을 잃은 어린이가 헤아릴 수 없이 많았던 시기에 전쟁 현실과 동떨어진 평화롭기만 한 가정의 이야기를 볼 수 있다.

당시 문교부 편수관이었던 최태호는, '6·25전쟁이 끝난 후 임시 수도 부산에서 환도하고 나서 어린이들에게 기쁨과 희망을 어떻게

---

6 홍웅선, 『우리나라의 교과서 변천사』, 대한출판문화협회, 한국교과서 목록(개화기-1963), 1990, 8~10쪽.

불러 일으켜 줄까 골똘히 생각하던 때가 생각난다'고 회상하였다.[7] 전후의 참담한 현실에 놓인 어린이에게 필요한 것은 무엇인가 헤아리고 고민하는 심정을 엿볼 수 있는데, 실제 현실과 다른 안정된 이상 공간을 보여주는 글을 수록한 것이 그 하나의 대안이었음을 알 수 있다. 교과서에 밝고 긍정적인 내용을 보다 많이 실어 어린이 정서를 가꾸고자 한 것으로 보인다.

그러나 이 시기의 교과서의 내용은 국가가 장려하는 전체주의 이념을 대변하거나, 안락한 환경의 어린이 삶을 일반화시키거나, 의문 없는 현실 긍정적 태도의 세 가지 성격에만 한정되어 있음을 지적할 수 있다.

이러는 동안에 음식도 끝나고 첫째 쁘로그람도 끝났읍니다.

다음은 재미있는 놀이가 시작되었읍니다. 수수께끼, 스무고개, 말놀이, 옛날 이야기, 그림 연극 보물찾기…… 여러 가지 놀이가 벌어지고, 또 이 놀이에는 특히 선희 아버지 상, 선희 어머니 상이라고 하여, 상품도 나왔읍니다.

"자, 해가 지기 전에 기념사진이나 하나 찍을까?"

선희 아버지께서 사진기를 가지고 오셔서, 동무들은 모두들 밖으로 나왔읍니다.

1953년에 발행된 『국어』(3-2)에 실린 내용 일부이다. 3년에 걸친 전쟁이 막 휴전이 된 시점에 발행한 교과서임을 고려할 때, 여러 음식을 차려놓고 축하선물을 주고받으며 프로그램에 따라 행사를 하고

---

7 최태호, 『리터엉 할아버지』, 아동문예사, 1987, 6쪽.

사진을 찍기도 하는 현실은 대다수 한국 어린이의 삶과 거리가 멀다. 다시 말해 특정 계층 어린이의 삶이 민족 전체 어린이들에게 일괄 주어졌고, 대다수의 빈민, 서민층의 어린이는 자기 생활과 아무 관련이 없는 '있는 집' 어린이의 삶의 양식과 논리를 배웠다.

유아기와 유년기에는 비판력이 없으므로 주어지는 가치를 그대로 수용하게 된다. 타인의 삶, 타인의 논리, 타인의 이데올로기도 의심 없이 받아들여 자신의 것으로 믿게 되는 것이다. 이렇게 내면화된 타인의 이데올로기는, 자기 삶을 발딛은 토대로부터 나아가 자기 생명에 반(反)하는 것일 수도 있음을 유의해야 한다.

전쟁 이후 남한 교과서에는 정치권력의 주체인 국가와 기득권층의 담론만이 제도 매체를 통해 일괄 주어졌고, 서민과 빈민, 정치적 약자의 기억과 언어는 일절 소거되었다. 정치권력에 교육이 철저히 복속된 상황이었기에, 어린이를 '위한' 교육의 내용도 '공식적으로 허용된 관점' 안에서 이루어질 수밖에 없었던 것이다.

전쟁체험을 반공체험으로

전쟁이 소강 상태로 접어들자 교육이 재개되었으나 당장 교과서가 없었다. 문교부에서는 임시로 『전시학습지도요항』을 발간하여 각 학교에 보급하였고, 교사들은 이를 지침으로 삼아 일선 현장교육을 실시하였다. 『전시학습지도요항』의 취지를 요약하면 전시체제라는 '시대성에 적합'한 교육의 강조, '생활중심교육'을 강조하였다.[8] '생활중심교육'은 교과서의 부족 문제를 극복할 수 있는 방안이기도 했고, 어린이들이 실제 목격하고 겪은 전쟁을 교육목표로 삼음으로써 반공교육의 효과를 한층 강화할 수 있는 방법이기도 했다. 이러한 취지에 따라 〈사회생활〉과는 모든 단원에서 전쟁과 연관되는 학습문제를 제시할 정도였다.

---

8 문교부, 『초등학교 전시학습지도요항』, 1951, 1~2쪽.

〔표 2-2〕 국민학교 「전시학습지도요항」 사회생활과 학습단원

학년별 주제	단원명
우리집, 우리 학교 (1학년)	1. 우리집 2. 우리학교 3. 이길 때까지
우리 고장 (2학년)	1. 싸우는 우리 마을 2. 고마운 사람들 3. 좋지 못한 사람들 4. 우리의 힘으로
우리가 사는 도 (3학년)	1. 싸우는 우리 도 2. 우리 도와 다른 도 3. 모든 것을 전쟁에
싸우는 우리 나라 (4학년)	1. 싸우는 우리 나라 2. 우리 나라의 교통 3. 우리 나라의 도시 4. 남한과 북한 5. 우리를 돕는 나라 6. 통일될 날까지
유엔의 나라들 (5학년)	1. 유엔 2. 민주주의 국가와 공산주의 국가 3. 한국사변과 유엔 4. 우리를 돕는 나라들 5. 우리와 맞선 나라들 6. 제2차대전에 패한 나라들 7. 자유를 위하여
우리 민족의 걸음 (6학년)	1. 한국사변 2. 오랑캐의 침략 3. 8·15 해방과 순국선열 4. 충성을 다한 이순신 5. 나라를 위한 화랑들 6. 우리 문화와 세종대왕 7. 한나라 한백성 8. 우리 나라와 유엔 9. 우리 나라의 부흥을 위하여

　　교사용 지침서였던 『전시학습지도요항』에 이어, 문교부에서 교과서 대신 시급히 제작하여 배포한 『전시생활』(51년 3월 발행)은 그 영향력이나 내용면에서 체험적 반공교육의 실질적인 기원을 이룬다고 평가할 수 있다.

[표 2-3] 국민학교용 전시교재 발행 현황

구분	1집	2집	3집
전시생활 1 (1·2학년용)	비행기	탱크	군함
전시생활 2 (3·4학년용)	싸우는 우리 나라	우리는 반드시 이긴다	씩씩한 우리 겨레
전시생활 3 (5·6학년용)	우리 나라와 국제연합	국군과 유엔군은 어떻게 싸워 왔나	겨레를 구원하는 정신

'탱크' 등 무기 이름을 교재명으로 삼은 데서 짐작할 수 있듯, 전 단원 전 단락이 전쟁과 관련되어 있고, 전쟁 승리를 독려하는 내용으로 구성되어 있다. 전쟁 상황의 급박함을 보여줌과 함께 어린이 연령에 개의치 않는 '사상전으로서 교육'의 성격을 보여준다.

『전시생활』은 과목 분류가 따로 되어 있지 않았다. 1·2학년용 교재는 비행기와 배의 종류와 이름 알기, 유엔군 국기 색칠하기, 동요 부르기, 위문편지 쓰기 등으로 되어 있어, 사회생활을 중심으로 국어, 미술, 음악 등 종합교과목의 성격이었다.

3·4학년용 교재는 대구·부산에서의 피난 생활, 전쟁 상황과 유엔에 대한 소개, 길을 고친 이야기, 국군과 제2국민병으로 나간 집 도와주기 등 전쟁 상황에서 후방에서 어린이가 할 수 있는 일을 교육하였다. 동화적인 서술을 통해 전쟁체험의 비참함과 공포를 환기, 인지시키며, 공산군에 대한 부정적 기술을 통해 적개심을 자연스럽게 고취하였다.

5·6학년용 교재인 『우리 나라와 국제연합』(전시생활 3-1) 가운데 「공산주의와 민주주의」 단원을 보면 공산주의가 이렇게 설명되고 있다.

여러분은 꼭두각시놀음을 아는가? 꼭두각시놀음에 나오는 꼭두각시들은 무대 뒤에 있는 조종사가 시키는 대로 울기도 하고, 웃기도 하고, 춤도 추고, 싸우기도 한다. 소련은 이 조종사이며, 다른 나라의 공산당들은 생명도 없고, 자유도 없는 가엾은 꼭두각시들인 것이다. 소련은 이러한 꼭두각시들을 앞잡이로 세워 공산주의의 세력을 온 세계에 퍼뜨리려고 한다. 북한 공산군의 괴수 김일성이나, 중공의 모택동이가 다 이러한 꼭두각시들이다. 이것만으로도 여러분은 북한의 공산군이나 중공 오랑캐들이 어째서 우리나라에 쳐들어왔는지 잘 알 수 있을 것이다.[9]

이 글은 반공주의의 입장에서 공산군을 규정하는 기본 관념을 보여준다. 공산군은 고유한 생명력과 인격을 지닌 주체가 아니라 줄에 매어 조종당하는 한낱 꼭두각시(괴뢰)일 뿐이므로 그들을 처단하는데 일말의 주저나 가책을 느낄 필요가 없어진다.

북한군을 오직 '섬멸의 대상'으로 묘사한 사례로는 『국군과 유엔군은 어떻게 싸워 왔나?』(전시생활 3-2)를 들 수 있다. 이 책은 북한의 남한 침략 시점으로부터 교재 발행 시점까지, 전쟁 발발부터 시간적 경과에 따른 한반도 점령 상황을 지도로 한눈에 보여주며, 각 지역별 전투상황을 생

9 문교부, 『우리 나라와 국제연합』, 1951, 13쪽.

생히 묘사하였다. 적을 '괴물', '악마', '야수', '원수' 등으로 표현하며 극단적 적개심과 증오감을 그대로 표출하였다. '사람이 아닌' '적'의 죽음은 많으면 많을수록 좋은 일이었다.

8월에 들어 적은 큰 타격과 손해를 무릅쓰고 남진을 계속한 결과 일부는 낙동강을 건너왔으나, 이렇게 건너온 적의 수보다 몇 백 배나 되는 적이 낙동강의 고기밥이 되어, 결국 성공하지 못하였다. 8월 그믐께가 되어 지칠 대로 지친 적은 작전을 어서 끝마치고자 몇 번이나 총공격을 감행하여 왔으나, 왜관 근처에서 99대의 멍석말이 폭격으로 말미암아, 4만 명의 대 부대가 결정적으로 섬멸당한 것을 비롯하여, 곳곳에서 패하고 말았다.[10]

전쟁을 일으킨 당사자는 남북 양쪽의 소수 집권층 및 한민족과 무관한 미국과 소련인 반면, 영문도 모른 채 전쟁에 동원되어 피아 간에 죽이고 죽어간 이들은 남북한의 힘없는 동족이었다.[11] 유엔군이 B29기 99대의 '멍석말이 폭격'을 하며 양민과 마을과 문화재와 농토 등을 일일이 구분한 것도 아니었다. 그러나 '죽고 죽이는' 급박한 전쟁 상황 자체가 국민들을 공포에 빠뜨렸기에, 당장 눈앞의 '적'을 오로지 처단 대상자로만 여기게 만들었다. 또한 국가는 공산군이 '평화와 자유를 사랑하는 온 인류의 적'이며, 대한민국은 '전 세계를

---

10 문교부, 『국군과 유엔군은 어떻게 싸워 왔나?』, 1951, 12쪽.
11 리영희, 『분단을 넘어서』, 한길사, 1984, 297쪽.
　　"학교깨나 다닌 젊은이들은 어디 가고, 이 틀림없는 죽음의 계곡에는 못 배우고 가난하고 힘없는 이 나라의 불쌍한 자식들만이 보내지는가? 나라 사랑은 힘없는 자들만이 하는 것인가? 전쟁과 군대를 알게 될 수록 나는 점점 더 사색적이 되어 갔다. 그럴수록 이 나라의 기본부터 무엇인가 잘못되어 있다는 생각이 들었다."

대표'하여 성전(聖戰)을 치른다는 명분을 지속적으로 주입하여 전의를 고취하였다.

우리는 이 인류의 대적과 싸우고 있는 것이다. 그러므로, 우리가 겪고 있는 이 전쟁이 얼마나 뜻이 깊은 전쟁이며, 얼마나 거룩한 사명을 가진 전쟁인지 모른다. 그렇기 때문에, 우리는 최후의 승리를 얻을 때까지, 어떠한 곤란이 있을지라도 이것을 물리쳐 나가며 싸우지 않으면 안 된다.[12]

대한민국은 '정의를 위하여 싸우고 있으니, 최후의 승리가 우리에게 있음은 의심할 여지가 없'으며, 이러한 당위성은 자연스럽게 어린이들의 전쟁 참여 촉구와 구체적인 방법 제시로 이어졌다.

우리는, 우리 나라를 위하여 몸을 바쳐 싸우고 있는 우리 국군과 유엔군에게 깊이 감사하고, 이들 장병에게 한 장의 위문문, 한 가지의 위문품이라도 더 많이 보내도록 해야겠다. 우리는 이 싸움을 이기기 위하여 모든 물건을 아껴 쓰고, 싸움에 필요한 물건을 바쳐야 하며, 군대를 돕고, 싸움에 이바지 될 일이라면 무슨 일이고 힘껏 해야 하겠다. 우리는 굳센 몸과 마음을 길러, 우리도 앞날에 빛나는 대한민국 군인으로서 씩씩하게 싸울 준비를 해야겠다.[13]

어린이는 후방의 지원군이자 미래의 '병정'으로 당연히 상정되며, 어린이의 '몸'뿐 아니라 '마음'도 전쟁 승리를 위한 자원으로, 국가

---

12 문교부, 『우리도 싸운다』, 1951, 6쪽.
13 문교부, 『국군과 유엔군은 어떻게 싸워 왔나?』, 1951, 30~31쪽.

에 속한 것으로 전제되고 있다.

『우리도 싸운다』(전시생활 3-1)는 믿음을 실행으로 옮기는 구체적인 방법을 어린이 화자를 내세워 제시하였다. 어린이들은 전쟁 '승리를 위하여' 자신은 무엇을 하고 있는지 반성하고 부끄러워하며, 학급회의를 하여 자신들이 실천할 수 있는 일들을 열렬히 토론하고 실행에 옮긴다. 위문편지 쓰기, 육군병원과 신병교육대에 위문 가기, 방공 포스터를 그려서 마을에 붙이기, '싸우는 문집', '싸우는 신문' 만들기, 동구 밖 국도 고치기 등 구체적인 방법들이 제시된다. 그리고 어린이들은 '진격의 노래'를 높이 부르며, 개간 작업장으로 가서 바윗돌과 나무뿌리를 파낸다. 자신들도 '국가적인' 중대한 일에 참여하고 있다는 뿌듯함이 어린이 마음에 가득하고, 부상 군인을 위문하여서는 '너무 감격하여 목이 메'기도 하며, '언제까지나 헤어지기 싫은' 느낌을 받기도 한다. 실제 어린이 마음에서 자발적으로 우러난 것이 아닌 국가의 '교육 정책'에 의해 설정된 이러한 '모형적 상황'

은 교재로써 전국에 배포되었으며, 각 학교 현장에서는 이를 프린트해서라도 수업을 하였다.

그리고 50년대에는 전 교재에 '그림'의 이미지를 통한 상징 학습이 활발히 이루어졌음을 주목할 필요가 있다. 교사용 교재에 공산주의는 천사와 대비된 악마 이미지, 사나운 곰, 큰 칼을 든 해적 등으로 그려져 있고, 공산주의 세계 주민은 입에 재갈을 물린 채 수많은 짐을 지고 기어가는 노예 등으로 묘사되어 있다. 고학년 교재에도 군인들이 총을 겨누고 있는 가운데 떨면서 투표를 하는 '공산주의' 세계와, 세련된 차림새의 시민들이 자유롭게 투표하는 '민주주의' 세계를 한눈에 대비해 보여준다. 특히 1·2학년 교재에는 언어를 통한 반공주의 담론이 자제된 반면, 국군 아저씨의 활약상을 보여주는 그림 등 '이미지'를 통한 '무의식적 반공교육'이 더욱 활발히 이루어졌다. 그림은 나이와 국적을 초월한다는 점에서, 시각적 상징 이미지를 통한 반공교육이 한국인의 무의식에 어떤 영향을 주었을지 이 부분도 진지하게 연구될 필요가 있다.

누가 어떤 목적으로 한국전쟁을 일으켰건 벌어진 전쟁 자체는 일반 국민들에게 현실적 죽음과 고통을 주었으며, 그 피해는 힘없는 이들에게 고스란히 전가되었다. 어린이는 전체적인 역사적 맥락을 알지 못하고 전쟁으로 인한 '공포와 고통'만은 체험적으로 알게 되었기에, 제도적 권위를 통해 주어진 정보와 지식을 의심 없이 믿고 내면화하였을 것이다.

타인의 담론과 어린이의 허위의식

　전쟁이 아직 끝나지 않은 상황이었지만 1951년 2학기부터는 정식 교과서가 소량이나마 발행되기 시작하였다. 1951년 8월에 발행된 『국어』 교과서의 내용은, 전쟁 이전에 발행된 교과서에 수록되어 있던 내용 일부와 전시교재에서 발췌한 내용이 혼합된 형태이다.

　3학년 교과서를 예로 들면 『전시생활』 3-1에 실렸던 「민주주의와 공산주의」[14]와 3-3에 실린 「싸우는 일기」가 새로운 교과서에 수록됨으로써, 임시교재가 아닌 '공식적 교과과정'에 반공주의가 정식으로 등장함을 볼 수 있다. 그런데 그 내용은 민주주의와 공산주의를 선과 악으로 단순도식화한 것이었다. 예컨대 '민주주의 나라에서는 각 개인이 자유와 행복을 누릴 수 있도록 그 권리를 존중하며, 그 정부는

---

14 전시생활에는 「공산주의와 민주주의」로 되어 있다.

이러한 각 개인의 권리가 보장되도록 하기 위하여 일을 한다'고 하여, 대한민국은 민주주의의 '이상'이 실현되는 것으로 당위를 묘사하였다. 반면에 공산주의는 백성[15]을 '기계나 짐승, 노예처럼 다루고', '국민을 속이고 어둠 속에 가두어' 놓으며, '갖은 음모와 모략을 다하여 폭동을 일으키고 침략을 일삼'기에, 국민의 생활은 '이루 말할 수 없이 불쌍한' 형편이라 하여, 부정적 현실 위주로 서술하였다. 그런데 전시교재에서 재수록한 글들은 이성이 마비된 전시 상황에서 집필되었기에, 북한과 공산주의에 대한 무조건적인 적개심과 증오감을 극단적으로 표출하는 특징이 있다.

시민들은 공산당들의 상상한 이상으로 악독한 짓에 몸서리를 쳤다. 그들이 우리 겨레가 아니고 한낱 소련의 꼭두각시에 지나지 않는 것이며, 사람이 아니고 총칼을 든 짐승이라는 것을 알았다. 그들은 모든 애국자들을 눈에 띠는 대로 학살하였고, 아버지를 잡아 죽였고, 오빠를 끌고 갔고, 피 끓는 청년들을 따발총으로 위협하여 의용군이라는 허울 좋은 이름으로 붙들어 갔다. (……) 시민들은 유엔 비행기가 날아오면, 비록 자기는 폭탄에 맞아 죽는 한이 있더라도, 공산군을 한 놈이라도 더 없애주는 것을 바랐으며, 단 하루라도 비행기 소리를 못 들으면 불안하여 못 견딜 지경이었다. (……) 어머니는 쓰러진 어린애를 부둥켜안고 울고, 남편은 아내를 찾아 헤매는 모양은 그야말로 지옥 그대로이었다.[16]

이 글은 전쟁의 원인과 고통에 대한 모든 책임을 북한의 탓으로 돌

---

15 '백성'은 전근대적 봉건시대, 즉 '임금'이 백성 위에 군림하던 시대의 용어임을 주목할 필요가 있다.

16 「서울탈환」, 『국어』 6-1, 문교부, 1952.

리며, 가족주의를 자극함으로써 공산당에 대한 분노와 적개심을 한껏 고취하고 있다.

그런데 이 내용은 일반 국민들의 관점이라고 보기 어렵다. 유엔 비행기에 대한 서술 부분에서 '자기는 폭탄에 맞아 죽더라도 공산군을 한 놈이라도 더 없애주기를 바랐'다고 하지만, 자기 목숨이야 어찌되든 말든 적군을 한 명이라도 더 죽이기를 원할 정도로 공산군에 강한 증오심을 가진 국민, 특히 어린이가 과연 있었을지 의문이다.

1953년에 발행된 소학생 작문집 『내가 겪은 이번 전쟁』에는 유엔군 비행기의 폭격에 관한 모티프가 수없이 등장하고 있어 그 위력과 일반 양민들이 느낀 공포감이 어느 정도인지 알게 하는데, 여기 나타난 어린이들의 진술은 교과서와 전혀 다른 양상이다.

비행기는 우리가 있는 집을 향하여 낮추 떠 오더니 로켙포를 마구 쏩니다. 요란한 소리와 함께 연기와 먼지는 우리가 있는 방공호까지 날아오고, 앞이 보이지를 아니합니다. 얼마 후에 비행기 소리도 그치고, 연기와 먼지도 없어진 후에, 할아버지와 사촌들이 있는 집 지붕이 이지러진 것을 보고 어머니는 바삐 방공호를 뛰어 나오시고 우리도 뒤따라 나왔읍니다. 어머니가 먼저 지하실로 뛰어 들어가시더니, 얼마 후에 사촌 누이 동생이 동생들과 이모님을 부축해 가지고 모두가 울면서 새까만 얼굴로 나옵니다. 한참 뒤에 작은 아버지는 동네 사람들과 같이, 지하실에서 돌아가신 할아버지와 피투성이가 되어 죽은 사촌 동생 셋을 끌어내었읍니다. 우리는 너무도 뜻밖의 일이어서 울지도 못 하고 한참을 멍하니 바라보다가, 누가 울기 시작했는지 모두 걷잡을 수 없이 한참 동안을 울었읍니다.[17]

---

17 박주용, 윤석중아동연구소 엮음, 『내가 겪은 이번 전쟁』, 박문출판사, 1953.

갑자기 부르릉 부르릉 비행기 소리가 나더니, 눈 깜짝할 사이에 사방에 뻘건 불이 나서, 동네가 불바다가 되었습니다. 기총 소사 소리가 들려오는데, 방공굴에 들어가지 못한 나는, 그만 놀라서 어쩔 줄을 모르고 멍하니 서 있으려니까, 할머니께서 동생 수송이 손목을 잡고 방공굴로 막 뛰어 가시면서, "수남아, 빨리 빨리 방공굴로 들어가자." 하시는 소리에, 나는 정신을 번쩍 차리고 할머니를 따라 방공굴로 뛰었습니다. (……) 이튿날 나와 보니, 하루 사이에 우리 집은 간 곳이 없고, 타다 남은 불덩어리와 이층 베란다에서 아버지와 내가 고이 가꾸던 화분 조각만 보였습니다. (……) 처음에는 죽도 맛이 있더니 점점 먹기가 싫어지고, 집안 식구가 번갈아 앓기 시작했습니다. 내 동생 수송이는 앓으면서, "어머니 사과나 밤이 먹고 싶어…… 좀 사줘" 하며 어머니를 졸랐으나 사 먹어 보지도 못하고 그만 영양부족으로 죽고 말았습니다. 나는 지금도 과실만 보면 이 세상을 떠난 우리 동생 생각이 납니다.[18]

미군과 유엔군에게 '남한'과 '북한'은 그 차이가 구별되지 않는 동일한 타자에 불과하였기에, B29기로 전투 지역과 민간 지역, 북한 지역과 남한 지역을 가리지 않고 무차별 폭격을 퍼부었다. 그리고 미군이나 유엔군의 관점에 동일시하여 일반 국민들을 타자로 바라본 사람들에게도 누가 폭탄에 맞아 죽든 '공산당을 한 놈이라도 더 없애는' 것이 중요하였을 것이고, '단 하루라도 비행기 소리를 못 들으면 불안하여 못 견딜' 지경이었을 것이다.

교과서에 실린 담론은 어린이 화자를 내세우고 있지만 실상 발화된 것은 타인의 목소리이다. 제도와 언어 지배력을 함께 가진 특정

---

18 이수남, 윤석중아동연구소 엮음, 『내가 겪은 이번 전쟁』, 위의 책, 47~49쪽.

계층의 논리가 국민 전체의 논리로 일반화되어 주어졌고, 분석력과 비판력이 없는 어린이들은 타인의 이데올로기를 자신의 것인 양 받아들였다. 이때 타인은 물론 국가주체로 대표되는 기득권층이거나, 혹은 미국이기도 했다. 예컨대 1951년 겨울공부용 『전시독본』에 실린 「하늘의 찌입차」 단원에는 '아메리까에서는 헬리꼽터를 농장에서 씨를 뿌릴 때나 목장을 돌볼 때 사용'하며, 많이 있지만 '아직 자동차처럼 어느 집에서나 가지고 있지는 못하다'는 내용의, 한국 현실과 무관한 미국 사회의 실정이 실려 있다. 또 「눈을 보호하자」라는 단원에는 아메리카 안과 박사가 제시한, 방의 넓이에 따라 책 읽기에 적당한 '전등'의 밝기는 몇 '왓뜨'인지 제시되어 있어 '타자의 담론'임을 보여준다. 1951년에 '전등불 아래서 책을 읽는' 삶은 대다수 한국 어린이의 생활현실과 거리가 멀었다.

「일본에 대한 강화조약」 단원은 미국과 일본 사이에 강화조약이 맺어졌음을 설명하며, '우리도 이 정신에 따라 일본의 과거의 잘못을 용서하고, 정다운 이웃 나라로 사귀어 서로 서로 잘 살 수 있도록 하여야 할 것입니다'로 끝맺고 있다. 36년에 걸친 일제의 한반도 침탈로 인한 피해 자체도 헤아리기 전에, '과거'의 일로 돌리며 '용서'하고 '정답게' 사귀라는 논리는 피해 당사자인 한국인의 시각에서 결코 나올 수 없다. 자신과 관계없는 '그들의' 일로 바라볼 때 나올 수 있는 발상인 것이다.[19] 집필자의 국적이 어디든 그 시각은 미국과 동일시되어 있고 한국과 한국인을 '타자(他者)'[20]로 바라보고 있다. 타자의 삶이나 죽음보다는 '전쟁 승리'가 중요하였기에, '예비 병정'

---

19 1950년대 미국의 동북아정책은 '한미일 삼각안보체제의 구축'으로 소련과 중국을 봉쇄하는 것이었음을 참고할 필요가 있다.

인 어린이에게 미리 '로켇포'를 그림으로 그려 각 부분 명칭까지 해설해 가며 무기 자체를 학습하게 하였다.

로켇포의 주 목표물은 경전차(탱크), 장갑차, 차량 파괴, 그 밖에 적의 토오치카, 큰 건물, 큰 화기들이다. (……) 포 끝에서 탄알을 재고, 겨눔 거울이 있어서 이 유리 한가운데에 목표물이 오도록 방향을 맞추어서 전기 장치로 쏘게 되어 있는 것이다. (……) 이 포는 전체의 길이가 약 153cm이며, 무게는 합금 알미늄으로 만들어서 약 5kg 정도이며, 사격의 가장 효과를 낼 수 있는 거리는 약 50cm에서 700m, 큰 것은 900m이다. 탄알에 국방색을 한 것이 고폭탄이며, 회색을 한 것이 백인탄이며, 푸른 색을 한 것은 연습탄이다.[21]

이 시기에 어린이들은 국군은 물론이고, 미군과 유엔군에 대한 감사와 우호의 감정을 가지도록 제도적으로 교육되었다. 학년을 초월하여 모든 연령층의 어린이가 마찬가지였다.

저 이리보다도 사나운 중공 오랑캐들을 쳐부수기에 얼마나 고생을 하십니까? 살을 에는 듯한 눈보라 치는 벌판과 얼음 위에서 귀한 몸 얼마나 고달프십니까? 따뜻한 나라 평화로운 고향이 얼마나 그립겠습니까? 부모형제와 귀한 아들딸들이 얼마나 보고 싶으시겠습니까? 생각할수록 우리

---

20 타자〔他者, the other〕: 자기동일성을 나타내는 '동(同:tauton)', 또는 성질적 통일로서의 일자(一者:to hen)에 대립되는 개념. M.부버나 G.마르셀은 자타의 인격적 관계와 비인격적 관계를 구별하여, 전자의 관계에서 타자는 '나'에 대한 2인칭인 '너'이며, 후자의 관계에서는 타자가 3인칭으로서의 '그'나 '그것'이며 거기서는 타자의 인격이 '나'에 의하여 대상화(對象化)되고 물화(物化)된다고 생각한다. 이 책에서 타자는 3인칭의 의미로 쓰인다.
21 대한교육연합회, 겨울방학용 『전시독본』, 1951, 17~19쪽.

들의 가슴은 미어질 듯 아픕니다. (……) 우리 대한민국 소녀들은, 자유와 평화를 목숨보다 더 아끼시는 아저씨들의 위대한 승리의 날을 하느님께 비옵고 감사를 드리나이다.[22]

『국어』 4-2에 실린 내용 일부이다. 사실 유엔군 병사들의 한국전쟁 참전 이유는 세계 평화와 정의를 위해서가 아니라 개인적 처지나 이해관계에 따른 것이었고, 그들에게 남한 주민과 북한 주민은 구분이 되지 않는 동양인에 불과하였다. 그러나 교과서는 그들을 '자유, 평화, 정의'의 수호자로 각인시켰으며, 가족주의를 전유하여 어린이들이 마음으로부터 친근한 정을 느끼도록 유도하였다. 그리하여 현실 판단력과 분석력이 없는 어린이는 전시 교재에서부터 교육받은 타인의 이데올로기를 내면화하여 자기 생명력에 반(反)하는 허위의식을 보이는 것이다.

하루는 비행기가 부우웅 떠 와서 우리는 모두 방공호로 들어가려고 나오니까, 조명탄을 다섯씩이나 밝게 켜고 기관총으로 막 내려 쏘는 것이었다. 이렇게 무서운 판에도 유엔군 비행기라 그래도 안심이 되었다.[23]

방공호에 숨으려는 민간인을 향해 무차별적으로 기관총 소사를 한 것은 크나큰 범죄행위가 아닐 수 없다. 그러나 이미 반공교육에 길들여진 어린이는 자신과 가족이 하마터면 몰살당할 뻔한 위해를 당하고도 정직한 분노를 표현할 줄 모르고 교육받은 타인의 담론을 발화하는 것이다.

---

22 「위문편지」, 『국어』 4-2, 문교부, 1952.
23 강희자, 윤석중아동연구소 엮음, 『내가 겪은 이번 전쟁』, 앞의 책, 85쪽.

친미, 반북의식의 주입

교수요목기에 미국과 유엔군을 미화하여 한국의 어린이들에게 긍정적 환상을 심어주기 시작하였다면, 1차 교육과정기 교과서는 친미, 서구편향성을 더욱 선명하게 드러낸다. 한국전쟁 이전의 교과서와 1차 교육과정기 교과서 목차를 비교하면 그 차이를 확연히 알 수 있다.

〔표 2-4〕 『국어』 5-2 교과서의 목차 비교

1949년 12월 발행		1956년 9월 발행
· 이순신 장군	· 봄소식	가을
· 조선	· 팔려간 말	· 노래 세 편 · 일기
· 봄이 왔어요	· 산불	아름다운 우리말
· 새아씨의 꿈	· 평화한 마을	· 우리말의 아름다움 · 인사와 경어

1949년 12월 발행		1956년 9월 발행
· 미음드레	· 심청	**아름다운 이야기**
· 발명	· 황 희	· 아름다운 신호 · 화랑관창
· 제비 남매	· 사자와 생쥐	· 테임즈 강의 지하도
· 박물관	· 부여	**음악이야기**
· 산림의 혜택	· 그물에 걸린 잎	· 서양의 음악가 · 월광곡 · 쇼팡
· 첫여름의 구름	· 묶은 화살	**적십자 정신**
· 골럼버스	· 거미줄	· 나이팅게일 · 적십자사의 탄생
· 유월 풍경	· 전염병	· 슈바이체르
· 황소와 거미	· 제주도 여자	**탐험이야기**
· 고기잡이	· 예방주사	· 아메리카의 발견 · 극지탐험
· 박연폭포	· 저녁바다	· 정으로 맺어진 탐험
· 자동차 왕		

전쟁 이전 교과서에 비해 민족의 고유문화나 전통 관련 내용이 일체 삭제된 대신 서구 편향성이 과도해졌고, 어린이 수준에 맞게 동심이 살아있던 글들이 없어진 대신 교육적이고 효용적인 내용으로 채워졌음이 확인된다.

민족 구성원의 가장 새로운 부분인 어린이들에게, 자기가 발 딛고 있는 땅의 역사와 문화와 현실을 정직하게 인식하게 하는 대신 타민족의 정체성을 자신의 것으로 오인하게 한 교과 내용의 이러한 경사는, 국민들의 무비판적인 친미·친서구적 성향 형성에 크게 기여하였을 것으로 생각된다.

그런데 한국전쟁 발발의 가장 큰 원인이 미국과 소련으로 대표되는 외세의 이해관계에 있고, 또 양대 세력에 의존하는 특정 지배계층의 사적 이해관계의 극단적 대립의 결과물이었다는 점에서, 50년대의 반공과 친미는 실상 동전의 양면과 같다. 또한 이승만 정권 시기의 극단적인 반공 이데올로기는 미국의 필요에서 나온 산물이기도 했다는 점을 환기할 필요가 있다. 이 점은 1950년 2월 '극동경제원 조법'에서 "한국이 공산당원이나 북한정권의 지배하에 있는 당원을 하나 혹은 그 이상 포함하는 연립정부를 세우는 경우 이 원조는 중지된다"고 규정하고 있는 것에서 상징적으로 드러난다. 1950년대 미국의 대한정책은 소련과 중국을 봉쇄하는 전진기지로 설정하는 것이었다. 즉 남한이 철저한 반공국가로서 존재하는 것이 무엇보다도 절실했다.[24]

남과 북에 정부가 각각 수립되긴 했지만 한국전쟁이 일어나기 전까지만 해도 남한 교과서에 반북 이데올로기는 찾아볼 수 없었고, 북한에 대해 한나라(한영토) 한민족 의식을 보여주었다. 예컨대 전쟁 직전인 1950년 3월에 나온 국어 4-2에는 「서울구경」과 함께 북한 쪽 지역인 「개성」이 독립적인 한 단원으로 소개되고 있고, '우리 나라'로 칭해졌다.

사백여 년 동안 고려의 옛 서울이었던 개성을 찾아서 역에 내린 것은, 따뜻한 어느 봄날이었습니다. <u>이 개성이 지금은 우리 나라에 새로운 힘을 돋우어 주는 곳입니다.</u>[25]

이 밖에도 경기도 시흥군의 「염밭」과 북한 지역의 「외금강」을 똑같은 단원으로 남한 어린이들이 배웠으며, 압록강을 사이에 두고 봄을 맞는 조선과 만주의 풍경을 그린 「국경의 봄」, 개성 천마산 관음사의 전설을 그린 「소년 조각가」도 교과서를 통해 공부하였다. 남한과 북

---

24 한국역사연구회 현대사연구반, 『한국현대사2』, 풀빛, 1991, 100쪽.
25 「개성」, 『국어』, 문교부, 4-2, 1950. 3.

한에 두 개의 국가가 수립되었지만, 여전히 한민족 한겨레라는 의식을 갖고 있었던 것이다.

그런데 전쟁 이후 남한의 교과서에서는 '남한 국가'에 속한 국민에게만 민족과 겨레의 자격이 부여되는 것을 볼 수 있다.

우리 대한민국 정부가 선 다음에 바치는 세금은, 그 전에 내던 세금과 달라서, 우리 겨레가 잘 살기 위하여 공산당과 싸우고, 전쟁에 파괴된 살림을 다시 세우는 데 쓸 것이래요. 우리 나라 싸움을 우리가 아니하고 누가 해요. 제가 번 돈이 탄환이 되어 공산군을 무찌르고, 나라 살림에 보태게 되면 좀 좋아요.[26]

전쟁 발발 전인 1950년 『국어』 6-1 교과서에 실렸던 「고무신」 단원에 없었던 공산당에 관한 내용이, 1951년 교과서의 같은 단원에는 새로이 첨가된 것이 확인된다(밑줄 부분). 우리 겨레(우리 나라)와 공산당(북한공산군)을 적대적으로 분리하여 교과서에 명시함으로써, 남한 '나라'에 속하지 않은 그들은 같은 '겨레'가 아님을 분명히 명기하고 있다. 교육이 정치에 복속되어 있는 상황에서, 국가가 민족 경계를 자의적으로 금 그어 어린이 전체에게 교육하기 시작했던 것이다.

중국에 대한 기술 태도 역시 전쟁 이전과 이후 교과서가 완전히 달라진다. 전쟁 이전 교과서에는 중화민국과 중화인민공화국에서 다함께 국부로 추앙받는 「손문」을 한 항목(국어 5-1, 1949)으로 학습하는 등 중국을 우호적으로 다루었다. 이때까지만 해도 반공의 대상이 북한이나 중국이 아니라 소련이었고 냉전 이데올로기의 수준에 머물러

---

26 「고무신」, 『국어』 6-1, 1951.

있었으나, 한국전쟁 이후 '반공＝반북'의 함의를 갖게 되었고 "싹싹 쓸어내자, 쓰레기와 오랑캐"(국어 5-1, 1953)라는 표어에서 볼 수 있듯 중공군은 쓰레기처럼 '쓸어내야 할 물질'로 비하된다.

이 밖에도 「우리를 돕는 유엔」, 「위문편지」, 「서울 탈환」 등 전시교재에 실렸던 글이 휴전 이후에 발행된 각 학년 국어 교과서에 재수록되었으며, 이 글들은 문장을 손질하거나 논리를 보강하는 등으로 국가의 이념에 맞도록 매해 수정·보완을 거듭하며 50년대 내내 반공교육을 위한 중심 텍스트가 되었다.

국가주의, 전체주의 교육

전시체제부터 50년대 내내 강력한 중앙집권적 통제하에 교육정책과 시책이 이루어졌고, 교육은 정치권력에 복속되어 있었다. 따라서 국가는 권위와 정당성을 독점한 채 전체주의 관점을 집중 유포하였다.

예를 들어 1950년부터 수정·보완을 거치며 매해 6학년 교과서에 실렸던 「고무신」 단원도, 교육체계를 통해 '국민들의 납세 의무'만을 줄기차게 설득하는 국가의 입장(만)이 반영되어 있다.

"그렇지만 돈이 있어야지요. 보시다시피 남의 땅을 소작하여 살림이 구차하니, 세금 낼 돈이 있어야지요."

세무관리는 참 딱하다는 눈치로 말을 꺼냈습니다.

"그것은 잘못된 생각이십니다. 세금은 국민의 의무입니다. 먹고 나머지를 바치는 것이 아니라, 나라 살림을 위해서 우선 바쳐야 할 의무입니다. 우리나라도 당당한 대한민국 정부를 세워서, 세계 각국과 같이 남부끄럽지 않은 국가를 이룩하려는 이때, 제일 필요한 것은 재정입니다. 국민이 모두 세금을 바쳐서, 학교를 늘여서 의무교육도 실시하고, 철도를 고쳐 교통을 편리하게 하고, 관청을 두어 사무를 보고, 경찰과 군대로 나라를 평온하게 하는 것은 모두 나라 살림입니다. 우리 살림에는 돈이 필요합니다. 모처럼 세운 새 나라가 살림을 못해서야 되겠습니까?"[27]

'간신히 그날그날을 지내는' 가난한 집의 아이 병수는, 학교에서 오는 길에 날마다 벌목장의 장작을 날마다 한 짐씩 날라다 주고 받은 돈으로 아버지께 고무신 한 켤레만 사 달라고 부탁한다. 그런데 세무 관리가 체납된 세금을 받으리 오자, 병수가 고무신을 사려던 돈을 기꺼이 내어 놓는다는 내용이다.

날마다 힘든 노동을 하면서 고무신 살 돈을 모은 병수의 어린이다운 욕망, 꿈, 기쁨이 소거된 대신, 병수의 입을 빌어 타인의 담론이 발화된다.

"제가 번 돈이 탄환이 되어 공산군을 무찌르고 나라 살림에 보태게 되면 좀 좋아요."

당장 아이의 고무신 한 켤레를 살 돈이 없는 피폐한 형편의 집에 '관청을 두어 사무를 보고' '경찰과 군대로 나라를 평온하게' 해야 함을 당당히 주장하는 세무관리의 논리는, 국민의 '삶의 질'이나 '권

---

27 「고무신」, 『국어』 6-1, 1951.

리'에는 관심이 없고 '의무' 이행만을 촉구하는 국가주의 관점을 여실히 반영한다.

그런가 하면 전시생활 3-1에 수록되었던 「민주주의와 공산주의」 단원을 1951년 발행한 정식 교과서에 재수록하면서 유독 '국민의 권리' 부분만 일부 삭제한 점이 눈에 띄는데, 삭제된 부분은 다음과 같다.

— 자기의 생각을 말로나 글로써 자유롭게 발표할 수 있는 권리.
— 법에 없이 재산을 빼앗기거나, 매를 맞거나 갇히거나 하는 일을 당하지 않을 권리.
— 마음대로 사람들끼리 모여서 의논할 수 있는 권리.
— 자기가 믿고 싶은 종교를 자유로 믿을 수 있는 권리.

국민의 기본권인 표현의 자유, 집회의 자유, 종교의 자유 등에 관한 부분을 굳이 지워버린 것은, 되도록 국민의 권리는 모르게 하고 의무에는 충실하도록 교육하고자 하였다는 의심을 갖게 한다. 결과적으로 독재로 치달았던 이승만 정부의 행로는 이러한 추측의 타당성을 뒷받침해 준다.

모든 학년별 교과서의 단원 편성과 내용 자체에 반영된 국가주의 이데올로기를 발견하는 것은 어려운 일이 아니거니와, 전후에 처음으로 교과서에 등장한 「표어」와 「포스터」에는 국가주의 관점이 더욱 직접적으로 드러난다.

자나 깨나 나라 사랑, 자나 깨나 불조심.
받들자 우리 대한, 바치자 나라 세금.

언니들은 일선에서 우리들은 학교에서.[28]

한겨레, 한나라, 한글로 뭉치자[29]

잡아내자 오열
길이 빛내자 대한민국[30]

속담, 격언 등에는 모든 사람들에게 공통적 자산이 되는 경험이나 지혜가 함유되어 있는 반면, 표어나 포스터에는 특정 소수의 이해관계에 봉사하는 이데올로기가 담겨 있을 가능성이 높다. 첫 번째 표어는, 국민으로 하여금 자나 깨나 나라를 '사랑'하고, '받들고' 세금을 '바치고', 나라를 '지키고' 나라를 '위해' 공부하라고 세뇌한다. '한겨레, 한나라, 한글로 뭉치자'는 두 번째 표어도, 이승만의 일민주의를 즉각 환기시킨다. 그러나 이 한겨레나 한나라 속에 '북한국가'와 연관된 국민은 포함되지 않음은 물론이다. 간첩을 잡아 '대한민국'을 길이 빛내자는 세 번째 표어에도 반공주의와 국가주의 이데올로기가 착종되어 있다. 이처럼 '나라', '겨레', '국가' 등 추상적 관념을 앞세워 국민 개개인의 충성과 희생을 당연시하는 교육 담론이 1950년대부터 수십 년 동안 한국의 어린이들에게 주어져 왔다.

국가를 내세운 전체주의 담론은 실질적 반공교육을 위해 따로 편성한 『도의』 교과에서 더욱 노골적으로 이루어졌다. 문교부 추천 국민학교 도의독본 『착한생활』(1955)의 내용 일부를 살펴보자.

28 「표어」, 『국어』 5-1, 1953.
29 「표준말과 사투리」, 『국어』 4-2, 1956.
30 「표어와 포스터」, 『국어』 4-2, 1956.

"……우리들은 상관의 명령에 복종하며 날마다 훈련을 받아, 몸과 마음을 튼튼히 하여 언제든지 명령만 내리면, 오랑캐를 무찌르고 북으로 북으로 진격하여, 백두산 상상봉에 태극기를 날릴 수 있는 준비를 하고 있다. 우리의 책임은 크다. 우리들이 이 맡은 책임을 다하여야만, 후방에 있는 온 겨레들이 안심하고 나라를 위하여 일할 수 있을 것이다. 영옥아, 너도 열심히 공부하고, 몸과 마음을 튼튼하게 해야만 장차 자유와 행복을 누릴 수 있을 것이다."[31]

「자유와 책임」은 군인인 오빠가 보낸 편지를 보며, 영옥이가 자신도 맡은 일을 힘껏 하리라 다짐하는 내용이다. '상관의 명령에 복종'하고, 전투 기능 향상을 위해 날마다 '훈련'하고, 병사로서 나라의 것인 '몸'을 '튼튼히' 하고, '언제든지 명령만 내리면' 기계처럼 '북으로 북으로 진격'할 준비를 갖추고 있는 군인이야말로, 이 시기 국가가 어린이들에게 가장 바람직하게 제시하는 '책임 있는' 국민의 모델이었다.

다음의 예문도 국가가 원하는 국민의 성격을 명확히 보여준다.

공장에서 돌아가고 있는 기계들은 여러 가지 조그만 부속품이 기계가 돌아가는 것을 돕고 있다. 우리 대한민국도 마치 이 기계처럼, 모든 국민이 자기 맡은 일을 열심히 해야 좋은 나라가 된다. 농사짓는 사람은 농사를, 공장에서 일하는 사람은 공장 일을, 바다에서 고기잡이 일을 하는 사람은 고기잡이를 열심히 해야 한다. 만일, 모두가 나라를 다스리는 일만 맡으려들거나, 모두가 회사에만 다니려고 한다면, 그 나라는 망하고야

---

31 「자유와 책임」, 『착한생활』, 문교부 도의독본, 1955, 66~67쪽.

만다.[32]

국민 개개인을 개별 주체로 여기는 것이 아니라, 기능적 존재로만 보고 기계의 부속품과 동일시하는 시각이다. 부속품이란 단지 '전체에 속한 소모품'으로서, 꼭 그 자리에 있어야 하지만 반드시 그 제품이어야 할 필요는 없다. 수많은 부속품으로 이루어진 전체를 관리하는 입장에서는, 하나의 부속품도 말썽 없이 원래의 제 자리에서 제 기능을 다 해주는 것이야말로 가장 바람직하다. 마찬가지로 전체 국민을 개별 중심 주체가 아닌, 일괄적으로 '다스려야 할' 대상으로 바라보면, 주어진 계급에서 이탈하거나 특히 상승지향적 움직임을 보이는 것은 용납할 수 없는 일이 된다. 근대적 제도와 논리로 합리성을 부여하고 있지만, 결국 왕조시내 지배세급의 봉선적 관점과 다를 바가 없는 것이다.

창수야, 자 용기를 내어라.
이 크나큰 군대의 한 병정이여!
너의 책은 곧 무기이며, 너의 반은 곧 소대요,
싸움터는 이 세계요, 승리는 인간의 문명이란다.
창수야! 너는 훌륭한 용사가 되어 다오.[33]

국민을 '추상적 전체의 일부'로만 인식하였듯, 어린이에 대한 국가의 관점 역시 '크나큰 군대의 한 병정'으로, 인격 전체가 아니라 그의

---

32 「나는 국민」, 『착한생활』, 위의 책, 74~75쪽.
33 「너희들의 책임」, 『착한생활』, 위의 책, 72쪽.

'기능적 유용성'에 가치를 부여하고 있다. 어린이의 개별적 삶, 생명의 주체적 발전 대신, 막연하고 추상적인 그 무엇을 '위해' 싸우고, '목숨까지도 바쳐야 하는' 병사의 아이덴티티를 주입하고 있는 것이다. 나라와 민족, 세계 같은 추상적인 거대 담론을 끊임없이 들먹임으로써, 비록 어리지만 대단히 중요한 일에 참여한다는 허위의식을 어린이들에게 심어 주어 현실 토대에 대한 성찰과 비판의 계기를 제거함을 볼 수 있다.

이승만 우상화와 반공의 일상화

정치적 기반이 취약하였던 이승만 정부는 북한 침략으로 인해 상
대적 정당성을 확보하며 국내 정쟁세력을 물리치고 정치권력을 장악
하게 되었다. 모든 독재자들과 마찬가지로 이승만은 개인 숭배와 우
상화의 흔적을 정권 초창기부터 보여주며, 전쟁과 휴전 이후 그 성향
은 더욱 노골적이 된다.

우리 이승만 대통령은 일찍이

"뭉치면 살고 헤치면 죽는다."

고 삼천만 겨레의 단결만이 새 나라를 세워서 행복스럽게 살 수 있다고
가르치셨다. 이 말씀은 우리 겨레뿐만 아니라 중국 사람에게도 알맞은 말
씀이요, 세계 민주주의 나라에도 공통이 되는 가르치심이다.[34]

이승만 대통령께서는 미국에 가셔서 싸우시다가, 지금부터 10여 년 전에 일본이 물러가자 곧 돌아오셔서, 대한민국을 세우시고, 대통령이 되신 것입니다. 우리들도 유관순 누나와 할아버지들처럼 씩씩한 사람이 되어서 훌륭한 일을 하여야 하겠습니다.[35]

『국어』교과서에 실린 이승만 개인 우상화의 사례들이다. 그나마 국어 교과서에 교묘하고 자제된 방식의 글이 실렸다면, 『도의독본』이나 『반공독본』 등 반공교육을 위한 교재에는 이승만 개인 숭배와 우상화가 노골적으로 이루어졌다.

미국 국회의원들은 리 대통령의 불을 토하시는 것 같은 말씀에 찬성하고 탄복하여, 모두 자리에서 일어서며 그칠 줄을 모르고 박수를 치는 것이었습니다. 웅장한 의사당이 뒤흔들리는 것이었습니다. 이 때 누군가,
"리승만 대통령 만세!"
하는 소리가 나자, 이에 따라서 사방에서
"대한 민국 만세!"
"자유의 여러 나라 만세!"
"세계의 반공의 위대한 지도자 만세!"
하며 고함치는 것이었습니다. 의사당 안은 글자대로 물 끓듯 하였습니다.
노 대통령의 열렬하신 말씀은 각국 신문 기자, 통신 기자의 손으로 전파를 타고 세계에 널리 퍼져 갔습니다.
리승만 대통령 각하의 훌륭하신 말씀에 자유 세계의 여러 나라는 더욱 마음을 합치고 힘을 모으게 되고, 한편 공산당들은 무서워서 떨게 된 것

---

34 「우리 겨레」, 『국어』 6-2, 1952, 10~11쪽.
35 「삼일절」, 『국어』 2-2, 1959, 78~79쪽.

입니다. (……) 이에 감동한 미국의 몇 대
학교에서 리 대통령 각하께 박사 학위를
올리고 세계에서 가장 위대하신 반공 지도
자라고 찬양하는 글을 발표하였읍니다.[36]

『전시교재』와 『반공독본』은 반공교육
을 목적으로 제작한 교재이기 때문에 반
공주의 일색이라는 점에서 동일하다. 그
런데 『전시교재』가 급박한 전쟁 상황에
서 적대적 세력에 대한 대항적 성격을 가졌다면, 휴전 후 발행된 『반
공독본』은 특정 이데올로기의 자의적 유포 의도를 노골적으로 보여
준다. 논리적 필연성은 물론이고 내적 설득력도 없이, 오직 반공 이
데올로기 주입의 '목적'만을 드러내는 내용이 선과 악, 애국과 애족,
세계 평화 같은 추상적 거대 담론으로 포장된 채 전국의 어린이들에
게 제도적으로 주어졌다.

　청년은 붉게 타오르는 새벽 햇살을 받아가면서 아무러한 생각도 없이,
그저 노래만 곱게 곱게 부를 뿐입니다. 빨갱이들은 미친 듯이 날뛰며 청
년의 목을 얼싸안고 노래를 못하게 막으나, 청년은 빨갱이의 두 팔을 꼭
잡고서,
　"무궁화 삼천리 화려강산,
　　대한사람 대한으로 길이 보전하세."
하고 부르니, 빨갱이 하나가 옆에 총을 가지고 있다가 청년의 허리를 겨

36 『반공독본』(문교부 인정), 이문당, 1956, 62~65쪽.

낭하여,

"따르륵 따르륵"

내갈겼읍니다.

　총을 맞은 청년은 그래도 여전히 웃는 낯으로 노래를 계속하며 뒤의 푸른 나무 위로 쓰러지고 말았읍니다. 청년의 목숨은 끊어졌으나, 그의 얼굴에는 웃음이 어리어 있었읍니다.[37]

　이처럼 50년대 교과서는 나라와 민족, 자유와 평화 같은 추상적 거대담론을 앞세워 국민 개개인의 희생과 봉사를 당위로 가르쳤고, 어린이의 참여를 촉구하였다. 실상 전쟁을 일으킨 주요 원인 제공자이면서 이승만은 전쟁으로 인한 희생과 고통은 국민에게, 잘못과 책임은 북한공산당에 전가함으로써 모든 '어둠'은 타자의 몫으로 돌리고, 자신은 선·정의·자유의 화신으로 '빛'을 독점하며 정치적 정당성과 국가 권력을 장악하고자 하였다. 이런 현실에서 교육은 독립성을 지니지 못한 채 전체주의 사고를 제도적으로 주입하여 어린이의 개별성을 억압하는 역할을 수행하였다. 또 이승만을 세계의 반공십자군을 이끄는 위대한 반공지도자이자 유관순과 같은 애국투사로 떠받들고 미화하는 등, 정권에 영합하여 왜곡된 정보와 지식을 무책임하게 확산시켰다.

　이와 함께 학교와 교실 차원에서 실시된 반공교육 실천 환경은 어린이들의 반공 이데올로기 내면화를 촉진하였다. 조회 시간의 반공교육, 반공주간의 설정, 반공 포스터 그리기, 반공표어 및 반공글짓기 대회, 반공웅변 대회, 국군 위문 활동 등, 학교 별로 다양한 반공

---

37 「동해물과 백두산이」, 『반공독본』, 위의 책, 20~21쪽.

주의 행사가 시행되었고, 학교 단위뿐 아니라 시·도 단위, 전국 단위까지 확대되었다.

반공교육 생활화의 구체적 실현 양상을 보여주는 당시 현상논문의 일부를 살펴보자. 아래 표는 경남 선영국민학교의 반공·방일교육 실천안을 연중 학기별, 계절별, 월중별로 작성한 것 가운데, 3학년의 6월 중 실천안이다.

〔표 2-5〕 경남 선영국민학교 반공·방일교육의 자료와 실시계획안(1957)[38]

단원	6·25사변과 낙동강	기간	自6월1일 至6월 30일 3주간 (245분)
지도목표	6·25사변 6주년을 맞이하여 6·25사변을 상기시키고 공산주의의 침략적 근성과 6·25 때 겪은 공산주의의 무도함을 재인식시켜 공산주의 정치의 흉악성을 알게함을 목표로 함.		
환경설치 및 자료	● 6·25사변도 및 6·25사변사 책 ● 6·25를 상기시킬 수 있는 포스타 ● 6·25 때 부서진 우리 고장의 건물 및 교량의 사진		
반공방일 생활실천 강조점	● 6·25는 공산주의가 불법 남침한 것이다. ● 6·25 전에 북한은 전쟁준비를 했다. ● 6·25 때 공산주의자는 많은 양민을 죽였다. ● 지금도 북한은 전쟁준비를 하고 있다.	예상되는 중요행사	● 6·10만세 기념일 ● 반공포로 석방 기념일 ● 6·25 기념행사 · 교내웅변대회 · 교내전시회 (6·25 포스타) (6·25 작문글씨)

38 이수곤, 「반공·방일교육의 방안」, 『문교월보』, 34호, 1957, 46쪽.

학교생활의 반공환경 구성이 문교부의 교육정책에 명시된 사항은 아니었지만, 50년대에 반공교육은 생활영역에 뿌리를 내렸다. 반공교육이 정부에 의해서만 일방적으로 추진된 것이 아니라, 각 학교장이나 교사의 자발적 의지에 의해 적극적으로 시행되었음을 주목할 필요가 있다.

"지배문화는 지배계급의 진정한 통합을 위해 기여한다(지배계급 모든 구성원 사이의 소통을 촉진시키고, 그들을 다른 계급성원으로부터 구분함으로써), 지배문화는 전체 사회의 허구적 통합에도 기여하는데, 그리하여 피지배계급들을 무관심(허위의식)으로 이끈다. 그래서 최종적으로는 구분들(위계들)을 확립하고 이들 구분들을 정당화함으로써 기본질서의 정당화에 기여하게 된다"[39]고 할 때, 민족의 '유년기 전체'에 교과서를 통해 '제도'적이고 '생활환경'적으로 주어진 반공 이데올로기는 성인이 된 후에도 무의식으로부터 당연하여 의문시되지 않는 억견(doxa)의 상태를 유지하게 하고[40] 정치에 무관심한 성향을 갖게 함으로써, 기득권층 위주의 사회질서를 지속적으로 생산하게 하는 심리적 토대 형성에 기여하였다고 생각된다.

---

39 피에르 부르디외, 정일준 옮김, 『상징폭력과 문화재생산』, 새물결, 1997, 96~97쪽.
40 피에르 부르디외, 위의 책, 57쪽.
　　다양한 종류의 시장이 있듯이, 다양한 종류의 자본('경제적', '문화적', '상징적')이 있으며, 장들의 가장 중요한 속성 중의 하나는 특정한 종류의 자본을 다른 자본으로 전환시킬 수 있다는 점이다. 최대의 자본을 가지고 있는 사람은 그것을 보존하는 전략 쪽으로, 즉 기존의 구조 자체가 의문시되지 않는 억견(doxa) 상태를 유지하는 쪽으로 나아가려 한다.

단편소설
싸우는 병정

제3부
아동문학과 반공주의

전후 아동문학과 아동잡지

최초의 반공작품 창작 실태

반공문학의 패턴과 논리

전후 어린이책의 현황

일반문인들의 아동문학 창작

전후 아동문학인들의 활동

전후 아동문학과 아동잡지

동화와 아동소설은 같은 산문문학이면서도 장르 속성이 다르다.

동화는 옛이야기의 세계관을 많은 부분 이어받은 장르이고, 소설은 근대에 탄생한 문학 양식이다. 소설이 자아와 세계(사회)의 관계를 사실적, 현실적, 객관적으로 드러내고자 하는 데 비해 동화는 시적, 은유적, 상징적인 방법으로 '진실'을 말하고자 한다.

어린이는 연령이 낮을수록 현실과 비현실의 경계가 없고, 존재하는 것은 무엇이든지 자신처럼 생명이 있고 생각한다고 여기며, 이러한 물활론적 사고는 사춘기가 될 때까지 남아 있다. 베텔하임에 따르면 현실 그대로의 이야기는 어린이의 내면적 경험에 위배된다. 어린이는 그런 이야기들에 귀를 기울이고 그로부터 무언가를 얻을 것이다. 하지만 명백한 사실을 뛰어넘는 수많은 개인적 의미를 그 속에서 추출해내지 못한다. 사실에 대한 지식이 '개인적 지식'으로 바뀌어

야 총체적인 인성에 도움을 준다.[1]

동화는 이처럼 '어린이가 세계에 대해 생각하는 방식'인 환상을 주요한 장르적 속성으로 가지며, 어린이가 자신의 경험에 비추어 '주관적'으로 세상을 이해하고 받아들일 여지를 준다. 어른문학과 달리 아동문학에서 동화 장르가 변함없는 생명력을 갖는 것은 어린이들의 내적 성장 발달에 동화가 더욱 적절한 기능을 수행하기 때문이며, 점차 성장할수록 객관적 현실을 사실적으로 대면하게 하는 소설의 역할이 필요해진다.

그런 면에서 1950년대 아동 산문문학의 창작 양상은 매우 흥미롭다. 전쟁 직후 일반 소설가들이 대거 아동문학 창작에 참여하였는데, 이들은 모두 사실주의 기법의 아동소설만을 창작한 반면 아동문학 전문작가들은 전쟁 이후 열정적으로 동화 장르 창작에 매진하였다. 강소천, 이원수, 김요섭, 박화목, 이주훈, 박홍근 등이 바로 그들인데, 전쟁 이전에 주로 동시를 썼거나 몇 편의 동화를 발표하는 데 그쳤던 이 그룹은 전쟁 직후 약속이나 한 듯 '환상'과 '희망'을 주요 특질로 하는 동화 창작에 몰두하였다. 이러한 현상은 문학이면서도 일반문학과 다른 아동문학의 특수성에 대한 중요한 시사점이라 생각된다.

일반 소설가들이 전쟁 직후 대거 아동소설을 창작하게 된 까닭은, 아래 예문에서 볼 수 있는 바와 같이 물질적 기반이 파괴된 현실에서의 경제적 이유가 컸다.

"어제밤은 밤을 새여 苦役하니 머리가 아프고 따분하다. 값싼 원고나마 써야만 살겠기에 방송 드라마를 한 편 쓰노라면 밤을 새웠던 것이라. 며

---

1 브루노 베텔하임, 김옥순·주옥 옮김, 『옛이야기의 매력 1』, 시공주니어, 1998, 90쪽.

칠 전 소설을 쓰려고 서둘렀다가 드라마 편이 고료도 낫고 제재도 알맞을 것 같아 육십칠 매를 단숨에 쓴 것이다. 육십칠 매에 이만 원 이내라는 고료인데 이 육십칠 매나마 쓰기에 여간 精力이 들지 않는다. 그러니 아모리 생활이 급박하기로서니 〈국수밥〉 짜내드시 영겁히 쓸 수도 없는 노릇이다."[2]

전쟁은 인간의 내면에 잠재되어 있던 모든 가능성(밝고 어두운)들을 일시에 '현실화'시켰으며 이에 따라 작품 제재의 폭발적인 확장을 가져왔는데, 일반 소설가들의 대거 참여로 1950년대의 적나라한 생활상이 아동소설의 장에 폭넓게 수용되었다. 전쟁 이전까지의 창작동화 목록이라고 해봐야 영성(零星)하던 실정에, 이들의 활발한 집필활동은 한국 창작동화의 외연과 내포를 크게 확장시키는 결과를 가져왔다. 이러한 양적 팽창은 미학적 가치와는 별개로 동시대에 대한 문학사적 '증언'이라는 측면에서 긴요한 의의를 가지며, 계용묵의 「오리알」(『새벗』 57. 6)이나 손창섭의 「장님 강아지」(『새벗』 58. 1.), 「돌아온 쎄리」(『새벗』 58. 11), 「싸움동무」(『새벗』 59. 3) 등 객관적 현실과 그 현실에 대응하는 인물의 성격을 치밀하고 힘있게 그려낸 작품들은 아동소설의 지평을 확대하기도 했다.

그러나 일반문인들이 쓴 작품 가운데 치열한 문학적 긴장을 유지한 아동소설은 드물고 대부분 현실세태를 피상적으로 묘사하는 차원에 머물렀으며, 흥미를 유발시키는 소재와 줄거리에 의존하는 안일함을 보여주었다. 일반소설에서 상당한 수준의 미학적 성취를 보여주는 작가들조차 현저히 질이 떨어지는 아동소설을 양산한 데는 '애

---

2 김송, 「決戰下의 片想」, 『新潮』, Vol.1(1951.6) 83~84쪽. : 이재철, 『한국현대아동문학사』, 일지사, 1978, 429쪽에서 재인용.

들이' 읽는 글이라 가벼이 여긴 면도 없지 않았던 것으로 보인다. 전문 아동문학인 역시 생계를 위해 한 줄의 글이라도 더 써야 하는 입장은 같았지만,[3] 먼저 어린이 입장에서 그들 심정과 욕망을 대변하고 그들의 성장발달에 미칠 영향을 항상 고려하였다는 점에서 일반 소설가들의 글과 차별성을 가진다.

전쟁과 이로 인한 카오스적 혼란과 역동성은 아동문학에도 그대로 반영이 되었는데, 가장 눈에 띄는 변화는 인적 구성의 재배치이다. 전쟁 이전에 한반도 전체에서 활동한 아동문학인이라고 해봐야 불과 이삼십 명을 헤아릴 정도였다. 그런데 전쟁과정에서 유능한 작가들이 사망 또는 행방불명되었고, 좌파 계열의 작가들이 대거 월북하였는데, 남북한의 아동문학 자료를 통해 현재 확인되는 인원은 다음과 같다.

* 사망 아동문학인 : 강승한, 강 훈, 김련호, 송완순, 임원호, 안준식, 이동규, 홍 구, 최병화 (노량근 실종)
* 월북 아동문학인 : 윤복진, 현 덕, 리원우, 리진화, 김북원, 박세영, 송창일, 송순식, 박인범, 임서하, 임원호, 박아지, 신고송, 리동규, 윤동향, 남응손, 황 민 등

전쟁으로 인적자원의 손실이 있었지만, 한편으로는 전쟁이 작가의 창작 에너지를 외적, 내적으로 추동한 면도 있었다. 강소천, 김요섭, 박화목, 박홍근, 이주훈 등이 전쟁과 분단으로 인해 월남하지 않았다

---

3 강소천과 생전에 가까웠던 아동문학인 서석규에 따르면, 소천 역시 열 손가락에 청탁서 종이를 감아 실로 묶어 놓고, 차례로 하나씩 풀어서 보고 집필하여 쉴 새 없이 원고를 넘겼다고 한다.

면, 그리고 마해송, 이원수 등이 전쟁과 분단과정에서 남다른 고난을 겪지 않았다면, 그리고 경제적인 또는 사회적인 다양한 이유로 작가들이 집필 활동에 전력을 다해야 하는 형편이 아니었다면, 이들이 그토록 집필 활동에 매진하였을지는 의문이다.

50년대 아동문학의 가장 큰 특징으로 손꼽히는 통속화와 상업화[4] 역시, 부정적 가치 평가 이전에 카오스적 역동성의 표출 양상으로 이해할 수 있다. 휴전 이후 만화를 필두로 하여 모험소설, 탐정소설, 순정소설, 명랑소설 등 오락성 위주의 통속 대중소설이 전에 없이 쏟아져 나와 독자들을 매료시켰다.[5] 의무교육의 확대로 문자 해독이 가능한 어린이가 50년대에 갑작스럽게 늘어난 반면, 물자가 터무니없이 부족하였기에 어린이·청소년이 읽을 만한 마땅한 책을 구하기는 쉽지 않았다. 따라서 눈에 띄는 활자가 있으면 무엇이든 가리지 않고 읽어대는 자발적 독자층이 폭넓게 형성되던 시기에, 만화와 대중소설이 양산되었다면 그 나름의 문화적 이유가 있었을 것이다. 아마 근대 자본주의 시스템이 어린이책 분야에서 기민하게 가동하기 시작한 양상이겠으며, 내적 위안과 즐거움을 필요로 하는 그 시대 독자의 취향과 욕구가 반영된 결과이기도 할 것이다. 말초적 흥미에 반응하는 어린이의 미분화된 정서 탓도 있겠지만, 어린이의 미약한 자아로 응시하기에는 가혹했던 전후 현실과, 사고의 다양성을 억누르는 시대

---

4 이원수, 「아동문학과 저속성」, 《대한일보》, 1956. 10. 5.
"흔히 아동들은 대중소설 통속소설적인 소년소설을 기억에 남기고 있기도 하다. 그러나 진정 자기네 마음을 굳세게 해 주었다든지 정의에 뿌리를 박게 해 주었다든지 하는 그런 작품을 기억하고 있을지 의문이다."
이원수, 「소년운동의 문학적 형태」, 『문예』, 1956년 6월, 76쪽.
"연장(年長) 아동을 성인 통속소설의 독자로 만드는 한편, 연소(年少)한 아동들에게는 소위 만화 그림 얘기책의 대량 생산이 그들을 끌고 가므로 하여, 정상적인 독서 생활을 그르치고 아동문학의 쇠미(衰微)를 보게 한 결과를 가져왔다."
5 김래성, 『쌍무지개 뜨는 언덕』(1952), 박계주, 『날개 없는 천사』(1956), 조흔파, 『얄개전』(1956) 등의 순정소설, 명랑소설 등은 이 시대 어린이 청소년 독자들을 폭발적으로 열광시켰다.

분위기의 탓도 컸다고 생각된다.

'형상적 바탕도 없이 반공을 맹목적으로 내세우고' '공산주의라면 무조건 나쁘다는 식의 생경한 사상성을 그대로 드러낸 작품'이 양산[6]된 반면 비평이라고는 찾아볼 수 없는[7] 현실은, 실제 생산된 창작품보다 비평 담론이 더욱 치열하였던 해방공간의 아동문학 문단 분위기와 뚜렷하게 대비된다. 비판적 사고와 표현을 용납하지 않는 사회적 분위기가 모두의 입을 '닫게' 만들었기에, 극성스런 상혼이 어린이들 정신에 해악을 끼치는 사태[8]가 벌어져도 대부분 강 건너 불구경하듯 하였다. 이처럼, 이념의 통일로 인한 사유의 단일성과 비판력 상실이야말로 전후 한국 창작동화의 성격을 규정하는 핵심 요인이라 하겠다.

해방 이후 발간되었던 아동잡지로는 『소학생』(1947. 8~1950. 6), 『소년』(1948. 8~1950. 6), 『어린이나라』(1949. 1~1950. 5), 『아동구락부』(1949. 3~1950. 6) 등이 있었는데, 한국전쟁의 발발로 일시에 폐간되고 말았다. 급박하던 전쟁이 해를 넘기며 소강상태를 보이던 1952년 1월에 비로소 기독교 계통의 잡지 『새벗』이 창간되었고 같은 해 7월에 『소년세계』가 탄생했다. 9월에는 주로 외국 명작을 축약 소개한 『어린이 다이제스트』 및 부산 지역을 기반으로 한 잡지 『파랑새』가 각각 창간되었으며, 11월에는 중학생을 주 독자로 삼은 『학원』이

---

6 이재철, 『한국현대아동문학사』, 앞의 책, 450쪽.
7 이주홍, 「아동문학은 전진하고 있는가」, 『아동문학』 6집, 1962, 54쪽.
 "도무지 말이 없기로 습관이 들어 온 아동문학입니다. 말을 해야 할 경우에도 모른 듯 입 닫아버리고 말을 해보려 해도 말할 자리가 만만하지 않았던 것이 사실입니다. (중략) 우리 아동문학 분야는 너무도 오랫동안에 걸쳐 나오면서 평론이 없는 창작활동을 해 나오고 있습니다."
8 한정동, 「아동문학의 현상」, 《동아일보》, 1955. 1. 25.
 "(漫畵책 같은 것은) 비속한 것을 그도 남의 것을 고대로 따다가 되는대로 그려놓은 것들이 거리에 범람해 있고 진실성 있는 양심적 산물은 그야말로 쌀에 뉘만치도 얻어 보기가 힘들다고 보여진다."

창간되었다. 이러한 잡지들 또한 여건이 허락되어서라기보다, 전란의 참극과 공포로 인해 철저히 고갈된 어린이 정서를 순화시켜 '같이 웃고 같이 울고 같이 공부해서 같이 자라'기 위하여[9] '갖은 짓을 다해서 돈벌기에만 눈이 뒤집히는 세상에서 싼 값의 좋은 잡지를 만들어 내겠다는 밑지는 계획'하에 '약바른 이들의 비웃음을 받으며'[10] 시작한 일이었다. 1950년대 중반 이후로 『학생계』, 『어린이동산』, 『새동화』, 『초등학교 어린이』, 『소년생활』, 『착한 어린이』 등의 잡지가 연이어 출판되고 얼마 못 가 폐간되는 일이 되풀이되었다. 이들 잡지들은 발행기간도 짧았지만 성격 면에 있어서도 문학잡지라기보다 오락성, 또는 학습을 위한 부교재적 성격이 강하였다.

『소년세계』는 1952년 7월 피난지 대구에서 이원수, 김원룡 등에

9 편집자, 「새벗 한돐맞이 회고」, 『새벗』, 1953. 1, 39쪽.
10 이원수, 「편집을 마치고」, 『소년세계』, 1952. 1, 51쪽.

의해 창간되어 1956년 10월 폐간되었다. 종군작가들이 필진의 대부분을 이루었는데, 이는 전문 아동문학인이 극소수에 불과한 형편이기 때문이기도 하고 전시상황이라서 그러하기도 했다. 전쟁이 발발하자 한국 문단에서는 전시하 문학의 방향에 대한 논의가 활발히 일어났는데, 문인들의 애국심이 강조되고 전의를 고취시키는 '선전문학'이 되어야 한다는 주장이 되풀이, 강조되었다. 작가들의 종군활동은 일종의 국책문학을 요구하는 사회적 문단적 분위기 속에서 이루어졌으며, 주 임무는 집필활동을 통해 국민들의 애국심을 고취하거나 전쟁 상황을 후방에 알려주는 일이었다. 따라서 『소년세계』 지면에도 국군의 활약상이 화보나 기사 형식으로 수시로 실렸다.

지난 밤 열시 40분경 적들이 크리스마쓰 고지를 향해 1개 소대의 병력으로 공격해 오는 것을 6915부대(1602부대 예하) 1대대 2중대 2소대의 박장용 하사와 이태성 일등병이 청음반(廳音班) 근무를 하다가 그 눈보라 속에서도 적들을 발견하여 대대본부로 빨리 전화 연락한 결과 우리편에서는 적들보다 먼저 공격을 할 수가 있었다는 것이다. (중략) 어떻게 하면 우리 국군이 그렇게 침착하고 또 용감할 수 있는가도 물어보았다. 그랬더니 임준장은 웃으면서 조국을 사랑하는 마음으로 전우들이 마음만 합심하면 무서울 것이 아무 것도 없다고 대답해 주었다. (중략) 후방 같으면 얼어 죽는 사람이 적지 않게 생길 영하 25도의 추위 밑에서 어떠한 적탄에도 까딱 안할 견고한 참호 속에서 그들은 춥다는 말 한마디 없이 언제나 적진만을 노리고 있는 것이다.[11]

11 박영준, 「1220고지의 모습」, 『소년세계』, 1953. 4.

종군작가들의 아동소설 창작도 50년대 초반에는 '종군활동의 일환'으로 해석할 수 있으며, 시기적 특성상 적나라한 반공의식의 표출을 볼 수 있다. 그러나 필자에 따라 반공이념의 유무와 강약의 차이는 있지만 전체적으로 볼 때『소년세계』는 문학 중심, 어린이 독자 위주의 편집과 함께 일정한 질적 수준을 견지하였다. 하지만 1955년 11월호를 마지막으로 이원수 주간이 떠난 뒤, 수록 작품의 급격한 질적 저하와 함께 노골적 우경화 색채가 발견된다. '대감격반공소설'이라는 제호하에 반공 자체가 목적인 소설을 버젓이 싣는가 하면, '꼬마시사교실'이라는 이름으로 본격 반공교육이 시작되었고, 학무과장을 비롯하여 정부 관련 인사들의 글이 주로 실리며 이승만 개인 우상화 현상마저 보이다 56년 9, 10월 병합호를 마지막으로 폐간되었다.

『새벗』은 1952년 1월 피난지인 부산에서 강소천, 이종환, 최석주, 홍택기 등에 의해 창간되었고, 50년대와 60년대에도 비교적 꾸준히 발행되었으며, 정간과 속간을 여러 차례 거치며 현재까지도 그 명맥을 유지하고 있다.『새벗』은 기독교 계통에서 발행한 잡지이기 때문에 아동문학뿐 아니라 '성경이야기', '이달의 말씀', '성경 그림이야기(만화)' 등을 정기적으로 연재하였고, 매해 12월에는 전체 편집을 크리스마스 특집으로 꾸미는 등 종교적 색채가 뚜렷했다. 주요 필진은 임인수, 박화목, 이주훈, 박경종, 유영희, 박홍근, 한낙원 등 월남 기독교인을 중심[12]으로 한 아동문학인들과, 이영희, 신지식, 황영애, 홍은순 등 여성 신예작가들의 활약이 새롭게 눈길을 끈다. 또한 손창섭, 방기환, 김이석, 김 송, 박영준, 손소희, 박경리 등 몇몇 소설가들

---

12 임인수를 제외한 나머지 작가는 모두 북한 출신이고, 성공회 교회 집안에서 성장하여 70년대에 성공회 사제가 된 이주훈을 제외한 나머지 작가는 모두 독실한 기독교인이다.

은 50년대 후반에도 아동소설을 꾸준히 발표하였다.

상업성과 통속성이 극에 달하였던 시기였지만 『새벗』에 수록된 작품들 역시 대체로 일정한 질적 수준을 갖추었고, 반공 이데올로기를 직접적으로 표출하는 작품도 별로 눈에 띄지 않는다. 전시와 전쟁 직후에 발간된 『소년세계』가 혼란기의 시대상과 역동적 현실을 생생히 반영하였다면, 『새벗』은 탈시대적·현실 시공간 초월적 성격을 상대적으로 강하게 가진다. 잡지 자체의 종교적 성향 때문이기도 하겠는데, 문학적 요소는 안정되고 세련된 양상을 보이지만 현실 인식은 훨씬 미미하다는 평가를 할 수 있다. 『새벗』은 특히 다양한 형식의 지면을 통해 미국을 우호적으로 소개하고 있는 점이 눈에 띄며, 57년 4월호부터는 '시사' 코너를 신설하여 지속적인 반공·방일 교육을 실시함을 볼 수 있다.

요즈음 북한 괴뢰 집단에서 무장 간첩을 우리 나라에 보낸 것이 자주 잡히는데 어째서 그런 간첩을 보내는지요?

북한 공산 괴뢰가 간첩을 보내는 것은 우리나라의 군사·정치·경제 등의 비밀을 알아내어 북한에 연락하고, 또한 무기로 살인을 하여 우리나라 국민들을 어지럽히려고 하는 것이다.

여러분이 뼈저리게 겪은 6·25전쟁이 터지기 직전에도 북한 괴뢰는 요즈음 같이 간첩을 많이 보냈단다. 그들은 먹고 살기 힘든 백성들을 잡아 가두어 비밀 교육과 훈련을 시켜 돈과 무기를 주어서 남쪽으로 보내는 것이며 이들 간첩은 여기 저기 숨어서 우리의 비밀을 탐지하고 있는 것이다. 그러기에 우리는 이들 흉계를 조심하여 말조심을 하여야 하고 수상한 사람이 이상한 행동을 할 때는 여러분은 군경 아저씨들께 연락해야 하는 것이다.

우리가 만일 언제나 숨어서 넘어오는 간첩들을 잡지 못하면 우리는 편안히 살 수 없으며 또 언제 어느 때 공산 괴뢰가 쳐들어올지 모르는 것이다.[13]

문교부의 반공·방일 교육정책이 잡지에 여과 없이 반영되고 있는 양상인데, 그 내용이 대단히 주관적이고 감정적이다. 아직 이성적 판단력을 갖추지 못한 어린이들에게 간첩을 신고하지 않으면 '여러분이 뼈저리게 겪은' 6·25와 같은 전쟁이 다시 터지게 될지 모른다는 내용은 어린이들의 공포심을 자극하기에 충분하다.

한편 『새벗』에는 최태호, 윤형모, 홍웅선, 최병칠 등 문교부 관계자들의 글이 유난히 많이 실렸다. 주간인 강소천이 문교부 편수국의 최태호, 전쟁 이전 편수관이었던 박창해(연세대 교수)와 각별히 돈독한 사이였고, 월남하여 문교부 편수국에서 교과서 편찬 일을 도왔던 인연이 크게 작용하였을 것이다. 『새벗』 1959년 4월호에는 '각 과목 공부 어떻게 할까?'라는 제목으로 각 과목의 문교부 편수국 담당자들의 글을 특집으로 싣는 등 학습을 위한 지식정보의 분량이 크게 늘어난 것이 확인된다.[14] 이는 50년대 초반의 잡지와 비교하여 확연히 달라진 성격인데, 사회적으로 과열된 입시경쟁 분위기가 잡지 편집에 그대로 반영되었다고 볼 수 있다.

마지막으로 『파랑새』 잡지는 1952년 9월에 부산에서 창간되었고, 편집인 겸 발행인에 김두일, 주간에 김용호인데 아동문학계에 잘 알

---

13 백운길, 「우리 나라와 세계의 움직임」, 『새벗』, 1958. 8.
14 이원수는 『아동문학』, 1964년 12월호에서 강소천을 '교육적 아동문학'의 근원지로 칭하며, '현실의 부정적인 면을 개인악(個人惡)에 의한 것으로만 돌려, 어린이들에게 보여주지 않으려' 했고, 그것은 '아동교육적인 면에서 가장 타당한 태도라는 보장을 받는 것이었으며, 그 보장은 행정관리층의 것이기도 했다'고 주장하였다.

려진 인물은 아니다. 동 시기에 창간 발행된 『소년세계』나 『새벗』에 비해 활자가 큼직하여 어린이가 읽기에 적합하고, 문예물에 큰 비중을 두지 않고 '공작실', '실험실', '잡지는 어떻게 만들어지나?', '나의 어린시절', '웃음보따리' 등 다양한 코너를 마련하여 정보와 교양, 오락적 기능을 종합적으로 추구한 말 그대로의 '잡지'라 하겠다. 참여 작가를 보면 부산 지역 출신의 이주홍이 매호 아동소설을 연재하긴 하였으나, 『소년세계』나 『새벗』과 달리 전문 아동문학인의 주도나 참여 없이 김말봉, 조연현, 손동인, 안수길, 장만영, 손소희, 김광주, 오영수, 김 송 등 일반 문인들로만 필진이 구성되었고, 당대 어린이의 생생한 삶을 증언하는 작품도 보기 어렵다. 국가주의 경향이 농후하며, 정부 수반의 움직임이나 정책에 대한 즉각적이고 호의적인 반응과 친미 성향 또한 동 시기에 발행된 타 잡지에 비해 두드러지게 눈에 띈다. 김홍주, 홍웅선, 최태호 등 문교부 편수관, 심수보 문교부 장학관, 사학자 이선근(54년에 문교부 장관이 됨), 신익희 국회의장, 오경인 전국 교육감회 회장, 박태진 해군 정훈감실 보도과장 등 정부 관련 인사들의 글이 번갈아 수록되었는데, 한결같이 '나라의 미래를 위해' 어린이들이 잘 자라줄 것을 기대하였다.

사랑하는 학생 여러분!
공산 침략군을 물리치기 위한 전투가 끝나지 않은 채 또 새해를 맞이하게 되었습니다. 여러분은 학교와 집을 잃고 불우한 처지에 있으나, 조국의 재건은 분명히 여러분에 달려있음을 간직하고 깨끗하게 굳세게 그리고 씩씩하게 또 한해를 값있게 살아나갑시다.[15]

---

15 박태길, 「새해를 맞으며」, 『파랑새』, 1953년 1월호.

잡지의 성격은 수록된 글들을 통해서 객관적으로 파악할 수 있는데, 봉래 국민학교 6학년 어린이의 글을 손대지 않고 그대로 싣는다는 편집실의 알림이 붙어 있는 다음 글을 보면 아동잡지로서 『파랑새』의 성격을 짐작할 수 있다.

"창호야 내가 잘못했다. 내가 돈을 벌 테니 너는 염려 말고 학교에 가서 공부해라."

이 말을 듣는 순간 창호는 눈물이 핑 돌았다.

"형님 고마워요. 정말 고마워요. 그렇지만 형님은 더 큰 일이 있어⋯⋯ 형님."

"응? 더 큰 일이라니."

"저는 이제부터 혼자 고학할 테니 형님은 군대에 입대하셔서 어머니 아버지의 원수를 갚아 주세요. 네?"

"오냐! 그러자 그러면 나는 일선 너는 배움으로."

두 형제는 다시 한번 안고 울었다.[16]

6·25동란으로 말미암아 부모를 여의고, 형이 집안 살림을 팔아 술만 마시는 바람에 학교에도 못 다니는 어린아이가, 자신은 고학을 할 테니 형은 입대하여 부모님의 원수를 갚으라고 한다는 내용은 지극

16 정영길, 「나라의 기둥」, 『파랑새』, 1952년 10월호.

히 비현실적이며 이치에도 맞지 않는다. 필자 어린이는 자신의 생각으로 쓴 글이라 여기겠지만, 반공교육을 의문 없이 수용하여 특정 계급의 이데올로기를 자신의 것으로 굳게 믿은 결과의 산물이라 하겠다. '나라를 위해' 개인적 삶을 희생할 것을 권하는, 어린이의 개별 생명에 반하는 이런 글을 장려하는 편집진의 의식은 어린이와 아동문학에 대한 관심과 이해를 갖고 있다고 보기 어려우며, 기득권층의 이데올로기를 대변하는 문화적 매개체 역할에 충실하였다는 평가를 할 수밖에 없다.

최초의 반공작품 창작 실태

아동잡지에 실린 동화·아동소설 가운데, 반공 모티프의 작품을 집중 분석해 보기로 한다. 작품 가운데 강도(强度)와 관계없이 반공 이데올로기가 발견되는 작품만 추출하여 목록을 정리하면 아래와 같다.

〔표 3-1〕 반공 이데올로기 표출 작품

(★: 종군작가, ☆: 월남작가, ◎: 기타작가)

순서	이 름	제 목	발표지	시기	장르	비고
1	김광주	자라나는 새싹	소년세계	52. 8.	소설	★
2	박화목	부엉이와 할아버지	〃	〃	동화	★ ☆
3	박영준	푸른 편지	〃	52. 10.	〃	★
4	김광주	어머니와 아버지	파랑새	52. 12.	소설	★
5	김 송	즐거운 날	〃	53. 1.	〃	★
6	박계주	소녀와 도깨비 부대	학원	〃	〃	★

순서	이 름	제 목	발표지	시기	장르	비고
7	최인욱	싸우는 병정	소년세계	53. 2.	〃	★
8	최태응	창길이의 꿈	〃	〃	〃	★ ☆
9	장수철	우정의 꽃	〃	53. 3.	〃	☆
10	박영준	밥이야기	파랑새	〃	〃	★
11	김영수	고아원의 남매	소년세계	〃	〃	★
12	유주현	시계와 달밤	〃	53. 5.	〃	★
13	장수철	바다와 구름과 언덕과	〃	53. 6.	〃	★
14	김영일	꽃이 피면	〃	53. 7.	〃	◎
15	박계주	38선상의 소	〃	53. 8.	〃	★
16	강소천	준이와 백조	〃	53. 9.	동화	☆
17	유주현	앵무새의 편지	〃	54. 1.	소설	☆
18	최태응	옥색 조개껍질	〃	54. 2.	〃	☆
19	강소천	퉁수와 거울	소년세계	54. 5.	동화	☆
20	장수철	먼 곳의 아버지	〃	55. 4.	소설	☆
21	김영일	푸른언덕	〃	55. 5.	〃	◎
22	마해송	앙그리께 (2)	〃	55. 6.	연작소설	★
23	박영만	코스모스와 귀뚜라미	〃	55. 11.	소설	◎
24	박우보	녹색태극기의 비밀 (1)	〃	56. 1.	연재소설	☆
25	박우보	녹색태극기의 비밀 (2)	〃	56(2, 3)	〃	☆
26	김장수	봄이오면 슬퍼지는 소녀	〃	56. 8.	소설	★
27	김장수	별하나 나하나 나도 외롭다	〃	56. 10.	연재소설	★
28	장수철	갈매기의 추억	새벗	57. 4.	소설	☆
29	방기환	발소리	〃	57. 7.	〃	★
30	장수철	언덕에서 맺은 우정	〃	58. 8.	〃	☆
31	임인수	단풍잎 편지	〃	58. 10.	〃	◎
32	박우보	달님이 본 것	〃	59. 2.	〃	☆

위의 표를 참고하여 1950년대 잡지에 발표된 반공주의 작품의 특징과 의미를 정리해 보면 이러하다.

① 한국전쟁 이전에는 반공아동문학의 개념 자체가 없었다.

한국 아동문학의 반공주의는 한국전쟁의 영향으로 생성된 성격이
며, 세계 어느 나라의 문학과도 다른 한국 아동문학만의 특성 형성에
깊은 영향을 주게 되었다.

아동잡지가 처음 발간되기 시작한 1952년 후반부터 1953년까지 1
년 남짓한 기간에 무려 16편의 반공주의 작품이 발표되었고, 55년까
지 총 23편이 발표되어 50년대 전체 반공주의 작품의 3분의 2 이상
이 전쟁 중이나 전쟁 직후에 발표된 점은 반공문학의 목적적·임의
적 성격을 분명하게 보여준다. 종군작가단 소속 일반문학인들이 어
린이를 대상으로 반공문학을 처음 창작하였고, 이후에는 전문 아동
문학인들에 의해 아동문학의 장에 반공담론이 지속적으로 전파 확산
되어 감을 볼 수 있다.[17]

② 반공주의 작품은 대부분 '종군작가'와 '월남작가'가 창작하였다.

각 작가를 그룹별로 다시 나누어 개인별 작품 발표 편수를 살펴
보자.

---

17 장수철의 경우 물리적 시간과 관계없이 일관되게 강한 반공주의를 표명하며, 71년에는 무려
  11권에 이르는 체계적인 반공전집을 정성환과 함께 송강출판사에서 펴내기도 한다. 반공전
  집 각권의 내용은 이러하다.
  1 : 북한실정 Ⅰ 2 : 북한실정 Ⅱ 3 : 6·25 실화집 4 : 반공작품집 5 : 반공포로이야기
  6 : 반공투사이야기 7 : 북으로 끌려간 재일교포 8 : 간첩을 막읍시다 9 : 월남전쟁이야기
  10 : 반공논문 웅변집 11 : 반공상식 문답집

〔표 3-2〕 작가별 반공 모티프의 작품 발표 편수

	종군작가	편수	월남작가	편수	기타작가	편수	비고
1	김광주	2	장수철	5	김영일	2	
2	박영준	2	강소천	2	박영만	1	
3	최인욱	1	박우보	3	임인수	1	
4	최태웅	2					
5	김영수	1					
6	유주현	2					
7	박계주	2					
8	김장수	2					
9	방기환	1					
10	김 송	1					
11	마해송	1					
12	박화목	1					
	총	18		10		4	32편

최태웅과 박화목은 종군작가이기도 하고 북한 지역에서 내려온 월
남작가이기도 하다. 그런데 전시 또는 전쟁 직후에 발표한 작품이므
로 종군작가에 포함시켰다.

표에서 보여주는 바와 같이 종군작가단 소속 작가들의 반공소설
창작 비율이 높은 까닭은, 애국심에서뿐 아니라 생활의 필요성,[18] 사
상적 위험으로부터 안전[19] 등 다양한 이유로 당대 활발히 문필활동

18 김우종, 『한국현대소설사』, 성문각, 1989, 318~320쪽.
  전쟁 당시 문인들이 대구, 부산 등지로 피난 와서 실직하여 집도 없고 먹을 것도 없이 가련
  한 신세가 되어 있었는데, 이런 작가들 중에서 몇 사람이 전선 종군을 하였으며, 대개는 후
  방에서 군 기관지의 편집과 강연 등으로 정훈활동에 종사함으로써 침식을 어느 정도 해결할
  수 있었다고 한다.
19 최정희, 「피난대구문단」, 한국문인협회 편, 『해방문학 20년』, 정음사, 1996, 104쪽.
  "서울에 왔다 갔다 해야 할 일이 있었는데 군복을 입지 않고선 기차를 탈 수도 없었으며, 도
  강은 더욱이 어려웠던 때다. (중략) 피난지 대구나 부산에서들 그 어려운 고비를 겪으며 영
  등포까지 왔다가 한강을 넘지 못해서 영등포에 하차하는 사람들을 목격하곤 군복의 힘이 대
  단하다는 것을 깨달았다."(최정희의 경우 친일과 부역 혐의를 모두 갖고 있었기에 사상적
  안전과 지속적 작품 활동을 위해 종군작가단에 가입할 필요가 있었다.)

을 하던 소설가들이 종군활동에 대거 참여했기 때문에 비율이 높을 수밖에 없었다.[20] 군 소속이거나 공산주의에 대한 개인적 적개심[21] 등의 동기로 종군작가단 활동을 한 작가들이 주로 적극적인 반공의식을 보였으나, 여타의 동기로 참여한 작가들도 정부 지원하에 집단적이고 조직적으로 활동을 하였으므로 반공주의는 전제조건이었다.[22]

월남인들의 공산주의와 북한에 대한 강한 적대감은 공통적으로 나타나는 '의식상의 특성'이며, 이들은 전쟁과정을 통해 형성된 정부 지지세력 가운데 하나였다.[23] 월남작가의 반공주의 작품 창작도 동일한 맥락에서 이해할 수 있다.

월남작가들의 반공주의는 상실 체험과 삶의 기반 확보라는 두 측면의 동기를 가진다. 기독교에 대한 공산당의 탄압은 많은 기독교인 월남작가들을 반공주의자로 만드는 데 결정적으로 기여하였다. 일제 강점기에 관리나 지주였다면, 인민군에 토지와 재산을 몰수당하고 목숨마저 위태로운 지경에 처하였을 수도 있다. 또 공산주의 이상과 실제 전쟁과 통치과정에는 간극이 있었고, 개개인의 경직된 사고나

---

20 위의 책, 89~101쪽.
　종군작가단은 육군 30명, 해군 약 15명, 공군 약 16명으로, 대략 60명 정도였다.
21 김팔봉, 「총을 메어보지 못한 대신」, 『육군』, 71호. ; 신영덕, 『한국전쟁과 종군작가』, 국학자료원, 2002, 33쪽에서 재인용.
　"6·25 때 서울서 내빼지 못하고 빨갱이들한테 붙들려서 타살을 당했다가 이렇게 목숨이 살아나 가지고 내가 병원에 들어눠서 생각한 것은 이번 전쟁은 〈소비에트 역사의 해체〉까지 가서 끝을 내야겠는데 과연 유엔군이 거기까지 전쟁을 밀고 나가줄 것인가 아닌가 의심스러운 점이었다. 그러다가 1·4후퇴를 부득이 하고서 대구에 피란해 있을 때 〈육군종군작가단〉이 결성되었다. 그때 내 나이가 30만 되고 몸을 제대로 쓰기만 했었다면 그때 나는 총을 메었지 종군작가단에 들어가지 아니했을 것이다."
22 종군작가들이 발표한 소설은 크게 두 유형으로 나뉜다. 하나는 반공사상 및 애국심을 고취하는 전쟁독려소설이고, 다른 하나는 전쟁기 현실을 사실적으로 묘사하는 데 치중하거나 전쟁의 비인간상을 비판하는 소설이다. 전술한 작가들 외에는 아동소설에서 대체로 후자의 입장을 취한다. 그리고 일반소설에서 전쟁독려소설을 쓴 종군작가들도, 아동소설에는 어린이에게 미치는 영향을 고려하여서인지 이념과 무관한 작품을 창작한 경우가 많았다.
23 강인철, 「한국전쟁과 사회의식 및 문화의 변화」, 한국정신문화연구원 편, 『한국전쟁과 사회구조의 변화』, 백산서당, 1985, 215쪽.

사적 욕망은 비이성적이고 잔혹한 사태를 초래하기도 했다. 그리고 이유 여하가 어찌되었건 가족과 재산과 삶의 기반을 송두리째 상실한 체험은 많은 월남인을 반공주의자로 만들기에 충분했다. 그런가 하면 또 하나, 남한사회에서 북한 출신이 같은 국민으로 받아들여지기 위해서는 자신이 붉은 색과 아무 관계가 없다는 것을 상시 증명해 보일 필요가 있었고, 나아가 반공이 사회 지배 이데올로기인 시대에 보다 선명한 반공의 표명은 사회적 입지 확보에 도움이 되기도 했다.

기타작가의 경우 김영일은 일제 고등계 형사였기에[24] 인민군에게 우선적 처단대상자였고, 따라서 애국심이나 이념적 소신에 관계없이 반공주의자의 진영에 서게 되었다고 생각되며, 박영만의 경우는 작가에 대해 알려진 바가 없다.

그러나 어떤 그룹에 속하였건 1950년대 한국전쟁 체험작가들의 반공주의는 시대적 배경이 있고 경험적 이유가 있기에, 60~70년대의 반공주의 작품과는 분명 심급이 다르다. 따라서 반공 이데올로기가 함유되어 있다는 이유만으로 뭉뚱그려 가치평가를 할 수는 없고, 각각의 내용에 따라 의미를 따져보아야 할 것이다.

교육 분야와 마찬가지로, 아동문학 분야에서도 전쟁이라는 특수한

---

24 조애실 수상집, 『차라리 통곡이기를』, 전예원, 1977. 53~55쪽. ; 이재철, 『아동문학평론』, 62호에서 재인용.
　'金村英一(가네무라 에이이찌)가 다가서서 물었다. (중략) "조애실! 내가 가끔 책을 차입해줄 테니 그 속에서 읽어요. 나도…… 실은 문학을 하는데……." 나는 깜짝 놀랐다. 문학가가 어찌 고등계 말단 형사노릇을 하며 그래도 사색에 잠길 수 있는 요소, 사물에 대한 관찰력도 보통 사람하고는 좀 다를 텐데 어떻게 동족의 손에 고랑을 채우려 들었단 말인가.
　→ 이 증언에 대한 신빙성을 갖게 하는 글이 김영일 작품에서 여러 부분 발견되는데, 한 예를 들어본다.
　"허 마구 날뛰단 101번지 감이야."
　"101번지 감이 뭐야?"
　삼돌이도 아는 게 많은데 이건 몰랐다.
　"서대문 형무소가 101번지란 말이다."
　(김영일, 『푸른동산』, 계진문화사, 1963. 237쪽.)

상황 속에서 반공주의 작품이 처음 창작되었다. 김동리는 전쟁문학의 개념을 정리하며 '국가가 전쟁 중일 때 문인이라고 해서 조국을 떠나 문학만을 지킬 수 없으며, 문인이란 특권으로 국민의 권외에 설 수도 없다'며, '문인은 총검을 대신하여 붓으로 자유와 조국을 위해서 싸워야 하므로, 전쟁 수행을 위한 무기로서의 문학은 용인된다'[25]고 하였고, 김팔봉은 전쟁문학의 방향으로 다섯 가지 지침을 제시하며 '전쟁의 목적은 승리함에 있으며, 문학도 승리 없이는 존재하기 불가능한 것이었기에, 전시문학의 불가결한 요소는 철석 같은 전우애, 동포애, 조국애의 발양과 열화 같은 적개심의 양양'에 있다[26]고 하였다. 전쟁기간 중에 아동잡지에 실린 아래의 소설은 이들이 말한 전시문학의 대표적 사례가 될 수 있을 것이다.

　　마침내 이쪽에서도 사격은 시작되었읍니다. 적에 대한 공격이 치열하면 할수록 적의 편에서도 한사코 기를 쓰며 덤벼들었읍니다. 피아 간에는 거의 쉴 새 없이 무수한 총탄을 마주 보고 퍼부었읍니다.
　　봉수는 자기도 모를 황홀한 마음이 가슴에서 파도치는 순간, 머리 위로 어깨 너머로 수없이 내닫는 적의 탄환을 헤치며 헤치며, 두 팔에 힘을 모아 쉴 새 없이 방아쇠를 잡아 당겼읍니다. 최후의 최후까지 조국의 운명을 붙들고 늘어질 사람은 그 누구도 아닌 바로 자기 자신뿐이라는, 마치 자기가 세기(世紀)의 영웅이나 된듯한 느낌을 가슴 속에 지니며, 봉수는 성 낸 표범처럼 총탄의 소낙비 속을 번개같이 내달았읍니다.
　　적을 무찌르고 나라를 바로잡으려는 오직 한 생각, 그의 앞에는 죽음이 무섭지 않았읍니다.[27]

25 김동리, 「전쟁과 문학의 근본문제」, 『협동』 35호, 1952, 50쪽.
26 김팔봉, 「전쟁문학의 방향」, 『전선문학』 3호, 1953. 2. 참조.

전쟁의 광기에 사로잡힌 비이성적인 감정 상태를 황홀경으로 묘사하며, 전쟁을 미화하고 개인의 희생을 독려하는 내용이다. 실제 현실이 아닐 때, 또 나와 아무런 관계가 없을 때 숭고하고 장엄하기까지 한 장면이지만, 나의 일 그리고 내 살붙이 피붙이의 일로서 생각하면 한 목숨의 살고 죽는 문제를 그리 단순하고 아름답게 묘사할 수는 없는 일이다. 더구나 누가 원한 전쟁이며, 누구를 위한 전투인가를 따져 보면 희생에의 요구가 국민 개개인에게 얼마나 부당한 일인지 금방 드러난다.

문학의 무기화는 궁극적으로 독자의 무기화를 의도한다. 전쟁 승리를 위해 자신을 기꺼이 바칠 인적 자원의 양성에 그 목적이 있는 것이다. 이처럼 최초의 반공주의 소설은 하나같이 전쟁 상황 자체에 압도된 채 현실의 고통을 드러내며 적개심을 한껏 고취하는 양상이다. 이런 작품이 아동잡지에 발표된 것은 전시라는 특수한 현실 상황의 탓도 있지만, 평소 어린이에 대한 관심과 이해가 없던 일반문인이 특정 목적에 따라 아동문학 장(場)을 손쉽게 전유하였기에 가능한 일이기도 했다.

휴전 이후에도 한국의 아동잡지에서 국가주의는 다양한 양상으로 발현되었는데, 가장 일반적인 형태가 '나라를 위해' 희생한 인물의 이야기를 끊임없이 작품화하여 어린이에게 읽힌 것이었다. 안중근, 이순신 등 순국선열들의 삶은 물론이고, 잔다르크나 유관순, 화랑 관창 등 동서양의 10대 청소년 영웅들의 장렬한 애국심은 역사소설로, 전기로, 창작동화로, 만화로, 영화로 만들어져 어린이와 청소년에게 주어졌다.

---

27 최인욱, 「싸우는 병정」, 『소년세계』, 1953. 2.

1954년 3월호『소년세계』에 실린 노천명의 시와 박계주의 글 일부를 각각 살펴보자.

①

三月이 오면 이 땅에 三月이 오면

골짝이 산등세 불붙듯 번질

진달래 꽃망울 부풀어 오르듯

우리들 가슴 속 용솟음치는

三一의 정신- 민족의 맥박-

(중략)

조국의 독립을 찾아 매운 싸움 있었나니

울안의 홍도화는 유관순의 넋인기

三月은 장한 달 이 나라의 아름다운 달

거리 거리 골목 골목

독립 정신이 출렁거리는 달[28]

②

나는 8·15해방 뒤 최초로「순국의 처녀(殉國의 處女)」라는 제목으로 유관순 이야기를 경향신문에 발표했고, 3·1절인 그날 밤 전국에 방송을 했다. 그리고 그 뒤 중등국정교과서에 유관순전을 새로 써서 실리는 한편, 한 해 뒤엔 유관순 기념비 건립 기념특집호를 내는『새한일보』잡지에도 발표한 일이 있다. 이 내 글이 퍼짐으로 해서 영화사에서는 전기로 각각 유관순전을 만들기 시작했다.

---

28 노천명,「3월의 노래」,『소년세계』, 1954. 3.

이제 나는 유관순과 같은, 그러나 이번에는 소녀가 아니고 남자로 나타나는 "순국의 소년열사(殉國의 少年烈士)" 이야기를 여기에 소설화하여 발표하기로 한다.[29]

조국의 독립을 위해 목숨을 바친 유관순을 기린 노천명의 시는, "이 아침에도 대일본특공대는 / 남방 거친 파도 위에 / 혜성 모양 장엄하게 떨어졌으리 // 어뢰를 안고 몸으로 / 적기(敵機)를 부순 용사들의 얼굴이 / 하늘가에 장미처럼 핀다 / 성좌처럼 솟는다."[30]며 조선인 출신 가미카제 특공대를 기리며 본인이 썼던 친일 시와 국가주체만 달라졌을 뿐 동일한 세계관과 시작(詩作) 태도를 견지하고 있다. 박계주의 글에 나타난 창작 태도 역시 동일한 전체주의 관점에서 국민의 희생을 찬미한다.

'추상적 공동체'인 국가를 내세워, 이들 전체주의 사고의 문인들은 개인의 권리와 가치를 옹호하는 대신 획일적인 공동 목표에 순응하는 '국민'을 길러내는 데 일조하였다. 이러한 국가주의 사고는 일제의 군국적 전체교육과 체제 순응적 황국 신민을 만들기 위한 규율을 그대로 물려받은 '일본식 사고'의 잔재이자, 차후 군사정권에서 일사불란한 '국민동원'을 통해 '압축성장'을 가능하게 한 문화적 기반이 되며, 근대화의 기치 아래 수많은 개인적 권리와 가치를 무시하고 희생을 장려하는 전통의 기원이 되기도 한다.

위 문인들의 경우 전쟁 발발로 인한 대응적 차원 이전에 이미 전체

---

29 박계주, 「최후의 송가」, 『소년세계』, 1954. 3.
30 노천명, 「군신송(軍神頌)」, 『매일신보 사진판』, 1944. 12.
　　《매일신보》가 '대동아전쟁' 3돌 특집 기념호로 낸 사진판에는 가미카제로 희생된 군인들의 사진들 아래 아름다운 희생을 찬미하는 노천명의 「군신송」이 실려 있다. 희생된 대원들은 '김본정신(金本定信) 일등병', '김성의휘(金城義輝) 병장', '김광창정(金廣昌貞) 상등병'처럼 창씨개명한 조선인들로 보인다.

주의 사고에 젖어 있음을 볼 수 있고, 반공주의 역시 한 점 의문 없이 수용하여 전쟁을 신성시하고 국가를 신화화하는 담론을 생성하였다. 노천명의 시나 박계주의 진술에서 전쟁을 통해 새롭게 태어난 '국가 신화' 창조의 과정을 확인할 수 있거니와, 아동문학에 '국군'이 처음으로 등장하고 '주요 인물'로 부각된 것도 같은 맥락에서 해석할 수 있다. 나라에 대해 권리를 주장할 수 없고 의무와 책임만 지는 가장 대표적 국민인 국군이 아동문학에서 주요 인물로 형상화되기 시작한 것은 전쟁 직후부터이며, 이들은 하나같이 용감하고 친절한 긍정적 이미지로 그려지게 된다. 국군을 미화한 대표적 사례로 생명의 위협을 무릅쓰고 소녀를 구출한 장진호 소위의 용감무쌍한 활약을 그린 박계주의 「소녀와 도깨비 부대」[31]를 들 수 있으며, 장수철의 「언덕에 시 맺은 우정」[32]에 이르면 따돌림 당하던 아이가 난시 오빠가 국군이 라는 사실만으로 부러움의 대상이 되기까지 한다.

이 마을 아이들에게는 국군 아저씨를 형이나 오빠로 가지고 있는 아이가 없었다.

"왜 그런지 그 애가 부러워지는 것 같구나."

희숙이가 비로소 말을 꺼냈다.

"정말이야! 그 애가 갑자기 훌륭한 애같이 보여."

"그럴 줄 알았다면 진작 같이 놀아줄 걸 그랬지?"

"응 그토록 같이 놀아달라구 그러던 걸! 어쩐지 안 됐다 얘?"

아이들은 저마다 이렇게 말하면서 그 소녀 아이한테 새삼스럽게 우정을 느끼는 것이었다.[33]

---

31 박계주, 『학원』 2권 1호, 1953. 1.
32 장수철, 『새벗』, 58. 8.

국가주의에 충실한 이들 작가들은 자신의 의도를 독자에게 일방적이고 자의적으로 전달하는 데 골몰할 뿐, 작품 자체의 내적 개연성이나 리얼리티에는 관심이 없다.

"……정말 우리 식구는 그 소 없이는 못 살아요. 어서 돌려주세요. 인민군 아저씨!"

울며 울며 그냥 애걸하고 애걸했으나

"따라오면 죽인다."

한 마디를 남기고는 비탈진 길을 돌아 수림 속으로 사라지려 한다. 거기에는 이북 농군들이 서서 구경하다가

"횡재했다. 대한민국 놈들 손해 봤구나!"

하고 좋아서 야단들이다.

(중략)

"악을 악으로 갚아서야 쓰겠니. 너도 소를 잃었을 때 울었던 생각이 나겠구나. 나도 내 가슴이 몹시 아프던 것이 잊혀지지 않는다. 어서 가져다 주어라."

하고 손자의 손에 소 고삐를 다시 쥐어준다.

만수는 아무 말이 없이 소를 이끌고 삼팔선을 향해 걸어간다.

(중략)

만수가 그들 앞에 나타나 소를 넘겨주고 돌아설 때 소 고삐를 받아 쥐던 아들은, 두 팔을 치어 들며,

"대한민국 소년 만세!"

하고 소리친다. 아버지도 그리고 마을 사람들도 따라 두 손을 치어 들며,

---

33 장수철, 「언덕에서 맺은 우정」, 『새벗』, 58. 8.

"대한민국 소년 만세!"

소리를 합하여 외친다.[34]

　남한의 소년이 개울에서 목욕을 하는 사이에 풀을 뜯기던 소가 38
선 이북으로 넘어가자, 이를 발견한 인민군이 인정사정 없이 몰고 가
버린다. 그러나 얼마 뒤 우연히 38선 이남으로 북한의 소가 넘어 오
지만 소년은 소를 원래 주인에게 돌려주고, 감동한 북한 주민들이
'대한민국 소년 만세'를 합창한다는 이야기이다.

　박계주의 이 작품은, 남/북을 선/악으로 도식화하였고 인민군뿐
아니라 이북의 농군들마저 처음에는 악한 존재로 설정한 반면, 남한
사람은 악행에 대해서도 선행으로 대하는 도덕적으로 우월한 존재로
규정한다. '악을 악으로 갚지 않고' 선행을 베풀어 감화시킨다는 주
제는 보편적 원리로서 진실이지만, 이 작품에서 구성한 시간과 공간
의 장에서는 '진'이 아닌 '위'의 구성에 기여할 뿐이다. 38선 이남의
아이가 38선 이북에 사는 아이에게 소고삐를 쥐어주고, 이에 감화한
이북 농민들이 만세를 부른다는 것은 현실적으로 황당한 내용이다.
책상에 금을 그어 놓고 서로 '삼팔선'을 넘지 말라고 하는 어린이 놀
이 수준의 의식에 활자의 권위를 부여하여, 현실적 판단력이 부족한
독자로 하여금 마치 진실인 양 믿게 하였다. 작가는 '반공'의 당위성
과 작의의 중요성을 믿어 의심치 않으며, 독자대중의 마음을 휘어잡
는 탁월한 '기량'으로, 수많은 어린이들의 뇌리에 북한과 인민군, 국
군에 대한 고정된 상(像)을 형성시키는 데 기여하였다.

---

34 박계주, 「38° 선상의 소」, 『소년세계』, 1953. 8.

반공문학의 패턴과 논리

전시에 반공주의 아동소설을 적극 창작한 작가로는 김광주, 박영준, 최인욱, 장수철, 유주현, 최태웅, 박계주 등을 들 수 있다.

김광주의 「자라나는 새싹」은 아동문학잡지에서 최초로 발견되는 반공주의 소설로, 종군활동의 취지를 충실히 반영한 목적소설이다. 이 글은 '왼 세상 사람들이 모다들 똑같이 말들을 합니다'라는 소년 화자의 말을 서두로, 이어질 발언을 일반화시키며 시작된다. 화자는 '오랑캐들과 무지막지한 공산군들이 미쳐 날뛰는 슬픈 세상'임을 강조하며, 이 모든 것이 '같은 살과 피와 같은 뼈를 타고 난 한나라 동포에게다 총부리를 들이대고, 그 무지무지한 탱크차를 앞세우고 처들어 온', '저 밉쌀스러운 공산당의 탓'으로 규정한다. '웃음의 꽃밭을 이루고 즐거웁고 근심 모르는 날을 보내던' 화자의 가족은, 아버지가 실종되고 할아버지마저 '놈들에게 붙잡혀' 가는 바람에 부산으로 피난을 가 하꼬방 한 칸을 짓고, 할머니와 어머니가 빈대떡장사를 하여 근근이 살아간다. 그런데 일 년 뒤 아버지가 부상병이 되어 육군병원에 있다는 소식을 듣게 되는데, 아버지는 찾아온 가족들에게 문을 열어주려 하지 않는다.

> "……아무도 들어오지 말어…… 그대루…… 그대루…… 돌아가 주오…… 한쪽 다리가 병신이 된 것은 오히려 참을 수 있지만…… 이 얼굴을…… 이 반쪽이 깨어져 버린 얼굴을 어린 것들이 본다면…… 안되…… 난 아내도, 어린 것들도 만나지 않을 터이오……."
> 병실 안에서는 아버지의, 말을 못하고 흐느껴 우시는 소리가 들려나왔습니다.
> 병실 밖, 문 앞에서는 어머니의 발을 구르시며 우시는 울음소리.
> 저희들 남매도 덩달아 어머니의 팔에 매달려서 울지 않을 수 없었습니다.[35]

화자는 양담배 장수를 하며 돈을 모아 일 년 뒤 학교에 갈 결심을 하며, "어서 어서 한 푼이라도 돈을 벌어서 아버지를 병신으로 만든 원수, 우리 집안을 망쳐논 원수, 우리 할머니 어머니를 고생시킨 놈들의 원수를 꼭 갚어야만 하겠습니다"라는 말로 결말을 맺는다. 한 푼이라도 돈을 버는 것과 원수를 갚는 것이 어떤 관계가 있는지 설명되지 않으며, 작가는 작품 자체의 내적 개연성에 개의치 않는다.

전쟁과 그로 인한 모든 피해에 대한 책임을 북한에 전가하며, 화자는 북한 침략으로 인한 '현재의 고통'을 강조하는 데 힘을 기울인다.

---

35 김광주, 「자라나는 새싹」, 『소년세계』, 1952. 8.

할아버지가 관청에 나가셔서 돌아오지 않았다고 하였는데, 해방된 지 불과 몇 해 지나지 않은 시대 상황과 할아버지의 연령으로 미루어 볼 때 일제시대 때부터 관리였을 가능성이 높다. 그리고 아버지 역시 전쟁 발발 이전에 육군 소령이라 하였으니, 해방 이전 식민지 시절에 이미 군인이었음을 짐작할 수 있다.

이승만 정권은 일제시대 때의 군과 경찰조직을 거의 그대로 물려받아 같은 민족을 괴롭혔던 친일분자와 부패한 관료들을 대부분 유임시킨 반면, 인민군은 그들 친일관료와 군인경찰을 주적으로 분류하여 일차적 처단 대상자로 삼았다. 따라서 화자의 집안이 단순히 북한과 정치적 적대관계에 있기 때문에 피해를 입었을 가능성도 있지만, 당대의 기득권층일수록 떳떳치 못한 전력을 가진 경우가 많았기 때문에 민족 앞에 얼마나 결백한 입장인지 따져 볼 필요도 있다. 그러나 전후좌우 맥락은 생략한 채 가족의 '피해' 사실과 북한의 '악행'만 되풀이 강조하며, 독자의 '체험'을 감상적으로 자극하는 방식으로 일부 계층의 체험을 전체 민중의 체험으로 일반화시킨다.

'모든 동무들의 행복되고 즐거운 가정이 너 나 할 것 없이 똑같이 단숨에 서리를 맞어 쓰러지듯이' 저의 집안도 그놈의 "육, 이오" 통에 하룻밤 사이에 시커먼 어둠과 무서운 공포 속으로 떨어져 버렸던 것입니다.[36]

유년기에 가족과 가정은 어린이의 생존과 직결되는 의미를 지닌다. 또한 체험의 폭이 좁고 지식이 부족한 어린이가 자신의 경험에 비추어 공감할 수 있는 가족주의를 전유하는 것처럼 독자의 마음을

---

36 김광주, 위의 글에서.

쉽고도 확고하게 사로잡을 수 있는 방법은 없다. 따라서 감상적 가족주의를 통해 독자의 감정을 뒤흔들어 북한에 대한 적개심을 무의식적으로 고취하는 양상은 이후 다른 반공주의 아동소설에서도 일정한 패턴을 이룬다.

내 아버지를 죽이고 그리고 내 팔과 다리를 상하게 한 놈들! 그놈들만 아니었더라면 내가 왜 이런 병신이 되었겠습니까? 남 보기에는 아무렇지도 않지만 나는 한 손을 마음대로 쓰지 못합니다. 아마 총알에 힘줄이 다쳤나 봐요.
어머니! 나는 어떠한 일이 있어도 공부를 하겠습니다. 그래서 아버지와 나의 원수를 갚고야 말겠읍니다.[37]

북한으로 납치돼 간 아버지도 그립기는 하지만 좀체로 돌아오실 것 같지도 않을뿐더러 살아 계신지 이미 돌아가셨는지 알 수가 없으니 얼마만큼 잊어지기까지 했다. 생각을 한다면야 서울 용산 폭격에 파편을 맞으시고 준호 눈 앞에서 돌아가신 어머니가 가장 그립고 또 불쌍해서 생각할 때마다 눈물이 저절로 쏟아진다.[38]

감상적 가족주의와 함께 나타나는 또 하나의 공통적 패턴은, 전쟁 이전에는 부유하고 행복한 가정이었으나 공산 침략으로 모든 것을 잃고 비참해졌다는 도식이다.

해방이 되었지만 36년에 이르는 일제 침탈로 조선과 조선인의 삶은 참혹하게 유린된 상태였고, 40년대 후반에는 좌우익 대립과 국가

---

37 박영준, 「푸른편지」, 『소년세계』, 1952. 10.
38 유주현, 「시계와 달밤」, 『소년세계』, 1953. 5.

폭력으로 나라는 혼란에 휩싸여 있었다. 이런 시기에 부유하고 안락하며 행복한 삶을 누리며 행복하게 지낼 수 있었던 어린이는 소수에 불과하였을 터인데, 반공주의 작품에서는 으레 일반적인 가정의 형태로 전제되고 있는 것이다. 이런 부분에서 아동문학의 반공주의 그 최초 형태는 서민대중의 삶 속에서 자연스레 생성된 담론이 아니고, 특정 지배계층의 이데올로기를 문화매체를 통해 아래로 전파 확산시킨 것임을 알 수 있다. 어린이들은 직접 겪은 '전쟁 체험'의 의심할 바 없는 진실성에 미루어, 지속적이고 반복적으로 주어지는 반공담론의 정형화된 패턴을 자연스럽게 내면화하였을 것으로 보인다.

최태응의 「옥색 조개껍질」은 반공아동문학의 논리를 대표적으로 보여주는 글이다.

어째서 춘실이가 먹는 밥은 입김만 세게 불어도 푸실푸실 흩어질 것 같은 조밥뿐이냐고, 영복이는 어린 마음에도 견딜 수 없어서 자기의 밥그릇을 들고 나가서 바꾸어 먹기를 얼마나 했으며 때로는 아주 춘실이만은 데려다가 함께 먹기도 했습니다.

다른 집들을 보면 춘실이네와 비슷한 작인들 서푼집 사람네가 앞장을 서서 당장 주인집에다 대고 몇 십 년이나 몇 대를 두고, 피땀을 흘리도록 일을 시키며 부려먹었다는 말과 그 값으로 이제는 경을 좀 쳐야 한다고 마악 두들겨 패기도 하고 집을 내놓고 도망을 치는 집들도 있었습니다.

다행이 춘실이네는 워낙 착하고 욕심이 없고 인정이 많은 사람들이오, 의리가 굳고 경우가 밝았던 까닭에 남들이 무어라고 하거나 세상이 갑자기 어떻게 변했다거나 주인집 사람들에게 대해서 지난날의 감정이 있었다고 해서 마구 분풀이할 마음은 없었습니다.

더구나 어른들과 어른들 사이는 둘째로 쳐 놓고 언제나 한결같이 자기의 친동생과 다름이 없이 오히려 춘실이가 잘못해서 싸움도 하고 말썽을 부리기도 하는 것을 조금도 나무래지 않고 마치 자기 책임이나 되는 것같이 웃으며 달래주면서 도와준 영복이의 생각을 하면 그저 고맙기만 기쁘기만 했습니다.[39]

이 소설은 특정 기득권층의 관점에서 현실의 왜곡을 정당화하는 논리를 전형적으로 보여준다. 노비제도는 1984년 갑오개혁 때 폐지되었지만, 해방후에도 달리 사유재산이나 생활 방편이 없는 사람들은 소작을 하며 지배자와 피지배자의 관습적 관계를 유지하는 경우가 흔했다. '몇십 년이나 몇 대를 두고' 노비를 부려온 지배자의 입장과, 태어날 때부터 사회적 계급의 질곡에 얽매어 '피땀 흘리게 부려 먹음을 당해온' 피지배자의 입장은 명백히 다를 수밖에 없다.

맑스 사상을 떠나 전근대적인 봉건적 신분제도의 질곡은 타파되어야겠으며, 특히 일제 강점기에 그리 막대한 부를 누렸다는 것은 일제의 비호와 협력이 없고서는 불가능한 일이기에, 해방 공간에서의 지주와 소작인의 대립을 단순히 '악하고, 욕심 많고, 인정 없고, 의리 없고, 경우 없는' 소작인의 '분풀이'로만 몰아갈 수는 없는 일이다.

개별 국민이 처한 입장에 따라 좌우익 투쟁과 공산주의에 대한 관점은 다르게 나타날 수밖에 없는데, 최태응의 글은 명백히 지주의 관점을 대변하고 있다. 소설의 초반부는 지주의 집이 얼마나 많은 '세간을 차지'하고 있는가의 세세한 묘사에 바쳐지며, 이어서 그런 집안에서 귀여움을 한몸에 받는 영복이가 행랑채 춘실이에게 얼마나 인정 있게 대해 주었는지가 긴 분량으로 서술된다. 그러다 해방이 되어

---

39 최태응, 「옥색 조개껍질」, 『소년세계』, 1954. 2.

세상이 바뀌었지만 '다행이' 춘실이네는 다른 소작인들처럼 주인집에 보복을 하지 않을 뿐 아니라, 오히려 영복이가 잘해 준 생각에 그저 '고맙기만 기쁘기만' 하다는 것이다.

이 소설은 지주집 아이의 '인정'을 크게 부풀려 미화한 반면, 현실적 삶의 토대인 물질과 계급 문제의 부조리와 거기서 발생하는 끝없는 억압과 착취의 구조는 은폐하고 있다. 춘실이 자신도 어린아이임에도 불구하고 '주인집 젖먹이 조카애들을 업어주고, 설거지 밥그릇을 닦고, 큰 배가 나루터에 오는 날은 밤을 꼬박 새며 '워낙 쉴 틈 없이' 일을 해야 하고, 몰래 놀러 나가기라도 했다가는 아버지에 들켜 벼락이 떨어지는 것으로 볼 때 봉건제도 하의 노비 생활과 다를 바 없다.

어릴 때부터 피지배자의 삶을 살며 노역에 시달리는 춘실이와 그 가족의 생활은 강자의 약자에 대한 억압과 착취를 여실히 보여주고 있지만, 작가는 피지배자의 복종과 충성을 지극히 당연하고 자연스러운 일로 규정한다. 철저히 지배계급에 동조하는 입장에서, '몇 백 년 여러 십 대를 전해 내려오며 행복스럽게 살던 개인의 재산을 빼앗긴' 데 대한 분노와 적개심만 적나라하게 표출할 뿐이다.

뻐언히 건달로 떠돌아 다니던 동네 싸움패 놈팽이 녀석네가 사돈의 팔촌까지 떼거리로 이사를 해서 안방 건넌방을 다 차지하고 뻔뻔스럽게도 한창 제철이 들어 무르익는 과일들을 자기네 물건이나 다름이 없이 척척 따먹고 나머지를 팔아먹기까지 했습니다. 그뿐이 아닙니다. 점점 손길을 펴는 쏘련의 흉측스러운 거짓말쟁이 붉은 강도떼들의 사냥개와 같은 앞잡이 공산당들은 죄 없는 동네 사람들을 언제 어느 겨를에 남몰래 잡아다가 귀신도 모르게 죽이려는 속셈인지 알 수 없었읍니다.

한국전쟁과 공산당에 대한 체험은 성별, 연령별, 지역별, 계급별로 다르게 나타나는데, 반공주의 작품 창작에 앞장선 작가들의 경우 이처럼 기득권층의 논리와 관점만을 드러내고 있다. 그리고 당대 현실을 자의적으로 은폐, 축소하거나 왜곡하는 방식으로, 개인적 작의 전달에만 충실함을 볼 수 있다.

1950년대 초반에 나온 반공주의 작품은 전쟁 상황에 대한 즉각적 대응의 양상이기도 했기에 전시문학의 성격상 목적성이 앞설 수밖에 없었다. 반공의식을 강화하고 전의를 고취하여 기왕 벌어진 전쟁에서 승리해야 할 당위성이 있었기 때문이다.

그러나 시간이 흐를수록 필연성도 없이 지배 이데올로기인 '반공'의 정당성을 내세워 기득권층의 논리로 현실을 자의적으로 은폐, 왜곡하는 경향이 강해진다. 심지어 반공을 위한 반공을 주장하게 되며, 전후 아동문학의 상업화, 통속화 흐름에 영합하고 선도하는 양태마저 보인다.

이미 다 아는바와 같이 백탐정은 6·25사변 전까지도 군 수사 기관의 고급 장교로서 눈부신 활약을 거듭해 온 분이다. "빨갱이 잡이 귀신"이란 별명으로 불리워왔을 만큼 악독한 괴뢰 간첩단을 속속드리 잡아치우는 데는 에누리가 없었다.

그 후 예비역으로 돌아가지고 지금은 순전히 사설탐정으로서 국제 간첩단이라던가 혹은 그 밖의 어떤 중대한 범죄 사건이 벌어질 때에만 당국과 협력해서 활약하고 있는 중이다.

(중략)

"건 모르는 말씀입니다. 빨갱이 놈들은 어떤 수단과 방법도 가리지 않는 가장 흉악한 무리들이 아닙니까."

"거야 그렇죠만 설마 어린 애들까지 가져갈까요."

"먼저 제 얘기부터 좀 들어보세요. 가령 두 소년이 놈들에게 붙잡혀가 지구 평양으로 끌려갔다고 합시다. 그 다음 날 저녁 괴뢰 방송에선 이런 소리가 흘러 나올게란 말예요. '친애하는 남한 학생동무 여러분 저희들은 북한에 와 있습니다.'라구 아시겠어요?"

"뭐? 뭐라구요? 천만에 말씀 그게 무슨 될 말입니까?"

"될말 안될말이 어데 있답디까? 게다가 심리작전을 위한 만행이죠."[40]

전쟁 직후 한국사회에는 어떤 수단과 방법을 동원해서라도 목적만 이루면 된다는 의식이 팽배했고, 아동도서 출판계에도 영리만을 목적으로 삼는 출판업자들에 의해 어린이 정서에 유해한 불량 만화, 외국 명작을 엉터리로 개작·번안한 도서, 해적판 탐정물 등이 무분별하게 쏟아져 나왔다. 김래성, 정비석, 박계주, 조흔파 등의 오락적 대중소설이 큰 인기를 얻는 등 독자들은 전반적으로 흥미 위주의 통속성에 탐닉하는 경향이었는데, 이러한 시대적 흐름과 반공주의가 자연스럽게 결합하는 양상이다.

전후 사회에는 폭력과 속임수와 온갖 범죄가 난무하였으며, 어린이가 집을 떠난다는 것은 위험한 모험을 의미했다. 이 시기에 탐정, 모험 소설이 큰 인기를 얻은 것은 일본판 번역도서의 영향도 컸지만 어린이들이 현실의 악에 노출될 기회가 상대적으로 많았던 시대 환경의 탓이 컸다. 50년대 후반에 창작되기 시작한 흥미 위주의 비현실적인 모험물, 탐정물은 60~70년대를 거쳐 80년대까지도 발견되며, 악당은 흔히 '간첩'으로 설정되곤 하였다.

---

40 박우보, 「녹색태극기의 비밀」, 『소년세계』, 1956. 2~3월 합병호.

한국전쟁 후 '반공'은 그 누구도 이의를 제기할 수 없는 당위로서 사회 지배 이데올로기가 되었기 때문에, 강한 반공주의자일수록 사회적으로 더욱 떳떳한 '반공적 선민의식'이 있었다. 〈대감격 반공 소설〉이라는 표제를 당당히 내건 아동소설이 등장하게 된 데는 이러한 사회적 분위기가 배경이 된다. 『소년세계』 56년 8월호에 실린 김장수의 「봄이 오면 슬퍼지는 소녀」라는 제목의 이 작품은, 인민군에게 주인공의 아버지가 총살당하는 선정적인 장면으로 시작하여 고학하는 소녀를 동정하여 자기 집에서 지내도록 해준 장관 비서관의 인정에 우는 것으로 결말을 맺는다.

　　땅땅땅 세 사람의 장총에서 일제히 불을 뿜었다. 아버지의 심장을 향하여—

　　"앗 헤……."

　　이런 비명을 남겨 두시고 아버지는 고개를 푹 숙였다. 그리고 비실비실 모래사장 위에 주저앉고 말았다. 혜경의 이름도 불으지 못하고 아버지는 영영 죽고 마셨다.

　　그들은 아버지의 시체를 산에 묻고 아직도 혜경이와 어머니의 눈물도 말으지 않은 어떤 날 찾아와서 집을 내놔! 반역자의 재산은 몰수한다. 이렇게 말했다. 울고불고 손이 발이 되도록 빌어도 소용이 없음을 번연히 아시면서도 어머니는 그들을 부뜰고 늘어졌었다.

　　끝내 그들은 혜경이 모녀를 내쫓고 말았다. 입은 것뿐이었다. 개나 돼지를 내쫓는 그러한 악독한 짓을 이들은 눈 하나 까딱하지 않고 하는 것이었다.[41]

---

41 김장수, 「봄이 오면 슬퍼지는 소녀」, 『소년세계』, 1956. 8.

휴전을 한 지 3년이나 된 시점에서 문학으로서의 밀도를 전혀 갖추지 못한 선정적 반공소설을 발표한 것은, 시대적 필연성이나 작가 정신과 무관한 자의적 의도로 이해할 수밖에 없다.

이처럼 아동문학의 반공주의는 어린이 개별 삶의 토대와 관계없이 위로부터 주어진 목적문학으로 출발하였고, 기득권층 관점을 대변하는 작가들에 의해 그들 이데올로기를 정당화하고 설득하는 도구로 활용되었다. 지속적으로 생성된 '승리자의 담론'은 통속 대중화의 길을 거쳐, 차츰 '습관적, 만성적, 자연적' 이데올로기로 어린이들에게 주어지게 되었던 것이다.

전후 어린이책의 현황

전체 단행본 현황을 파악하기 위해 「韓國兒童文學書誌」[42] 1950년 대 부분을 주요하게 참조하고 일부 수정·보완하여 아동 단행본도서 (산문) 목록을 아래와 같이 작성하였다.

〔표 3-3〕 1950년대에 발행된 아동도서(산문)의 성격 분류[43]

	1950	1951	1952	1953	1954	1955	1956	1957	1958	1959	계
창작(선집)	3	3	9	8	18	10	11	5	15	7	89
번역(번안)	2	6	6	3	9	9	6	2	8	9	60
전래동화	1		1	1	1			2	1	4	11
역사(위인)	1			1	1	1	2		2	1	9
교육(독본)		1	1		3	2		1	1		9
종교	1		1		3				1	1	7
어린이문집				1							1
기타	1			2	5		1		2		11
계	9	10	18	16	40	22	20	10	30	22	197

위의 표를 보면 한국전쟁 기간인 1950~1953년까지는 출판 현황이 저조하고, 특히 전쟁 발발 직후 및 전투가 치열하였던 1950~1951년에 출판이 미미하다. 전쟁 직전인 1948년에 21종, 22종이 발간된 데 비교하면 60% 이상의 감소를 보인다.

전쟁 발발 직후에는 출판물을 펴낼 상황이 아니었던 만큼 1950년에 나온 도서는 대체로 6월 25일 이전에 간행된 것으로 추정할 수 있다.[44] 1951년에 발행된 아동도서들도 번역(번안)물과 전래동화 그리고 해방 이후 한글 습득을 위한 국어교육 차원에서 발행하였던 교육적 '독본'류, 전쟁 현실이 요구하는 『전시독본』등 전시에도 판매 가능한 성격의 책들만 유통되었음을 볼 수 있다.

그러다 1952년에 전체 아동도서 발행이 두 배로 늘어나고 특히 창작물이 한꺼번에 쏟아져 나온 것을 볼 수 있는데, 이는 격렬하던 전투가 다소 진정되어 정치 사회적 질서가 수습 기미를 보인 데 따른 현상이다. 그러나 이때 출판된 창작집은 대체로 1940년대 후반에 아동잡지에 인기리에 연재되었던 작품을 엮어서 펴낸 것으로, 아동문학계의 자생적 움직임이라기보다는 상업적 동인이 빠르게 작동한 것으로 평가할 수 있다. 물론 이때도 아동문학 작품이 아주 창작되지 않은 것은 아니지만, 잡지에서 살펴본 바와 같이 종군작가들에 의해 창작된 시의성을 띤 작품이 대부분이었고, 그 질적 수준이 미비하여 성과물을 책으로 엮어내기에 무리가 있었다.

---

42 이재철, 『세계아동문학사전』, 계몽사, 1989.
　6·25 때 자료가 소실되고 아동문학 연구가 전무하였던 환경이라 「韓國兒童文學書誌」 역시 완벽하다고 보기 어렵다. 그렇지만 이 자료를 참조하여 당대 출판 실태를 많은 부분 짐작해 볼 수 있다.
43 네모 칸 안의 숫자는 낱권이 아닌 1종(種)을 가리킨다. 전집인 경우 수십 권이 1종에 포함될 수 있다.
44 이 시기 박태원, 최병화의 소설이 각각 나온 것으로 되어 있으나 박태원은 월북하였고 최병화는 월북 도중 사망하였다.

몇몇 作品을 除外한 大概는 뼈와 바닥이 앙상하게 드러나 보였다. 表現
하려는 理念이 作品 全體 속에 完全히 消化되지 않은 채로 눈에 뜨였다.
그러지 않으면 그 觀照와 表現이 千篇一律的으로 甲의 것이나 乙의 것이
나 大同小異하고 特色이 없었다는 點을 否定할 수 없다. 어느 時期에 있
어서는 즉 素材의 刺戟이 强烈한 지음에는 作品이 어느 程度로 되는 것도
避치못할 事情이지만 이미 急迫한 興奮은 가라앉고 民心이 冷靜하여지고
있는 昨今에 있어서는 그러한 作品 形態는 止揚할 때가 온 것이다.[45]

휴전을 하고 사회가 안정 궤도에 들어간 1954년에는 정부 수립 이
후 가장 높은 아동도서 발간 비율을 볼 수 있다. 전체 발행도서 가운
데 창작동화·아동소설집의 발행이 45%에 이르러 아동문학의 활성
화가 이루어진 듯 보이지만, 대중성과 시의성에 의존하는 흥미 위주
창작물의 비중이 높다는 점에서 아동소설시대의 개막=아동도서의
상업지향성 작동이라는 두 코드를 함축한 지표로 읽으면 된다. 출판
업자들이 "별로 수지가 신통치 않다 하여 아동물의 출판을 하지 않
으려" 한다는 아동문학인의 증언[46]으로 미루어보더라도, 이 시기 출
판의 기준은 어디까지나 '어린이'나 '문학성'보다 '대중성'(영리성)이
우선시되었음을 알 수 있다.

줄거리 위주의 이야기책이 지닌 흥미성과 이에 대한 독자의 뜨거
운 반응은 1940년대 말에 이미 확인된 바 있으며,[47] 그때 이미 자본
주의 원리가 긴밀히 작동함을 볼 수 있었다. 그런데 갑작스레 전쟁이
일어나는 바람에 출판이 일시적으로 마비되었으나, 휴전과 함께 시

---

45 최요안, 「작품경향의 검토」(하), 《경향신문》, 1951. 11. 6.
46 박화목, 「兒童文學雜考」, 《연합신문》, 1953. 5. 16.
47 정인택, 「애독자가 좋아하는 시인 소설가와의 좌담회」, 『소학생』, Vol.71. 1949. 10. 28~33쪽.

장성이 아동도서 출판의 정상화를 빠르게 추동하였다. 서구의 검증된 책을 독자의 입맛에 맞도록 적당히 번역(번안)하여 펴내는 손쉬운 방법이 여전히 가장 선호되었으며, 특히 '기타'의 항목의 약진이 돋보인다. 이 항목은 개별 저자가 없는 '편집부 엮음', 출처가 모호한 '재미난 이야기' 등, 저자와 장르가 불분명하며 출판사의 이윤을 주목적으로 하는 기획물이 대부분으로, 상업지향성을 직접적으로 반영하는 지표로 보아도 무방하다.

만화를 비롯하여 흥미 위주의 읽을거리는 '아동도서'로서 목록이 작성되지 않아 위의 표에 포함되지 않았기 때문에 이 글에서 실태를 제대로 파악할 수는 없다. 다만 아동문학인들의 한결같은 우려의 목소리를 통해, 통속오락물의 범람을 짐작할 수 있다.

漫畵책 같은 것은 도둑놈의 行跡 같은 것이나 되지도 않은 漫談式이며 엉터리의 漫行 같은 것이나 모험(모험은 때로 좋은 것도 있느니만큼 다 나쁘다고는 보지 않는다) 등이며 其他 卑俗한 것을 그도 남의 것을 고대로 따다가 되는대로 그려놓은 것들이 거리에 汎濫해 있고 眞實性 있는 良心的 産物은 그야말로 쌀에 뉘만치도 얻어 보기가 힘들다고 보여진다.[48]

한편 우리 兒童文化界를 一瞥할 때 極히 寒心하지 않을 수 없다. 幾個의 兒童雜誌가 나오기는 하나 왜 그리 發展性을 보여 주지 않는지. 勿論 漫畵 등의 여러 가지 兒童을 相對한 漫畵책들이 거리에 汎濫하고 있으나 이것으로는 도저히 兒童糧食으로서의 所期의 成果를 거둘 수 없는 것만은 두말할 것도 없다.[49]

48 한정동, 「아동문학의 현상」, 《동아일보》, 1955. 1. 25.

1954년에 1차 교육과정이 시작되고 국민학교 의무교육이 이루어
지면서, 교육에 대한 사회적 관심이 점차 뜨거워지자 아동도서의 상
업성은 재빨리 '교육성'을 앞세우기 시작하였다. 모든 종류의 도서
가 '교육'과 연계되어 논의되었거니와, 『세계 명작 교육 동화집』
(1953), 『얘기 독본』(1954), 『표준 소년 문학 독본』(1955) 등, 여타의
동화집에 비해 '교육적 본보기'로서의 권위를 부여한 도서 명칭들이
발견된다. 그러나 이름과 일치되는 '이야기책의 본보기가 될 만한'
질적 수준을 갖추었는지는 의문스러우며, 구매자의 눈길을 우선적으
로 끌고자 하는 상업적 효과를 목적으로 하였다고 생각된다. 예컨대
이영철(李英哲)의 경우 『성공한 이들의 소년 시대』(1950), 『표준 소년
문학 독본』(1955), 『참 재미있는 한국 동화집』(1958) 등 부모들의 눈
길을 끌 수 있는 그럴싸한 제목의 '엮음집'들과, 『미련이 나라』(1957)
등의 전래동화집, 『이소프 얘기책』(1959) 등 번역(번안)도서를 40년
대 후반부터 매해 활발히 펴내고 있음을 볼 수 있다. 창작의 고통을
감수하기보다 문화적 열매를 손쉽게 거두어 포장판매하는 데 더욱
재빠른 모습을 보여주거니와, 한정된 공간에 이러한 유의 책들이 대
량 판매됨에 따라 창작문학의 존립 기반이 더욱 열악할 수밖에 없었
다. 전쟁의 폐허에서 생존하는 일 자체가 힘겨웠던 시기라, 작가적
순수성을 유지하기란 너나할것없이 쉽지 않은 터에 말이다.

良心이니 愛國이니 불으짓는 것도 어느 程度 自己와 그 家族들이 最低
生活을 保持할 수 있는 環境에서였지 굶주려 가지고는 그러한 精神도 混
亂에 빠지고 마는 것이다.[50]

---

49 睦海均, 「兒童讀物과 學校敎育」, 《동아일보》, 1955. 8. 25.

일반문인들이 종군작가단에 대거 가입한 데는 생존 자체가 힘겨웠기에 국가로부터 받는 일정한 지원[51]이 적지 않은 이유가 되었다. 소설가 김래성이 『꿈꾸는 바다』, 『비밀의 가면』 등 아동물을 번안, 개작하여 내놓으며 상업적으로 큰 성공을 거두면서, 이익을 목적으로 한 각종 오락물이 홍수를 이루었다.

전문 아동문학인들도 순수창작집 외에 번역이나 기획물을 다수 펴내었는데, 「아동문학서지」를 참조하여 작가와 목록을 분류하면 다음과 같다.

〔표 3-4〕 아동문학인들의 창작집 외 단행본 출간 현황[52]

번호	이름	제목	출판사	출판년도	장르	비고
1	김요섭	● 이상한 람프	창조사	1952	번역	
		● 암굴왕	문성당	1954	〃	
2	강소천·최태호	● 어린이문학독본	문화교육출판사	1954	교육	
3	이원수	● 동키호테	동명사	1954	번안	
		● 아버지를 찾으러	신구문화사	1955	번역	
		● 국민학교 글짓기본(1-6)	*	1958	교육	
		● 손오공의 모험	신구문화사	1959	번역	
		● 안델센 동화집	계몽사	1959	번역	
		● 인어 아가씨	신구문화사	1959	번역	
4	마해송	● 씩씩한 사람들	문교부	1955	교육	
5	윤석중 (새싹회)	● 이솝 얘기책		1956	번역	
		● 발명왕	학교문고간행회	〃	〃	
		● 위인전		〃	〃	
6	김성도	● 안데르센 동화집	어린이사	1959	번역	전3권
		● 그림동화집	형설출판사	〃	〃	
7	한낙원	● 이상한 나라의 에리스		1959	번역	

50 김송, 「決戰下의 片想(나의 도피일기장에서)」, 한국문인협회 편, 『해방문학 20년』, 정음사, 1966, 148쪽.
51 최정희, 「피난대구문단」, 한국문인협회 편, 『해방문학 20년』, 위의 책, 103~104쪽.
　"蒼空俱樂部에선 유니폼이나 구두뿐이 아니고 쌀, 광목도 配給을 받았다. 한 가마니씩 나오면 내 境遇엔 남아 돌아가서 어려운 避難民들에게 나누어 주기도 했다."
52 이재철, 『세계아동문학사전』, 계몽사, 1989, 501~504쪽. 기본 자료에서 추출 분류.

이 표는 완전한 자료는 아니지만 1950년대의 아동문학계 현황을 특징적으로 시사한다. 강소천·최태호가 함께 어린이 문학독본을 펴낸 데서 두 사람의 관계를 주목할 수 있는데, 강소천은 51년 월남한 후 부산에서 문교부 편수관으로 있던 최태호를 만나 그의 부탁으로 교과서 편찬을 도왔고, 50년대 내내 밀접한 관계를 유지했

다. 그러나 교육관계자와의 친분과 강소천 문학의 교육성은 따로 살펴져야 할 것이며, 손쉽게 번역서를 엮는 대신 50년대 내내 쉼없이 창작집을 펴냈다는 점에서 강소천을 상업성을 추구한 작가인 듯 언급한 발언들은 재고되어야 할 것으로 보인다.

마해송의 『씩씩한 사람들』도 문교부에서 펴낸 것으로 보아 『반공독본』류로 추정되며, 윤석중도 '학교문고간행회'의 이름으로 번역도서를 여러 권 펴냈음을 볼 수 있다. 마해송과 윤석중도 종군작가로서 군 기관에 소속되어 활동하였고, 종군기와 동요 등을 전시교재와 교과서에 실었으며, 당대 정권과 순항관계를 가지며 전후의 문화계에서 가장 활발한 활동을 펼쳤다.

이에 비해 부역문인으로서 반공청년단에 쫓기는 등 생명조차 위협받았던 이원수는 김영일·김팔봉 등의 도움으로 겨우 '선처'를 받을 수 있었기에, 김동리를 필두로 한 종군작가단 출신의 반공주의 작가들이 대부분인 문인협회 등 문화계에서도 소외된 위치에 있었다.[53]

---

53 2005. 가을. 아동문학인 유경환, 이영호 개별면담 시 증언.

국가가 공식적으로 허용하고 권장하는 반공주의 입장에 선 작가들은 떳떳하게 활동할 수 있었지만, 이원수의 경우 그럴 처지가 못 되었기 때문에 어린이잡지 『소년세계』를 편집하는 것으로 문학의 장을 일정하게 지키는 정도였다. 그는 '정민', '이동원' 등의 필명을 번갈아 쓰며 어느 시기보다 많은 동화를 창작하였지만 단행본은 펴내지 못하였고, 번역(번안)서를 더 많이 출간함으로써 생계를 도모한 것으로 보인다. 그러나 이 시기에도 전문 아동문학인들은 오락적 흥미나 상업성 자체를 지향하지는 않았다. 생존과 생활이 문제였던 만큼 번역(번안)서나 여타의 기획물은 펴내기도 하였으나, 어떤 종류의 글이든 어린이 독자와 아동문학의 고유성을 먼저 염두에 두었고, 일정한 질적 수준을 유지하였다.

일반문인들의 아동문학 창작

전후에 나온 다양한 성격의 단행본 가운데, 순수창작집의 발간 현황만 따로 살피고 논할 필요가 있다. 앞에서 살펴본 「한국아동문학서지」 등 자료를 참고하여 1950년대에 나온 창작단행본 목록을 만든 결과 아래와 같다.

〔표 3-5〕 1950년대 발행 창작단행본 목록 (동화 · 소년소설 · 기타)

〈일반문학가 : ★, 아동문학가: ☆, 기타: ◎〉

번호	저자	제 목	출판사	발행년도	종류	비고
1	박태원	소년탐정단	글벗집	1950	아동소설	★
2	장만영	꽃피는 시절	범우사	〃	아동소설	★
3	홍은순	은방울	*	〃	동화	☆
(3권)						

번호	저자	제 목	출판사	발행년도	종류	비고
4	김 송	귀여운 어린이	수도문화사	1951	아동소설	★
5	최병화	즐거운 자장가	명문당	〃	아동소설	☆
6	방기환	싸우는 어린이	향학사	〃	전시동극본	★
(3권)						
7	강소천	조그만 사진첩	다이제스트사	1952	동화	☆
8	김래성	쌍무지개 뜨는 언덕	청운사	〃	아동소설	★
9	김소운	착한어린이	수도문화사	〃		★
10	김 송	방랑하는 소년	동아출판사(再版)	〃	아동소설	★
11	여운교	봄 여름 가을 겨울	호남어린이사	〃	동화집	☆
12	염상섭	채석장의 소년	평범사	〃	아동소설	★
13	유영희	천사가 지키는 아이들	기독교아동문화사	〃	동화집	☆
14	이종택	갈매기의 노래	새벗사	〃	아동소설	☆
15	최태호	아름다운 이야기	세종문화사	〃	동화	☆
(9권)						
16	강소천	진달래와 철쭉	다이제스트사	1953	동화	☆
17	강소천	꽃신	한국교육문화협회	〃	동화	☆
18	마해송	떡배단배	학원사	〃	동화	☆
19	박성하	하얀 새	명세당	〃	그림동화	◎
20	윤석중(편)	내가 겪은 이번 전쟁	박문출판사	〃	소학생작품집	☆
21	이원수	숲 속 나라	신구문화사	〃	동화	☆
22	이원수	오월의 노래	신구문화사	〃	소설	☆
23	이정호	애국 소년	글벗집	〃	아름다운 얘기책	☆
(8권)						
24	강소천	소년문학선	경진사	1954	선집	☆
25	강소천, 최태호 공저	어린이문학독본	문화교육출판사	〃	문학독본	☆
26	강소천	꿈을 찍는 사진관	홍익사	〃	동화	☆
27	김 송	고향 없는 아이들	청춘사	〃	소설	★
28	노량근	날아다니는 사람	한성도서(재판)	〃	동화	☆
29	노량근	눈 먼 소녀	한성도서	〃	동화	☆
30	박화목	밤을 걸어가는 아이	정음사	〃	소설	☆
31	방기환	빛나는 소년용사	문교사	〃	동극본	★

번호	저자	제 목	출판사	발행년도	종류	비고
32	방기환	언덕길 좋은 길	상문사	〃	소설	★
33	방인근	소영웅	문성당	〃	모험소설	★
34	방정환	동생을 찾으러	글벗집	〃	모험소설	☆
35	방정환	七七단의 비밀	글벗집	〃	모험소설	☆
36	이주홍	아름다운 고향	남향문화사	〃	소설	☆
37	이주홍	피리부는 소년	세기문화사	〃	소설	☆
38	정비석	호롱불	동국문화사	〃	소설	★
39	최인욱	일곱별 소년	학원사	〃	소설	★
40	최정희	장다리꽃 필때	학원사	〃	아동소설	★
41	함처식	꼬마십자군	대한기독교서회	〃	동화	☆
(18권)						
42	강소천	달 돋는 나라	*	1955	장편동화	☆
43	강소천	바다여 말하여 다오	*	〃	장편동화	☆
44	마해송	씩씩한 사람들	문교부	〃		☆
45	박영준, 안수길, 정비석 공저	소년소설집	글벗집	〃	소설	★
46	박화목	부엉이와 할아버지	기독교문화관	〃	동화	☆
47	송대현	마음의 꽃	맥구문화사	〃	동화	
48	이주홍	비오는 들창	현대사	〃	동화,동극,소설집	☆
49	임옥인	아름다운 시절	*	〃	소설	★
50	최태호	리터엉 할아버지	기독교아동문화사	〃	동화	☆
51	한국아동문학회 편	현대 한국아동문학선집	동국문화사	〃	동화,아동소설 선집	☆
(10권)						
52	강소천	종소리	대한기독교서회	1956	동화	☆
53	강소천	해바라기 피는 마을	대경당	〃	소설	☆
54	모기윤	백두산의 꽃	*	〃	소설	☆
55	박계주	날개없는 천사	학원사	〃	소설	★
56	신지식	하얀 길	산호사	〃	소설	☆
57	원홍균	까막동이	시청각교육사	〃	동화	◎
58	이두환	발자취	기독교아동문화사	〃	위인동화	◎
59	이희복	해바라기	학우사	〃	소설	◎
60	임춘갑	아름다운 우정	종로서원	〃		◎

번호	저자	제 목	출판사	발행년도	종류	비고
61	조흔파	알개전	학원사	〃	소설	★
62	황광은	날아가는 새 구두	대한기독교서회	〃	동화	☆
(11권)						
63	강소천	무지개	대한기독교교육협회	1957	동화	☆
64	김요섭	따뜻한 밤	고려출판사	〃	동화	☆
65	김요섭	깊은 밤 별들이 울리는 종	백영사	〃	동화	☆
66	손동인	병아리 삼형제	한글 문예사	〃	동화	☆
67	여운교	아버지의 선물	향문사	〃	동화	☆
(5권)						
68	강소천	인형의 꿈	새글집	1958	동화	☆
69	김래성	똘똘이의 모험	문구당	〃	소설	★
70	김상덕	파리의 인형	인문각	〃	동화	☆
71	대구아동문학회	달뜨는 마을	문예사	〃	동화	☆
72	마해송	모래알 고금	가톨릭출판사	〃	동화	☆
73	마해송(편)	소년소녀문학선집	신태양사	〃	동화, 소설	☆
74	박경종	노래하는 꽃	인문각	〃	동화, 소설	☆
75	신지식	감이 익을 무렵	성문각	〃	동화	☆
76	안동민	이상한 꿈	신생사	〃	동화	☆
77	유영희	즐거운 동산	신생사	〃	동화	☆
78	이영희	책이 산으로 된 이야기	신교출판사	〃	동화	☆
79	이주홍	후라이 대감의 모험	글벗집	〃	소설	☆
80	정비석	파랑새의 꿈	글벗집	〃	소설	★
81	정비석	마음의 꽃다발	세광출판사	〃	소설	★
82	이영철	쌍둥밤	글벗집	〃	동화	☆
(15권)						
83	강소천	꾸러기와 몽당연필	새글집	1959	동화선집	☆
84	김상덕(편)	한국동화집	숭문사	〃	동화선집	☆
85	김요섭	오 멀고 먼 나라여	청록문화사	〃	소설	☆
86	마해송	앙그리께	가톨릭출판사	〃	소설	☆
87	이원수	참새 잡던 시절	신구문화사	〃	소설	☆
88	이주홍	외로운 짬보	세기문화사	〃	동화	☆

번호	저자	제 목	출판사	발행년도	종류	비고
89	최요안	은하의 곡	학원사	〃	소설	☆
(7권)						
(총 89권)						

1950년대 초반 아동잡지에 일반소설가들이 대거 작품을 발표한
것에 비하면 출판으로 이어진 사례는 별로 많지 않음을 알 수 있다.
이 시기 어린이책의 성격 분석을 위해 위의 표에서 일반소설가들의
작품집만 따로 추출해 보면 다음과 같다.

[표 3-6] 일반문학인의 아동도서 단행본 발간 현황

순서	발행연도	저자	제목	종류	비고
1	1950	박태원 장만영	소년탐정단 꽃피는 시절	소설 소설	
2	1951	김 송 방기환	귀여운 어린이 싸우는 어린이	소설 전시동극본	
3	1952	김래성 김소운 김 송 염상섭	쌍무지개 뜨는 언덕 착한 어린이 방랑하는 소년 채석장의 소년	소설 ? 소설 소설	
4	1954	김 송 최인욱 최정희 정비석 방기환	고향 없는 아이들 일곱 별 소년 장다리꽃 필 때 호롱불 빛나는 소년용사	소설 소설 소설 동화 ?	
5	1955	박영준 안수길, 정비석 임옥인	소년소설집 아름다운 시절	소설 소설	
6	1956	박계주 조흔파	날개 없는 천사 얄개전	소설 소설	
7	1958	김래성 정비석 정비석	똘똘이의 모험 파랑새의 꿈 마음의 꽃다발	소설 소설 소설	

1950년의 박태원의 『소년탐정단』, 1952년 김송의 『방랑하는 소년』, 염상섭의 『채석장의 소년』은 모두 1940년대 후반에 잡지에 연재되었던 작품이며, 한국전쟁 후 집필된 최초의 단행본은 1951년 발행된 '전시동극본'인 방기환의 『싸우는 어린이』(1951)로 나타난다.

그런가 하면 1952년 출판된 김래성의 『쌍무지개 뜨는 언덕』은 어린이 청소년 대상의 오락 대중소설의 인기와 위력을 유감없이 보여준 기원이 될 만한 서적이다. 이 책은 6, 70년대에 두 번이나 영화화되며 엄청난 인기를 누렸고, 1990년에 만화로 개작되었으며 2002년에 다시 단행본을 다시 발간하기도 하였다.

1954년에 종군작가 출신의 김송, 정비석, 최인욱, 최정희의 작품집이 발간되었는데, 최인욱의 『일곱 별 소년』은 북두칠성의 전설을 번역(번안)한 것으로 짐작된다. 50년대 후반에는 박계주, 조흔파, 김래성, 정비석 등 대표적인 대중작가들의 이름만 발견된다.

1950년대 아동잡지와 신문 등 각종 지면에 아동소설을 발표한 시인, 소설가는 헤아릴 수 없이 많았지만, 위의 표를 보면 단행본으로 펴낸 경우는 50년대에 발행된 전체 동화·아동소설집의 20%에도 미치지 못했고, 그나마 중반 이후에는 상업성이 높은 대중 오락적 작품의 목록만 눈에 띈다. 이러한 현상은, 전쟁으로 인해 열악한 환경이 되자 일반문학인들이 일제히 아동문학의 장(場)으로 들어와 발표지면이나 원고료 등의 실리를 얻고, 휴전이 되어 사회문화가 안정되자 빠져나갔다는 해석을 할 수 있다. 일반문학인이 아동문학을 하였다는 자체가 시비거리가 될 수는 없는 일이나, 누가 지속적으로 어린이들 곁에서 그들이 표현하지 못하는 감정과 생각을 대신 표현하고 그들 영혼에 양식을 주었는가는 중요하게 따져 봐야 한다. 단지 일시적 유익을 도모하기 위한 방편으로 아동도서를 펴낸다면 아동문학 장

(場)을 왜곡시키는 결과를 가져올 수 있기 때문이다.

그런 점에서 대부분의 소설가들은 몸에 익힌 글재주를 잠시 아동문학의 장에서 풀어 생활의 방편으로 삼다가, 여건이 다소 좋아지자 모든 면에서 대접을 받을 수 있는 일반문학의 장에서 창작을 하고, 그러면서 손쉬운 번역(번안) 아동도서는 기회 닿는 대로 펴내어 실리를 추구하는 모습을 보인다. 김래성, 정비석 등 대중소설가들은 번역(번안)도서 역시 쉽없이 펴내어 인기리에 쇄를 거듭하였거니와, 조풍연, 전영택, 계용묵, 박목월, 박두진, 장만영, 안수길, 김송, 박영준 등 수많은 일반문인들이 50년대에 각종 번역(번안)물이나 전래동화 모음집 등을 펴냈다. 안 그래도 전쟁 후의 혼란한 사회에서 '출판 장사꾼'들이 유령회사를 차리고 조악한 아동도서를 양산하는 풍토에, 필력을 갖춘 소설가들이 재난을 당한 어린이를 위해 심혈을 기울여 글을 쓰는 대신 손쉬운 번역(번안)과 기획물 출판에만 가세하거나, 통속오락적 대중물의 붐을 조성하여 아동도서 출판의 상업성만을 부추기는 현실은 아동문학인들로 하여금 비판과 불만을 토로하게 하기에 충분하였다.

特히 近來文學에 있어서도 量으로 본 大體的 京鄕이 低俗輕薄에 흐르고 있는 것은 讀書力이 旺盛한 소년소녀에게 커다란 惡影響을 주는 結果를 가져오고 있다. 少年少女들은 그들이 잘 읽을 수 있는 國文書籍을 虎視耽耽 찾아 읽으려 하는 것이다.[54]

대중소설의 오락성은 독자로 하여금 일상의 긴장에서 잠시나마 벗

---

54 이원수, 「童話와 兒童文學과 成人」, 《동아일보》, 1955. 6. 3.

어나게 하고 즐거움과 활력을 주는 긍정적 측면도 있지만, 어린이 자신의 현실적 삶을 정직하게 응시하고 인식하게 하는 대신 흥미를 위한 흥미라는 작품 자체 내의 닫힌 순환 구조에 함몰되게 하여 시간과 영혼을 소모시킨다는 부정적 측면도 크다. 그런 점에서 영양 없는 '달콤하고 자극적인' 맛으로 출판 '시장'을 휩쓰는 대중물에 대한 아동문학인의 경계와 비판은 타당하다. 다양성을 온전히 수용할 수 있을 만큼 아동문학의 장이 탄탄하게 형성되어 있었으면 모르겠으나, 이제 막 산문문학이 본격적으로 싹을 내미는 시기에 상업성을 지향한 책들이 아동도서 출판의 한정된 공간을 지나치게 잠식함으로써, 순수창작을 지향하는 작가와 출판사의 존립을 어렵게 하여 결국 아동문학의 성장을 저해하는 결과를 가져왔기 때문이다.

전문 아동문학인들의 활동

전후 전문 아동문학인들의 순수 창작집 발간 현황은 다음과 같다.

[표 3-7] 1950년대 아동문학인 발간 창작집 현황[55]

순서	발행 연도	저자	제목	출판사	종류
1	1952	강소천 유영희 이종택 최태호 여운교	조그만 사진첩 천사가 지키는 아이들 갈매기의 노래 아름다운 이야기 봄 여름 가을 겨울	다이제스트사 기독교아동문화사 새벗사 아름다운 이야기 호남어린이사	동화 동화 동화 동화 동화
2	1953	강소천 강소천 마해송 윤석중(편) 이원수	진달래와 철쭉 꽃신 떡배단배 내가 겪은 이번 전쟁 숲속나라	다이제스트사 한국교육문화협회 학원사 박문출판사 신구문화사	동화 동화 동화 어린이작품 동화

순서	발행연도	저자	제목	출판사	종류
		이원수	오월의 노래	신구문화사	동화
		이정호	애국소년	글벗집	기획동화
3	1954	강소천, 최태호	어린이문학독본	문화교육출판사	독본
		강소천	꿈을 찍는 사진관	홍익사	동화
		박화목	밤을 걸어가는 아이	정음사	소설
		이주홍	아름다운 고향	세기문화사	소설
		이주홍	피리 부는 소년	대한기독교서회	소설
		함처식	꼬마십자군	*	동화
4	1955	강소천	달 돋는 나라	*	동화
		강소천	바다여 말하여 다오	*	동화
		마해송	씩씩한 사람들 (문교부)	문교부	독본
		박화목	부엉이와 할아버지	현대사	동화
		이주홍	비 오는 들창	기독교아동문화사	동화
		최태호	리터엉 할아버지	동국문화사	동화
		한국아동문학회	현대 한국아동문학선집	*	선집
5	1956	강소천	종소리	대한기독교서회	동화
		강소천	해바라기 피는 마을	대경당	소설
		모기윤	백두산의 꽃	*	소설
		신지식	하얀길	산호사	소설
		황광은	날아가는 새 구두	대한기독교서회	동화
6	1957	강소천	무지개	대한기독교교육협회	동화
		김요섭	따뜻한 밤	고려출판사	동화
		김요섭	깊은 밤 별들이 울리는 종	백영사	동화
		손동인	병아리 삼형제	한글문예사	동화
		여운교	아버지의 선물	향문사	동화
7	1958	강소천	인형의 꿈	새글집	동화
		김상덕	파리의 인형	인문각	동화
		대구아동문학회	달 뜨는 마을	문예사	동화
		마해송	모래알 고금	가톨릭출판사	동화
		마해송(편)	소년소녀문학선집	신태양사	동화, 소설
		박경종	노래하는 꽃	인문각	동화, 소설

순서	발행연도	저자	제목	출판사	종류
		신지식	감이 익을 무렵	성문각	동화
		안동민	이상한 꿈	신생사	동화
		유영희	즐거운 놀이동산	신생사	동화
		이영희	책이 산으로 된 이야기	신교출판사	동화
		이주홍	후라이 대감의 모험	글벗집	소설
8	1959	강소천	꾸러기와 몽당연필	새글집	동화
		김상덕(편)	한국동화집	숭문사	동화선집
		김요섭	오 멀고 먼 나라여	청록문화사	소설
		마해송	앙그리께	가톨릭출판사	소설
		이원수	참새 잡던 시절	신구문화사	소설
		이주홍	외로운 짬보	세기문화사	동화
		최요안	은하의 곡	학원사	소설

위의 표를 보면 일반문인들이 펴낸 책이 거의 '소설'인 데 비해, 아동문학가들이 펴낸 단행본은 대부분 '동화'로 한눈에 대비된다.

이는 두 가지 측면으로 해석할 수 있다. 첫 번째는 일반문인에 비해 아동문학인들이 어린이의 발달단계를 먼저 고려하고 창작하였다는 것이다. 유년기의 특성인 '물활론적 사고'는 어린이의 전(前)논리적 신화적 세계인식을 반영하며, 인생의 초반부에는 '희망, 용기, 꿈' 등 내적 성장을 위한 보다 많은 '정신적 에너지'의 비축이 요구된다. 독자의 이러한 특성을 전문 아동문학인들은 익히 체득하고 있기에, 전쟁으로 과잉된 현실에서 어린이 내면의 요구에 부응하는 형식과 내용을 구현하였다.

두 번째는 억압적인 시대적 분위기의 영향이 컸다. 소설 장르는 객

---

55 박태원, 최병화, 노량근, 방정환 등의 한국전쟁 이전에 발간된 책의 재판은 목록에서 제외하였다.

관 세계와 개별 주체의 관계를 '사실적, 현실적'으로 보여준다. 그런 점에서 일반소설가들이 있는 현실을 보다 거칠고 적나라하게 그려낸 반면, 아동문학인들은 현실의 정면 직시와 객관적 형상화를 회피한 면이 크다. 전쟁과 분단 과정에서 한반도의 어린이들이 겪었던 현실을 사실적이고 솔직하게 표현한 작품이 드물다는 것은 어린이의 입장에 보다 가까이 서 있었던 문인이 너무 적었던 탓이자, 아동문학인들의 언어가 더욱 억압된 양상임을 보여주기도 한다.

개별 저서 발간 현황을 보면, 강소천이 매해 1~2권씩 총 11권을 펴냈고 이주홍 5권, 마해송이 4권의 창작집을 발간하였다. 김요섭과 이원수가 3권, 최태호, 박화목, 유영희, 여운교, 신지식이 각각 2권의 저서를 펴냈고, 그 밖에 윤석중, 이정호, 함처식, 황광은, 모기윤, 손동인, 이영철, 김상덕, 박경종, 이영희, 안동민, 최요안 등이 각 1권씩 펴냈다.

위의 표에서 알 수 있듯이 강소천은 명실 공히 50년대의 대표 동화작가였다. 문교부 관계자들과 밀접한 관계를 지속적으로 유지한 것은 단순히 사적 유대관계 차원이 아니라 당대 체제의 선호를 받았음을 의미하며, 매해 창작집을 펴낸 사실로 어린이 '독자'와 '출판사'의 선호 역시 높았음을 알 수 있다. 마해송 역시 2권의 장편을 비롯하여 4권의 저서를 펴냈는데 그 중 『씩씩한 사람들』은 문교부에서 간행한 것으로 볼 때 반공독본으로 추정되며, 그의 이름을 앞세워 『소년소녀문학선집』을 펴낼 정도로 '문화적 권위'를 지닌 위치임을 알게 해준다.

이에 비해 이주홍은 6권의 창작집을 펴냈지만, 시간적으로 과거의 이야기(『아름다운 시절』)나 공간적으로 농촌의 세태 또는 전통적 이야기(『피리 부는 소년』, 『비오는 들창』), 대중적 오락성을 추구한 이야기

(『후라이 대감의 모험』) 등, 당대 사회적 현실로부터 일정하게 거리를 둔 작품을 창작하였다. 해방전 조선프롤레타리아문학가동맹 회원으로 적극적으로 활동하였음을 볼 때, 사회의식이 없었다기보다는 반공의 이념으로 통일된 현실 시공간과 일정한 거리를 둔 집필활동을 하였다고밖에 할 수 없다.

월남작가인 김요섭도 3권의 동화집을 펴내며 50년대에 활발한 활동을 펼쳤다. 시인이기도 했던 그는 주로 시적 기법이 높은, 상징과 환상을 주요 특질로 하는 동화를 선보인 작가로 알려져 있다. 그러나 김요섭은 동시대의 아동문학인 가운데서 식민지 현실과 한국전쟁 및 분단 현실 등 '대문자 역사'를 가장 일관되게 응시하고 작품화하는 모습을 보여주었다. 다만 사실주의 기법을 취하지 않았기 때문에 대부분의 논자들이 외적 특성만을 주목해 왔던 것이다. 김요섭은 월남 기독교인으로서는 드물게 반공이데올로기를 보이지 않으나, 피폐한 전후 현실에서 서민층 어린이들의 현실과 거리가 먼 부유층의 감상적 취향을 그린 작품을 창작하여 비판을 받기도 했고, 이국 취향을 강하게 드러내기도 하였다.

이원수는 전쟁 이전에 누구보다 활발한 활동을 하며 아동문학계에서 분명한 입지를 가졌던 작가임에도 불구하고, 50년대에 창작집은 3권 펴내는 데 그쳤다. 그 중에서 『숲 속 나라』는 전쟁 이전인 1949년에 『어린이나라』에 연재하였던 작품을 단행본으로 펴낸 것이었는데, 자주정신을 강조하며 새로운 이상적 사회를 건설해가는 내용의

이 작품은 사회주의 사상과 관련지어져 발간 당시는 물론이고 그 뒤에도 종종 '색깔' 논란을 일으켰다. 『오월의 노래』는 1947년부터 쓰기 시작하여 50년에 『아동구락부』에 연재를 하다가 전쟁으로 중단되었던 작품을, 뒷부분을 완성하여 펴낸 것이었다. 「참새 잡는 시절」도 『오월의 노래』 목차 중에 그 제목이 있는 것으로 봐서 같은 내용을 제목을 바꾸었거나 개작하여 펴낸 것으로 추정된다. 편집주간으로 있었던 『소년세계』 등 여러 잡지에 동화와 아동소설을 50년대 내내 쉼없이 발표하였지만, 60년대에 비로소 단행본으로 묶어냈다는 점에서 강소천과 여러 모로 비교가 된다.

아동문학인의 수가 극히 한정되어 있던 50년대에, 강소천, 김요섭을 비롯하여 박화목, 유영희, 박경종, 함처식 등[56] 월남 기독교인 작가들의 두드러진 활동도 눈에 뜨이는 특징이다. 종교와 문화는 가장 열려있고 영향력도 크기 때문에 월남인들이 연고가 없는 남한 사회에서 생활 기반을 마련하고 사회적 입지를 세우는 데 유리한 영역이었고, 남한 질서에 편입되기 위해 타자인 월남인의 입장에서 더욱 치열하게 활동할 수밖에 없었기 활약 또한 두드러졌다고 하겠다. 그런데 남한 정부와 미국과 기독교와 반공주의는 따로 뗄 수 없는 밀접한 연관을 가지기에, 월남 기독교인의 반공과 친미, 친정부적 성향은 충분히 예상할 수 있으며,

---

56 50년대에 창작동화집은 펴내지 않았지만, 박홍근, 이주훈, 장수철, 박우보, 한낙원 등 월남 작가들의 활발한 활동도 같은 맥락에서 이해할 수 있다.

개인차는 크지만 남한 출신 작가에 비해 이러한 성향을 일정하게 보이는 것이 확인된다.

한편 1955년 '한국아동문학회'에서 『현대 한국아동문학 선집』을 펴낸 사실을 볼 때 휴전 후 아동문학인들이 가시적 단체 활동을 시작하였음을 알 수 있다.[57] 일제강점기부터 해방공간에서도 좌파와 우파로 나뉘어 대립을 하였는데, 전쟁 후 이념의 통일이 이루어진 남한 사회에서 좌파계열의 부재나 침묵 속에 아동문학단체 역시 처음으로 '외적으로' 통일된 형태를 보인다. '한국아동문학회'가 장르 구분 없이 아동문학인들이 모두 회원으로 가입한 단체였다면, 산문작가들만으로 결성한 '한국동화작가협회'(회장 마해송, 회원 강소천, 김요섭, 방기환, 이종환, 임인수, 홍은순 등)는 따로 정기적인 모임을 가졌다. 이 모임에서 '어린이 헌장'을 기초하여 국무회의에 상정하였고, 정부에서 일부·수정 보완하여 1957년 5월 5일에 '대한민국 어린이 헌장'을 공포하였는데, 그 내용은 다음과 같다.

대한민국 어린이 헌장

어린이는 나라와 겨레의 앞날을 이어 나갈 새 사람이므로 그들의 몸과 마음을 귀히 여겨 옳고 아름답고 씩씩하게 자라도록 힘써야 한다.

1. 어린이는 인간으로 존중되어야 하며, 사회의 한 사람으로서 올바르게 키워야 한다.
2. 어린이는 튼튼하게 낳아 가정과 사회에서 참된 애정으로 교육하여야 한다.
3. 어린이에게는 마음껏 놀 수 있는 시설과 환경을 마련해 주어야 한다.

---

[57] '한국아동문학회'는 1953년 1월 10일에 마해송, 강소천, 이원수 등 18명의 아동문학인이 창립하였고, 5·16 후 해체되어 문인협회 아동문학분과에 소속되었다.

4. 어린이는 공부나 일이 몸과 마음에 짐이 되지 않아야 한다.

5. 어린이는 위험한 때에 맨 먼저 구출하여야 한다.

6. 어린이는 어떠한 경우에라도 악용의 대상이 되어서는 아니 된다.

7. 굶주린 어린이는 먹여야 한다. 병든 어린이는 치료해 주어야 하고 신체와 정신에 결함이 있는 어린이는 도와주어야 한다. 불량아는 교화하여야 하고 고아와 부랑아는 구호하여야 한다.

8. 어린이는 자연과 예술을 사랑하고 과학을 탐구하며 도의를 존중하도록 이끌어야 한다.

9. 어린이는 좋은 국민으로서 인류의 자유와 평화와 문화발전에 공헌할 수 있도록 키워야 한다.[58]

'대한민국 어린이 헌장'은 그 자체로 법적 효력을 가진 것은 아니었지만, 어린이를 위한 복지제도가 전무한 실정에서 아동문학인들이 상징적 의미 부여를 통해 어린이 인권에 대한 사회적 관심을 촉발시키고, 아동복리법과 제도 마련을 촉구하였다는 점에 큰 의의가 있다.

그 밖의 특징으로는 여성 동화작가로는 처음으로 신지식이 56년과 58년에 각각 서정적 아동소설집을 펴내고 이영희가 58년에 감각적 동화집을 펴내는 등, 여성작가들의 등장과 활약이 돋보인다. 또 58년에 '대구아동문학회'가 동화집을 펴낸 것을 볼 때, 지역 단위의 아동문학모임도 활성화되었음을 알 수 있다. 이처럼 50년대 중반 이후에 신인들이 속속 등장하고 한국 아동문학은 전쟁기의 혼란상에서 벗어나 차츰 문학적 다양성과 질적 수준을 갖추어가는 모습을 보여준다.

---

58 서석규, 「어린이헌장과 어깨동무 학교」, 『강소천 선생 40주기 기념 추모의 글모음』, 교학사, 2003. 26쪽. 서석규에 따르면 어린이 헌장 기초가 거의 강소천에 의해 이루어졌다고 한다.

단편소설
싸우는 병정

제4부
반공작품 자세히 읽기

반공주의 작가와 작품들

마해송의 『앙그리께』 분석

강소천의 『그리운 메아리』 외

전후 한국 아동문학의 지형

한국 아동문학사와 반공주의

마무리

반공주의 작가와 작품들

전후에 나온 정리된 동화·아동소설 단행본 가운데 반공 이데올로
기 함유 작품집 목록만을 따로 작성해 보면 다음과 같다.

〔표 4-1〕 반공 이데올로기 함유 작품집 목록

(★: 종군작가, ☆: 월남작가)

순서	발행연도	저자	제목	종류	비고
1	1951	방기환	싸우는 어린이	전시동극본	★
2	1952	강소천	조그만 사진첩	동화	☆
3	1953	윤석중(편)	내가 겪은 이번 전쟁	어린이 작품	★
4	1954	방기환	빛나는 소년용사	전시동극본	★
5	1955	강소천	꿈을 찍는 사진관	동화	☆
		마해송	씩씩한 사람들	전시독본	★
		박화목	부엉이와 할아버지	동화	★☆
6	1956	강소천	해바라기 피는 마을	동화	☆

순서	발행연도	저자	제목	종류	비고
7	1958	박경종	노래하는 꽃	동화, 소설	☆
8	1959	마해송	앙그리께	소설	★

위의 표를 보면 반공문학을 출판한 작가는 종군작가와 월남작가로 압축된다. 자유민주주의의 수호나 애국 등 명분은 다르게 내세웠지만, 반공의 개인적인 동기가 있다는 공통점이 있다.

잡지나 교과서 매체에 비해 반공주의 작품집은 그리 많지 않았다. 즉각적 발표가 가능한 잡지나 국가의 제도 매체인 교과서에 비해 단행본을 펴내려면 시간이 걸리는 면도 있지만, 대부분의 반공소설이 구호적이고 문학성이 결여되어 있어 책으로 묶이기 어려웠을 것이다.

방기환의『싸우는 어린이』,『빛나는 소년용사』등의 전시동극본은 전쟁 기간 중에 종군활동의 일환으로 펴낸 책이다. 공군작가단 단장이었던 마해송의『씩씩한 사람들』역시 문교부에서 발행한 도서로서 국책사업의 일환으로 발간한 저서로 판단된다. 윤석중의『내가 겪은

이번 전쟁』은 소학년 산문집인데, 육군본부 작전국 소속으로 미8군 사령부에서 문관으로 근무하는 종군작가였기에 국가의 공식적 관점을 기준으로 한 선택과 배제가 있었으리라 짐작된다. 박화목도 평양으로 종군활동을 하고 종군기를 발표하는 등 상당히 적극적인 활동을 하였으나, 친미·친기독교 성향은 보이지만 공산당은 '나쁜' 사람들로 표현하는 정도이지 작품에서 심한 양가치적 사고를 보이

지는 않는다.

마해송의 『앙그리께』는 해방을 맞아 일본에서 부모를 따라 귀국하였으나 곧 버려진 고아 '영애'를 주인공으로, 그런 영애를 거두어 준 민애네 가족이 겪은 6·25 이야기를 쓴 장편소설이다. 정갈한 문장과 품위 있는 묘사로 이 소설은 한국전쟁기의 한 단면을 사실적으로 실감나게 보여주지만, 안정되게 살아가던 한 가정이 전쟁으로 인해 어떤 고생을 하게 되었는지, 자신들을 그렇게 만든 공산당이 얼마나 나쁜지 알려주는 기득권 계층의 한국전쟁 이야기라 할 수 있다. 일제시대에 이어 전후 한국 문화계에서 중심적 위치에 있었던 마해송의 작품이라는 점에서, 반공주의 이념을 당당히 형상화한 이 작품은 당대 어린이와 이후 아동문학에 적지 않은 영향을 주었으리라 생각된다.

강소천의 단편동화들 가운데서 「퉁수와 거울」, 「방패연」, 「꿈을 찍는 사진관」 등 초기 작품에서부터 반공주의 모티프는 간간이 발견되지만, 반공의식 고취의 목적성보다 북한에 두고 온 고향과 가족들에 대한 간절한 그리움과 분단 현실에 대한 안타까움을 공산주의자에 대한 미움의 감정으로 표출하는 양상이었다. 그러나 시간이 흐를수록 공산주의자의 기독교 탄압과 이로 인해 반공주의자가 될 수밖에 없었던 정황을 직접적으로 드러내며, 타계한 해인 1963년에 발간한 마지막 동화집 『그리운 메아리』에 이르면 막다른 골목에 다다른 듯 절박한 그리움만큼 적나라한 반공의식을 볼 수 있다. 강소천 작품은 어린이들에게 가장 많은 사랑을 받았기 때문에, 반공주의를 내면화시키는 데 적지않은 역할을 하였으리라 짐작된다.

박경종 동화집 『노래하는 꽃』에는 모두 16편의 작품이 실려 있는데, 그 가운데 「철이는 살아 있다」, 「노마의 편지」, 「노래하는 꽃」 세

편에서 강한 반공의식이 드러난다. 특히 말미에 '이북 고향땅을 생각하며'라는 메모를 덧붙인 「철이는 살아 있다」는 공산당에 대한 작가의 적개심을 직설적으로 표현한 작품으로, 50년대 반공문학의 한 전형을 보여준다. 여기서 전형이란 '공산군=악/국군=선'의 도식 위에 구체적 개별 생명인 어린이의 '희생'을 '태극기', '애국가'로 상징되는 전체주의적 추상적 이미지로 신화화하고 기득권 계층의 담론을 일반화시키는 등, 반공아동소설들이 보여준 일정한 성향들을 함축적이고 집약적으로 보여준다는 뜻이다. 박경종은 그 자신 기독교인이자 부유한 지주계급 출신으로 전쟁과 월남 과정에서 공산당에 대한 부정적 체험이 컸고, 따라서 상실한 고향에 대한 그리움과 반공주의는 근원적 작품세계를 이룬다. 월남 이후 한국문인협회 아동문학분과 위원장, 한국아동문학가협회 회장 등을 역임하며 아동문학계의 주요 원로의 위치에 있었던 만큼, 그의 작품 역시 반공주의 확산에 영향을 주었으리라 짐작된다. 그러나 박경종은 동요와 동시 장르 창작에 더욱 주력하였던 만큼, 이 책에서는 50년대의 대표적 동화작

가로서 가장 분명한 반공주의 입장을 보여주었던 마해송, 강소천의 작품을 중점 분석해 보고자 한다.

　마해송은 일제 강점기에 한국 최초의 창작동화로 손꼽히는 「바위나리와 아기별」을 창작하였고, 고한승의 『무지개』(1927)에 이어 한국에서 두 번째로 『해송동화집』(1934)을 펴내어 문학으로서의 아동문학 형성에 기여하였으며, 「토끼와 원숭이」 등 현실 비판적

관점의 작품 창작을 통해 낭만성과 감상성에 머물렀던 기존 동화의 지평을 한 단계 확장시켰다. 그리고 강소천은 한국전쟁이라는 미증유의 참상을 겪은 어린이들의 가장 가까운 자리에서, 현실 긍정적이고 희망찬 내용의 동화로 어린이들에게 희망과 위로와 꿈을 주었다. 두 작가의 생애 전반에 걸친 문학적 성과나 한국 아동문학에 끼친 영향은 전체적으로 적실히 평가되어야 함이 마땅하며, 다만 이 책에서는 1950년대 창작품에 한정하여 반공주의 관련 내용을 자세히 고찰하도록 한다.

마해송의 『앙그리께』 분석

장편동화 『앙그리께』는 1955년에 잡지 『소년세계』에 연작 형식으로 첫머리 2회가 연재되었다. 그 해 8월 21일부터 10월 26일까지 《한국일보》에 60회를 연재하였고, 1956년 6월 29일부터 9월 19일까지 《경향신문》에 82회를 연재하여 끝을 맺었으며,[1] 1959년 1월 가톨릭출판사에서 단행본으로 발간하였다. 이 책의 줄거리는 이러하다.

영애는 열 살로, 민애네 집에서 사는 '식모'이다. 민애네 식구는 어머니, 아버지와 열한 살 민일이, 열 살 민수, 여덟 살 민애 외에 할머니 한 분이 있다. 어머니가 어렸을 때 한 동네 살았던 아주머니인데, 오갈 곳이 없는 처지여서 모시고 산다.

---

1 마해송, 『앙그리께』, 가톨릭출판사, 1959, 263쪽.

그런데 어느 날 전쟁이 났다. 민애네 삼형제와 어머니는 남쪽으로 피난을 떠나고, 아버지도 집을 떠나 회사 사람들과 함께 가고, 할머니와 둘이 서울 집에 남겨졌던 영애는 그만 공산군에 끌려가게 된다. 한편 트럭을 얻어 타고 피난을 가던 민애네 가족은 많은 고생 끝에 대구에 도착하여 셋방을 얻는다. 민일이와 민수는 신문장사를 하다가 대구로 내려온 아버지와 만난다.

영애는 공산군에 끌려 다니면서 그들이 저지르는 여러 가지 만행을 목격한다. 그러다 어느 날 밤 탈출을 감행하고, 간신히 숨어든 집에서 공산군에 쫓겨 죽어가던 이상호 씨의 유언을 듣게 된다. 영애는 국군의 눈에 띄어 군부대에서 생활하게 되는데, 그런 영애를 구 중사가 가까이 돌봐준다. 대구의 민애는 북한에서 피난 온 아랫방 옥순 언니와 가깝게 지내는데, 휴일이면 친구인 구 정숙 하사가 놀러온다. 구 중사와 구 하사는 남매 사이로, 서로 헤어져 소식을 모르다가 나중에 영애를 매개로 부모님까지 온 가족이 재회를 하게 된다.

영애는 의정부 이상호 씨의 가족을 찾아가 유언을 전해주고, 그곳에서 '양갈보' 순이를 데리고 함께 서울로 돌아온다. 할머니는 그때까지 천주교인인 뒷집 할머니의 보살핌을 받으며 살고 있었고, 휴전이 됨에 따라 피난 갔던 가족들도 모두 돌아와 3년 만에 온 식구가 재회를 한다. 이때 영애의 친어머니가 나타나지만 영애가 함께 가기를 거부하고, 민애네 가족들과 함께 살게 된다. 민애네 부모님은 영애를 학교에 보내기로 결정한다.

이 작품의 주요 주인공은 영애이다. 영애는 일본에서 태어나 다섯 살 때 해방을 맞아 부모를 따라 한국에 나왔다. 그런데 아버지가 갑자기 사망하자 어머니는 곧 개가를 하였고, 새 남편이 자신과 딸에게

폭력을 일삼자 그 원인의 하나인 딸을 버리게 된다. 영애의 정체성은 해방과 전쟁기의 거대한 역사적 소용돌이 한복판에 유기된 고아로서, 민족 구성원 가운데 가장 무력한 '약자'였다.

그런데 작가의 시선은 민애네 가족의 입장과 관점에만 머물러 있다. 예컨대 주인공 영애와 민애네 가족 사이는 위계와 차별이 있지만, 작가는 이 사실을 자명한 현실로 제시할 뿐 문제 삼는 시각을 보여주지 않는다.

연작 첫 단원을 '영애네 집'으로 이름 붙였지만, 영애는 '민애네 집' 식모아이일 뿐이다. 그런 영애의 정체성을 끊임없이 확인시켜 주는 사람은, 자신도 이 집에 몸을 의탁하고 있는 '마산 할머니'이다. "영애야! 어서 밥해라!" 밥때가 가까워지면 마산 할머니는 누구보다 먼저 영애를 재촉한다. 주인집 식구를 대신하여, 주인집 어른들 귀에 들리게끔, 마산 할머니는 영애를 독촉하고 나무라는 것으로 위계 서열의 중간 단계에 있는 자신의 역할을 수행한다. 마산 할머니가 자진하여 '아름답지 않은' 주인의 역할을 수행함으로써 주인은 침묵 속에서 너그러운 상전으로서의 여유와 품위를 유지한다.

예컨대 전쟁이 터져 공산군이 들어오자 영애는 이웃에 사는 날품팔이 짱구 아버지한테 놀라운 말을 듣는다. "영애가 피난을 왜 가? 영애는 가만히 있으면 인제 집주인이 될 걸." 이 말을 들은 영애는 입 밖에 절대 내어선 안 될 거라고 생각했으면서도 민애에게 말하고,

민애는 어머니와 할머니에게 말한다. 얼마 뒤 공산군이 아이들이 팔던 담배와 꽈배기를 뺏고 늦게까지 잡아두었다가 돌려보내자, 할머니는 영애를 흘겨보며 쏘아 붙인다. "영애야! 어서 네가 안방에 살고 우리들을 좀 먹여 살려다우!"

열 살짜리 아이에게 일곱 식구의 생계를 책임지라는 것은 말이 안 된다. 다시 그 따위 소리를 하기만 해보란 뜻이다. 영애의 탓도 아닌데, 공산군의 횡포에 대한 화풀이를 힘없는 영애한테 한 셈이다. 네 아이가 같은 일을 당하였어도, 세 아이는 염려의 대상일 뿐인 반면 영애는 화풀이의 대상이 되고 있는 것이다. 공산군이 무산자계급을 옹호한다는 이유만으로, 그 계급에 속하는 영애를 공격한다. 실은 마산 할머니 자신도 대표적인 프롤레타리아 계층이면서, 주인의 편에 서서 부르주아의 입장에서 하고 싶은 말을 알아서 먼저 대변함으로써, 주인은 여전히 침묵을 지키며 '덕망 있고 너그러운' 이미지를 지키는 것이다. 그리고 화들짝 놀란 영애는 '집주인이 아니라 집보다 더 좋은 것을 준대도 그 놈들의 세상이 되었다가는 큰일'이라고 생각한다. '주어진 현실을 바꾸는' 일은 절대 일어나서는 안 되겠다는 것이다.

그러면 영애에게 주어진 현실은 어떤 것인가.

"…그리고 민애네는 아랫방으로 내려가서 살고 영애 심부름 해 줄 걸……."

"어마나! 정말? 그럼 밥은 누가 짓구?"

"민애 엄마가 지어야지!"

"빨래는?"

"그것도 민애 엄마!"

"우리 어머닌 그런 거 못해!"

"그래도 해야지!" 2

위의 내용으로 보아, 영애가 자신을 포함한 일곱 식구의 밥과 빨래를 도맡아 하고 있음이 분명하다. 다섯 살부터 민애네 집에서 살기 시작하였는데, 열 살이 된 지금 '우리 어머닌 그런 거 못' 한다는 인식을 당연하게 보여줄 만큼 영애는 다른 식구들을 위해 '밥 하고 빨래하는 사람'으로서의 자기 정체성을 확고하게 가지고 있다. 즉 민애네 집에 살게 되긴 했지만 영애는 민애네 가족들의 자리 안으로 들어올 수 없었고 그들을 위해 쉼없이 희생과 봉사를 해야 하는 자리에 있어왔다는 뜻이다.

앞 부분에서 살펴보았듯이, 해방 공간과 전쟁 이후 한반도에는 기아, 미아, 고아들이 대량으로 발생하였고, 아동복리를 위한 어떤 법도 제도도 없는 상황에서 수많은 어린 소녀들이 식모로 부림을 당하며 과중한 노동에 시달리고 학대를 당하였다. 영애 역시 그 아이들 가운데 하나였지만, 이 작품에는 영애의 현실은 조명되지 않으며 어떤 소외감도 고통도 나타나지 않는다. 사회의 비리나 부정부패에 유독 관심이 많은 마해송이어서, 『앙그리께』에도 부패한 고아원 원장을 그의 자녀로 하여금 비판하게 하거나, 영애의 꿈에서 까마귀들이 '사사오입'을 들먹이며 싸우게 하는 등3 현실 풍자와 비판 의식을 보인다. 그러나 50년대 신문에 심심찮게 등장하던 식모 학대나 어린이

---

2 마해송, 『앙그리께』, 위의 책, 19쪽.
3 위의 책, 158~159쪽.
　집도 가족도 없이 국군부대를 따라 다니던 열 살짜리 아이가, '사사오입'이니 하는 꿈을 꿀 리도 없다. 신문에 연재되고 있던 작품이라, 영애라는 인물을 내세워 작가 자신의 생각을 대변시킨 것이라 하겠다.

노동 착취에 대해 작품 내에서 어떤 문제의식도 보여주지 않으며 주인집의 '온정'과 '시혜'만 부각하는 마해송의 글쓰기는, 작가의 관심축이 개별 어린이보다 어른 '사회'에 있고[4] 서민이나 빈민보다 기득권층의 관점에 서 있음을 명백하게 보여준다.

작가의 이러한 의식은 공산주의에 대한 인식 표현에서 더욱 잘 알 수 있다.

"근데 그놈들은 왜 좋은 사람들을 보는 대로 죽여요?"

"그건…… 여태까지 노동자나 농민 농사 짓는 사람들이 오랫동안 잘 살지 못하고 가난하게 살고 돈 있는 사람이나 토지를 가진 지주에게 구박을 받고 살아 왔다고 해서…… 한번 세상을 바꾸어 살자는 것인데 토지를 빼앗고 재산을 빼앗고 집에서 내어 쫓고 노동자 농민들에게 주어서 잘 살게 해준다는 것인데 말이 그렇지 실상은 그렇지 않단다. 노동자나 농민은 더 못살게 되었고 장사도 할 수 없고 똑 공산당원 놈들만 잘 사는 세상이란다. 그래서 사상이 좋은 사람이나 공부가 있는 사람은 모두 죽여 버려야만 다시 고개를 들 사람이 없고, 노동자 농민들을 마음대로 소 부리듯 부려먹을 수 있다는 것이란다. 그래서 전에 우리 민족을 위해서 좋은 일을 한 사람이나 재산이 있어서 잘 살던 사람이나 공부를 많이 한 사람은

---

4 어린이가 아닌 어른 사회를 지향하는 마해송 문학의 특징은 이재철의 『한국현대아동문학사』에도 정확히 지적되어 있다.
"순수한 아동세계란 그의 작품 속에서는 존재하지 않고, 다만 성인사회에 종속된 '성인 속의 아동'이라는 관념 속에서만 존재하는 것이다. (중략) 전자의 〈성인사회에 대응되는 아동〉도 성인 사회의 현상에 준하는 행동만 허용되어 처음부터 독자적인 개성이 주어져 있어서는 안 되거나, 또는 사회의 그 부류에 속하는 인간들이 가지는 개성에 따라 행동하도록 정해져 있던 것이다. 또한 후자의 〈사회나 성인에 학대받는 아동〉은 한결같이 약자의 입장을 벗어나지 못하고 복종적인 행동만이 가능한 울타리 안에서 형상화되어 있는 것이 일반적이다. 그러므로 작품에 등장하는 본래적 아동은 성인 사회에 대해서 추호도 반발할 수 없고, 아동 자체로서 가져야 할 개성이나 권리도 가지지 못한 채 기형적인 아동만이 좌충우돌할 뿐이었던 것이다."(141~142쪽)

그놈들의 말을 고분고분 듣더라도 얼마 안 가서는 무슨 트집을 잡든 트집을 잡아서는 죽어 버리는 거야······."

"아유 망할 자식들! 맘뽀가 아주 나쁜 놈들야! 어쩐지 나도 그놈들을 보기만 해도 징그러워. 사람이 아니고 마귀지."[5]

작가는 영애의 입을 빌어 공산당이 '좋은 사람들'을 보는 대로 죽인다고 하였는데, 북한군의 주요 처단 대상자는 친일, 친미, 반공주의자, 지주나 부르주아로 분류된 사람들, 특히 노동자를 착취한 사람들이었다. 남한 국가기구의 핵심 구성원인 군인, 판검사, 경찰 간부, 우익단체나 정당의 간부 등도 '적'으로 취급하여 처형하고, 말단 관리나 중간적인 인물들을 면밀하게 검사하여 '인민'으로 편입할 사람과 그렇지 않은 사람을 구분하며, 이승만 정부에 반대한 사람은 '인민'으로 취급하자는 방침을 갖고 있었다.[6] 물론 전쟁 후 무법천지가 되면서 재판의 절차도 없이 마구잡이로 처형하는 일도 많이 있었고, 생과 사의 결정이 이념적 기준에 의해서가 아니라 평소의 인간관계, 인격, 타인과의 원한 여부 등 사적이고 우연한 요소에 의해 좌우되는 상황이 연출되기도 했다. 인민재판이야말로 '혁명'과 '인민의 지배'를 빌미로 한 '자의적 권력 행사'가 이루어질 수 있는 대표적인 현장[7]이기도 했던 것이다.

그렇다 하여도, 인민재판을 당한 사람을 다 '좋은 사람들'로 묘사하고, '우리 민족을 위해서 좋은 일을 한 사람, 재산이 있어서 잘 살던 사람, 공부를 많이 한 사람'은 '고분고분 말을 안 듣기 때문에 처

---

5 마해송, 『앙그리께』, 앞의 책, 103~104쪽.
6 김동춘, 『전쟁과 사회』, 돌베개, 2000, 157~158쪽.
7 위의 책, 161쪽.

단'한다는 식으로 진술한 것은 옳지 않다. 일제 때 북쪽에서 침략자의 편에 서서 동족을 착취하는 데 앞장서며 개인적 권력과 부를 추구했던 인물들은 전쟁이 일어나기 전에 모두 남쪽으로 달아났는데, 그런 사람까지 '민족을 위해서 좋은 일을 한 사람'의 반열에 올려놓는 것은 진실을 왜곡하는 일이 된다.

마해송의 반공주의는 사적 체험에서 연유한다. 6·25가 일어났을 때 그는 남하하지 못하고 서울에 남아 있었는데, 누군가 그의 이름이 자수대상자 목록 '첫 번째'에 올라 있다는 것을 알려주었던 것이다.

나는 이마빼기를 정통으로 얻어맞은 것 같았다.

6월 25, 6일께 남쪽으로 피난을 떠나지 못한 것은 내 탓만은 아니었다. 라디오는 끝까지 '국군이 공산군을 격퇴하고 있으니 시민은 안심하라!'고 외쳤던 것이다. 그 밤이 새자 서울 장안은 공산군의 천지가 되었던 것이다. 그렇지만 '공산군인들 설마 나를 어떻게 하랴' 하는 은근한 기대가 있었던 것이다. 나는 드러난 일이라고는 아무 것도 한 일이 없었기 때문이다.

8·15 해방을 고향에서 맞이했을 때도 나는 나서지 않고 방을 지키고 있었다. 일본에서 일곱 달 앞서 귀국해서 들어앉았던 것을 고향 사람들은 높이 평가했던 모양이었다. 지금 따지면 좌우 양편의 고향 인사들이 내 집으로 모여들었던 것이다. 시청과 경찰서와 모든 기관을 접수하는데 나더러 위원장이 되라는 것이었다. 나는 끝까지 나서지 않았다. "일본에서 20여 년을 지낸 사람이 무슨 염치로 또 한몫 보겠소? 고향을 지키고 고향에서 싸워온 깨끗한 사람들이 나서야 할 것이오!"하고 응하지 않았다. (중략) 장안 사람이 휩쓸어 올라가도 나는 구두를 신지 않았던 것이다. 그렇다면 그런 일에 앞장서서 날뛰지 않았다는 것이 죄목이 되는 것일까?

그렇다면 대부분의 시민이 모두 자수해야 할 판인가?

내가 쓴 글들도 그런 일에는 상관이 없는 것들이었다. 새나라 새 살림은 어린이를 먼저 위해야 할 것을 호소했고 개명한 나라 사람들의 살림살이와 예의범절과 상식을 소개하기에 힘썼을 뿐이었다. 그런 것도 인민군들에게는 죄목이 되는 일이란 말인가?

자수자 명단 —자수시켜야 할 사람의 명단— 심문해야 할 사람의 명단 첫머리에 내 이름이 있더라는 소식은 놀라운 일이 아닐 수 없었다. (중략)

"망할 놈들! 그 속에 나를 넣어! 내가 벌 받아야 할 대상이라면 벌 받지 않을 백성이 없겠구나!"

분하기도 했지만 떨렸다. 한여름 복중이었다.

'네놈들만 아니면 모두가 처벌 대상이란 말이냐?'[8]

한국전쟁 이전에 마해송은 반공주의자는 아니었다. 일본에서도 전기파(戰旗派) 좌익 작가인 후지사와 타케오와 밀접한 친분을 유지하였고, 서울로 돌아온 뒤에 중도좌파지로 분류되는 《자유신문》 객원 기자로 칼럼을 연재하며 사회 비판적인 동화(「토끼와 원숭이」, 「떡배단배」) 내용으로 미군정에 필화를 겪는 등,[9] 전쟁 이전에 딱히 우익적 편향성은 보여주지 않았던 것이다. 그러나 인민군이 서울을 점령하여 9·28 수복 때까지 사선을 넘는[10] 체험을 한 뒤 국방부 정훈국 자문 일을 맡고 공군 종군작가 단장을 맡는 등 확고한 반공주의자로 바뀌게 된다.

그런데 '내가 벌 받아야 할 대상이라면 벌 받지 않을 백성이 없겠

---

8 마해송, 『아름다운 새벽』, 문학과지성사, 2003, 174~176쪽.
9 원종찬, 「해방 전후의 민족현실과 마해송」, 마해송탄생 100주년 세미나 발제원고, 2005.
10 마해송, 『아름다운 새벽』, 앞의 책, 181쪽.

구나' 하는 마해송의 진술에서, 자신은 거리낄 것이 없다는 의식을 볼 수 있다. 이는 "일본에서 20여 년을 지낸 사람이 또 무슨 염치로 한 몫 보겠소?"라고 한 앞의 진술과 어긋난다. 대외용 겸양의 말과 달리, 자신의 일본 생활이 달리 문제된다고 여기지 않은 듯하다. 물론 작가의 말처럼 '드러내 놓고' 일본을 찬양하거나 동포를 박해하는 일은 없었다 하더라도, 자신의 조국을 침탈한 일본 제국주의의 문화계 중심에서 활약[11]한 것이 그리 떳떳한 일이 될 수는 없다. 자신이 가진 모든 것을 내어놓고 목숨까지 바쳐 독립을 위해 싸운 사람들이 있고, 일제의 착취로 국토와 민족이 함께 고통을 당하며 피폐해 갈 때, 일제의 잡지를 만들며 개인적 풍요를 누렸으니 말이다.[12] 인민군 자수대상자 목록에 마해송이 첫 번째에 올라 있었던 까닭도, 그의 진술처럼 '그들이 부를 때 응하지 않았기' 때문만은 아니라 그의 개인적 삶 때문이겠는데, 이 부분에 대해서는 어떤 언급도 볼 수 없다. 자신은 '새 나라 새 살림은 어린이를 위해 할 것을 호소하는 글을 쓰고' '개명한 나라의 예의범절과 상식을 소개한 일'밖에 없다는 당당한 진술에서는 성찰의 태도를 발견하기 어렵다.

---

11 마해송은 도쿄에서 발행되는 『문예춘추』의 초대 편집장, 선전부장 등을 지내다 1930년 『모던 일본』의 사장으로 일인(日人) 직원을 거느리고 발행 부수 10만을 돌파하는 성공을 거두었다.

12 마해송, 『아름다운 새벽』, 앞의 책, 215쪽.
"스승은 부인과 딸과 아들의 이름으로 내 몫을 보장해 주었다. 신세진 사람들에게 조금씩 주식을 고루 나누고 나니 내 앞으로는 이만 오천여 원의 주가 남았다. 사업은 날로 발전했다. 5대 잡지 중의 하나라는 말도 들었고 3대 잡지에 든다는 말도 들었다."(215쪽.)
마종기, 『아버지 마해송』, 정음사, 2005, 276쪽.
"꼬치 안주와 오뎅, 초밥과 스시, 청주와 정종을 구분하는 것부터 시작해 동서양을 가로지르며 온갖 진귀한 음식 이야기를 먹어 본 경험을 바탕으로 써내려 간 글은 지금 읽어 봐도 신기하고 재미가 있다. 철마다 다른 한국의 전통음식에 대한 글, 서양음식도 프랑스, 소련, 영국, 독일 음식을 가려 가며 음식 먹는 각국의 예의범절부터 어떤 순서로 먹어야 제맛을 알 수 있는지, 심지어는 각국의 조리용기와 그릇까지 설명한 것을 읽으면 아버지가 일제시대 때 얼마나 화려하게 식도락을 즐기고, 고국에서는 또 얼마나 싸고 맛있는 곳을 찾아 어떻게 잡수셨는지에 다시금 놀란다."

물론 그것이 마해송의 입장이고 진실이었을 수 있다. 시대적 개인적 요소들로 하여 일본에서 자리잡고 살았지만 조선인으로서 자신의 정체성을 잊지 않고자 하였고 힘닿는 대로 고국과 동포들을 돕고자 하였을 것이다. 1939년 11월과 1940년 8월 두 차례에 걸쳐 『모던일본』 임시증간호인 『모던일본 조선판』을 발행한 것과 함께 '조선예술상'을 제정 운영한 것을 그 사례로 들 수 있겠다. 그러나 원종찬은 『모던일보 조선판』 1호의 「조선판에 한마디」 코너에는 당시 내선일체를 지휘한 미나미 지로(南次郎) 총독의 다음 글을 인용하며, 그 일이 시국에 부응하는 것이었기에 가능했다는 사실을 지적한다.

이번 사변을 계기로 '조선'의 모습은 미증유의 중대함으로 전 국민의 목전에 놓여 있다. 약진조선의 이천삼백만 민중은 혼연일체가 되어 흥아국책(興亞國策) 달성에 매진하고 있다. 이러한 때 '조선판'의 간행은 참으로 시기가 적절하며 또한 내선일체에도 기여할 바가 많다고 믿는다.[13]

사회 환경적 구조가 허용하는 범위 내에서 개인적 선의가 있었을 수도 있지만, 그러한 선의가 결과적으로 지배자를 돕는 기능을 하기도 했다. '조선예술상'이 친일 문인 양성에 기여한 점도 지적할 수 있으리라.

그보다도 정작 문제가 되는 것은, 마해송의 공산주의 체험은 진실이었지만 한국전쟁에 관한 각계 각층의 다양한 체험 가운데 하나였을 뿐이며, 그 체험을 민족 전체의 것으로 일반화시킬 수 없다는 점이다.

---

13 모리아이 타카시, 「마해송론―재일기간과 작품의 풍자성에 대하여」, 마해송문학연구모임 자료집, 『제3회 마해송 문학 이야기 마당』, 2004, 6쪽.

엊그제 날자로 맥아더 장군이 파면이 되어 미국으로 돌아가게 되었다는 말이 돌았다. 영애도 잘 아는 맥아더 장군이었다. 6·25에 공산군이 38선을 침범하여 서울을 점령했을 때에 재빨리 미국이 응원을 오고 유엔군이 응원을 오게 된 것도 맥아더 장군이 한 일이라고 들었고 공산군이 일사천리로 대전까지 밀고 내려가서 낙동강을 건너려 할 때에 B29·99기를 몰고 와서 전멸을 시키고 9월 15일에는 용감하게도 인천으로 작전 상륙하여 공산군의 허리를 끊어 버린 것도 맥아더 장군이 한 일이라고 들었고 백두산까지 몰고 올라가게 한 것도 맥아더 장군이 하게 한 일이라고 듣고 있던 영애는 영애대로 놀라는 것이었다.

"그럼 어떻게 되는 거야요? 유엔군이 다 가버리는 거야요?"[14]

맥아더와 유엔군을 민족의 구원자로 여기는 시각이 그대로 반영되어 있다. 맥아더의 해임을 가장 안타깝게 생각한 사람은 바로 이승만이었고, 그는 맥아더의 비판자들을 겨냥하여 미국이 원자폭탄을 왜 사용하지 않는지 분통을 터뜨리기도 했다.[15] 그러나 맥아더는 원자폭탄을 투하해야 할 목표 지점으로 한두 곳이 아니라 무려 26곳을 선정하여 합동참모본부에 보고하면서 즉각적인 원자폭탄 투하를 승인해 줄 것을 요청했다. 그것도 1차로만! 이런 위험한 발상을 한 맥아더를 해임한 것은 한반도를 위해서나 세계평화를 위해서나 천만다행인 조치'[16]가 아닐 수 없다. 마해송이 맥아더 해임과 관련된 역사적 상황을 얼마나 객관적으로 파악하였는지는 알 수 없지만, 전쟁과 반공에 관한 한 국가와 동일한 시각을 유지하고 있음을 볼 수 있다.

14 마해송, 『앙그리께』, 앞의 책, 160쪽.
15 서중석, 『조봉암과 1950년대(상)』, 역사비평사, 1999, 254쪽.
16 한홍구, 『대한민국사: 단군에서 김두한까지』, 한겨레신문사, 2003, 209~210쪽.

김동춘은 그의 저서에서 한국전쟁에 관한 '공식화된 기억'에는 특정 세력의 입장이나 이해관계를 일반화하려는 '이데올로기의 효과'가 분명히 개입되어 있다고 말한다.

이러한 이데올로기, '압제 하는 앎'은 지난 50년 동안 특정 세력에게 엄청난 기득권과 특권을 허용해 주었으며, 자신의 체험과 공식적인 전쟁 인식이 다름에도 불구하고 감히 말할 수 없어 침묵하고 살았던 사람들에게 이루 말로 다할 수 없는 고통과 한을 가져다주었다. '6·25'라는 전쟁에 대한 남한 지배층의 독점적 해석과 공식적인 낙인은 단지 역사 해석에서의 독점을 떠나 그 자체가 중요한 '지식권력', 현실 정치권력, 그리고 기득권 재생산의 정신적 기초가 된다.

(중략)

'압제하는 앎, 공식적인 앎' 앞에서, 이와 배치되는 경험과 기억은 침묵당하고 지워져야 했다. 국군과 경찰, 미군에 의해 희생당한 수많은 사람의 가족들은 당한 것도 서러운데 '빨갱이' 가족으로 낙인찍혀 연좌제가 있던 1980년대 초반까지 온갖 고통을 당하며 살아왔다. 국군으로 참전했다가 이유 없이 즉결 처형당한 사람들의 가족들, 전쟁통에 상처를 입었지만 제대로 보상도 받지 못한 채 평생 고생해 온 이름 없는 국군병사들도 부지기수이다. 이들은 입을 열지 않는다. 자신의 체험이 '공식 체험'과 배치되고, 자신의 체험을 말하는 것이 박해와 불이익을 가져올 것이라는 점을 알고 있기 때문이다. 이것은 바로 '압제받는 체험' '부인된 기억'이라 할 수 있다.[17]

---

17 김동춘, 『전쟁과 사회』, 앞의 책, 25~33쪽.
    한국전쟁에 관한 공식화된 기억에는 특정 세력의 입장이나 이해관계를 일반화하려는 '이데올로기의 효과'가 분명히 개입되어 있다고 말한다.

마해송의 전쟁 체험은 '공식적 앎'과 일치하였기에, 그는 '주관적' 체험을 의문 없이 '일반화'시켰다.[18] 확고한 문단 내 위치만큼 그의 작품은 더 많은 경로로 어린이들에게 권해졌을 것으로 생각되고, 공식 기억과 배치하는 어린이/어른의 경험과 기억을 굴절 또는 소거시키는 데 일조하였을 것으로 보인다.

또한 작가 스스로는 의도한 적이 없을지라도, 작가의 변화된 입지 역시 주목된다. 일제 강점기에 문화계 한복판 '빛'의 자리에 서 있었기 때문에 해방으로 자칫 '그늘'의 위치에 설 수도 있었으나, 전쟁 때 보여준 그의 애국심은 가까스로 지켜낸 '자유 대한'에서 다시 '빛'의 자리 한가운데 서게 하였다. 해방 공간에서 활동을 삼갔던 그는 전쟁 이후에 한국문학가협회 초대 회장, 한국아동문학가협회 회장, 동화작가협회 회장 등 한국 문단의 중심에서 활약하게 되는 것이다.

물론 마해송은 전쟁 중 일본으로 돌아갈 기회가 여러 차례 있었고, 그렇게 하면 편안한 삶을 살 수 있음을 알면서도 '존망의 위기에 처해 있는' 조국을 외면할 수 없고 '거룩한 대열에 앞장은 서지 못하더

---

18 아동문학인으로서는 처음으로 자유문학상을 수상(1959)한 작품이자, 현재까지 단행본으로 나와 추천도서로 권해지고 있는 『모래알 고금』(우리교육, 1999)에도 동일한 인식의 반공주의 모티프가 등장한다.
"김창덕이란 형님의 도장이 찍혀 있으니 아버지는 돈을 갚아주어야 했습니다. 빚을 갚아주고 또 땅을 팔고 또 땅을 팔고 했습니다. 해방이 되는 해 형은 새빨갱이가 되어서 나타났습니다. 형은 땅이고 집이고 모두 팔아버리고 어디론지 또 가버렸습니다."

라도 한몫 끼기 위해' 종군활동을 하였다. 또, 전쟁기와 휴전 이후 혼란을 틈타 부정부패를 일삼으며 사욕을 채운 수많은 기회주의자들에 대한 분노와 비판의식을 『모래알 고금』이나 「꽃씨와 눈사람」 같은 작품으로 나타내기도 했다. 그런 면에서 그의 반공주의는 사익을 챙기기에 급급했던 일부 기득권층의 반공주의와는 심급이 다르고, 이미 전개되어 버린 전쟁 상황에서 대의를 위해 개인적 삶을 유보하였던 실천력은 남다른 바가 있다.

그러나 어떤 종류의 담론이든 자유롭게 발화할 수 있는 상황이었다면 마해송의 반공주의도 여러 '입장' 속의 하나로서 큰 의미를 갖지 않겠지만, 국가가 허용하는 관점 이외의 담론이 일절 억압되고 소거된 상황이라는 데 문제가 있다. 그의 주관적 체험이 공식적 지배 이데올로기와 일치하였기에, 약자를 억압하고 특정 계급의 지속적인 이익의 토대를 마련하는 데 기여한 셈이기 때문이다.

강소천의 『그리운 메아리』 외

『그리운 메아리』는 1963년에 나온 강소천의 마지막 장편동화이다.[19] 엄밀한 의미에서 50년대에 나온 작품은 아니지만, 강소천이 한국전쟁으로 월남하여 50년대 내내 열정적으로 동화창작에 매진하다 60년대 초에 세상을 떠났기 때문에, 외적 시간의 흐름에 따른 기계적인 분절보다 50년대 문학의 종결 지점으로 논의함이 타당하다.

월남 이후 초기 작품부터 강소천 동화에서 반공주의 모티프는 일정하게 발견되지만, 작품 자체의 미학적 원리에 따라 주제를 전체적으로 구현하는 가운데 체험적 반공의식을 자연스럽게 드러내었지 반공을 목적적으로 앞세우지는 않았다. 그러나 시간이 흐를수록 작품

---

19 강소천 작가의 아들 강현구 씨가 1963년에 발행된 『그리운 메아리』의 표지 그림이나 책의 형태를 자세히 증언해 주었으나 원본을 구하지는 못했고, 1981년 문운당 재간행본을 텍스트로 삼았다.

구조와 관계없이 반공의식을 자의적으로 드러내는 양상이 강해지며, 마지막 장편동화인 『그리운 메아리』에 이르면 작가의 고유한 특질인 낙관적 사고와 희망 대신, 기독교와 반공 이데올로기를 전에 없이 강하게 노출한다. 쇠잔해져 가는 육체를 느끼며 자신의 운명을 예감하기라도 한 듯, 강소천은 동화의 형식을 빌려 자신의 소망과 분노, 좌절과 체념의 정서를 고스란히 담았던 것이다.

우선 작품의 줄거리를 살펴보면 이러하다.

영길이가 만화책을 읽고 있는데 동생 웅길이가 같이 보겠다고 달려든다. 그 바람에 형제는 싸우게 되었는데, 홧김에 밖으로 나간 웅길이가 그만 실종되고 만다. 웅길이 혼자 박박사댁으로 놀러갔다가 비밀연구실에서 흔적 없이 사라져 버린 것이다.

박박사는 가족도 없이 살며 무슨 연구인가에 골몰해 있는 분인데, 아이들을 좋아해서 영길이 형제가 찾아가면 언제나 반겨주며 맛있는 음료를 만들어 주곤 했다. 그래서 비밀연구실로 몰래 들어간 웅길이가 무심코 음료를 마셨는데, 그만 제비로 변했던 것이다.

사실 박박사는 38선을 넘어 북한으로 가서 가족을 만나보고 싶은 한 가지 소망으로 오랜 연구 끝에 마시면 제비로 변하는 약물을 발명하였으나, 집에서 일하는 경자에게도 비밀에 부쳤기 때문에 웅길이가 없어진 까닭을 아는 사람이 없다. 박박사도 자기 연구실에서 무슨 일이 있었는지 까맣게 모른 채 제비로 변해 북쪽으로 날아간다.

웅길이 제비는 이곳저곳 잡혀 다니며 '노래하는 제비'로 텔레비전 출연까지 하는 등 여러 일들을 겪게 되고, 휴전선을 넘어간 박박사 제비는 기독교를 탄압하고 서로 감시 고발하며 아오지 탄광으로 끌려가 고생하는 북한주민들의 비참한 현실을 목격한다.

한편 웅길이 실종 사건을 조사하는 과정에서 약물의 비밀을 알게 된 유박사도 제비로 변해 북쪽으로 날아간다. 유박사 역시 집과 가족이 북한에 있었기에 찾아가 보고 싶었던 것이며, 또 박박사의 행방을 알아보려고도 했던 것이다.

웅길이는 이리저리 팔려 다니다 여러 사람의 노력으로 집에 돌아와 다시 본모습을 되찾고, 유박사 역시 북한의 실정을 확인하고 서울로 돌아온다. 그러나 박박사는 휴전선에서 인민군이 쏜 총을 맞에 맞았고, 미군들과 군의관의 보살핌을 받으며 서울까지 오게 되지만 집 가까운 곳에서 이웃 아이의 새총에 맞아 차디찬 땅바닥에서 죽고 만다.

웅길이는 울다가 잠에서 깨어 모든 것이 꿈이라는 것을 알게 되지만, 이웃에 실지로 살고 있는 박박사 할아버지는 통일이 될 날만을 기다리다 얼마 뒤 숨을 거두고 만다.

작품은 어른의 시각에서 본다면 황당하다는 느낌부터 들 수 있다. 사람이 마시면 제비로 변하는 약물을 발명한다든지, 그 제비가 사람처럼 의사 표현을 하고 텔레비전에 출연하기도 한다는 등의 줄거리가 그러하다. 그러나 현실에서 일어날 수 있는 일인가 아닌가는 중요한 문제가 아니다. 환상은 믿는 사람만이 그 세계로 들어갈 수 있다는 특징이 있으며, 그 점에 있어 어린이 독자는 훨씬 열려 있기 때문이다.

이 작품의 환상구조가 내적 설득력을 갖추었는가 하는 점도 따져보아야 하겠지만, 더욱 큰 문제점은 이 작품이 특정 종교와 정치적 입장을 직설적이고도 적나라하게 대변하고 있어 독자에게 편향된 의식을 심어준다는 점이다. 이러한 편향성은 작품에 등장하는 인물의 성격이나 사건을 통해 드러나는데, 예컨대 기독교인, 미국인, 국군은 모두

착하고 친절하며 긍정적 성격으로 선한 이미지 일변도로 그려진다.

　"…그러나 세상이 달라져 한 때는 일본 사람들 때문에, 지금은 이런 형편에서 난 하나님이 없다고 말하며 살아왔어요. 그러나 나도 하느님이 없다는 말을 이 이상 더 못하겠어요. 왜 내 마음이 이리 약해졌는지는 나도 모르겠어요."

　이 말에 할머니는

　"약해진 것이 아니라 착해졌지요."[20]

　우리 쪽 휴전선 있는 곳에 왔을 때 제비는 몸이 아프고 힘이 빠져 더 날 수 없게 되었습니다. 제비는 미군들이 서 있는 것을 보았습니다. 제비는 곧 그들 앞에 날아 내렸습니다. 제비를 본 미군 몇 사람이 부랴부랴 제비 앞에 다가왔습니다. 제비를 집어 들더니 미군 한 사람이 곁에 선 미군에게 무어라고 말했습니다. 그러더니 그 군인은 곧 달려가서 약과 붕대를 가지고 나왔습니다. 피 나는 다리를 약물로 씻고 붕대를 감아주었습니다.[21]

　이에 비해 북한 공산주의자, 인민군은 기계적이고 정형적으로 악한 인물 일색으로 나타나며, 함부로 주민을 죽이고 땅을 뺏어가며 툭하면 총으로 위협하는 등 악행을 일삼는 것으로 묘사된다.

　"박가는 어디로 갔니?"

　"박가라니요? 우리 오빠 말입니까?"

---

20 강소천, 『그리운 메아리』, 문운당, 1981, 102쪽.
21 위의 책, 252쪽.

"오빠? 뒈진 네 오빠를 정신이 나갔다고 우리가 찾을까. 네 애비 말이다. 반동분자 네 애비가 이남에서 스파이로 우리 마을에 왔단 말이야, 어서 말하지 못해?"

"그게 무슨 말이에요? 우리는 자고 있었어요. 여지껏—."

"잔소리 마라! 빨리 내놓지 않으면 집을 뒤질 테다. 뒤져서 나오면 너희들은 모두 총살이다. 알았느냐?"[22]

공산주의자는 '빨갱이', '찬피〔冷血〕 동물', '송충이' 등으로 표현되어 인간이 아닌 것으로 묘사된다. 인민군의 총에 맞은 제비를 치료해 주며 미군 군의관들은 이런 대화를 주고받기도 한다.

"이 제비는 저쪽 공산군들이 쐈을 거다. 참새를 잡아먹는다는 말은 들어도 제비를 잡아먹는다는 말을 우리는 듣지 못하였다. 배가 고프면 혁대를 삶아 먹는다는 이야기는 들었다. 그러나 겨울 추위에 날아다니는 제비를 구해 주지는 못하나마 어떻게 총으로 쏠까? 차라리 빈대를 잡아먹지!"[23]

혁대를 삶아먹어야 할 정도로 굶주림에 시달린 인민군 또한 북한의 기득권층에 의해 내몰린 힘없는 동족이었다. 그러나 작가의 시선은 이상한 동양인을 타자(他者)로 경멸스럽게 바라보는 미국인의 관점과 동일시되어 있다.

강소천은 미국과 미국인을 언제나 선량하고 긍정적인 이미지로만

---

22 위의 책, 157쪽.
23 위의 책, 255쪽.

그려 한국의 어린이들로 하여금 우호적 감정을 갖게 하였으나, 실지로 미국인은 한국인을 결코 동등한 인간으로 생각하지 않았다. 미군은 한국인의 옷을 '흰 파자마'라고 불렀는데, 이들은 '흰 파자마'를 입은 사람은 누구나 잠재적인 적으로 간주하였다. 영국의 전쟁특파원 레지날드 톰슨은 『한국의 통곡』이라는 책에서 "미군 헌병들은 적들을 사람처럼 이야기하지 않고 원숭이처럼 취급한다"고 썼다. 톰슨은 "그렇지 않으면 이 천성적으로 친절하고 너그러운 미국인들이 그들을 그렇게 무차별적으로 죽이거나 그들의 집과 빈약한 재산을 박살낼 수는 없었을 것이기 때문"이라는 것이다.[24] 실지로 미군의 인종차별주의는 좌우익을 떠나 많은 한국인을 분노하게 하였다. 우익 청년들은 종종 한국 사람을 동물로 생각하고 좌익 색출시 무차별적으로 총을 쏘아대는 미군과 싸움을 하기도 했다.[25] 또 1·4후퇴 때는 한국전쟁 최대 규모의 철수 작전이 벌어졌는데, 당시 흥남 부두에는 서로 배에 타려는 피난민들로 아비규환이 참상이 벌어졌다.[26] 사람들이 한꺼번에 흥남 부두로 몰려든 데는 미군의 원폭 투하 소문이 큰 영향을 미쳤으며, 마지막 배가 출항하자 미처 배에 타지 못한 사람들이 많았음에도 불구하고 미국은 항구에 대규모 함포 사격과 공중 폭

---

24 브루스 커밍스·존 할리데이, 차성수·양동주 옮김, 『한국전쟁의 전개과정』, 태암, 1989, 87~90쪽. ; 브루스 커밍스, 김동노 외 옮김, 『브루스 커밍스의 한국현대사』, 창작과비평사, 2001, 380쪽. ; 강준만, 『한국현대사 산책』 1권, 인물과 사상사, 2005, 100~101쪽에서 재인용.

25 윤택림, 『인류학자의 과거여행: 한 빨갱이 마을의 역사를 찾아서』, 역사비평사, 2004, 134쪽.

26 김용삼, 「흥남 철수 및 1·4후퇴: 아비규환의 겨울 부두」, 월간조선 엮음, 『한국현대사 119대 사건: 체험기와 특종사진』, 조선일보사, 1993, 100쪽. ; 강준만, 『한국현대사 산책』, 앞의 책, 168쪽에서 재인용.
"삭풍이 몰아치는 흥남 부두. 수많은 군인과 부상병, 목숨을 부지하기 위해 몰려든 수십만의 피난민들, 그곳은 차라리 지옥이었다. 어떤 말로 당시의 처참한 상황을 설명할 수 있을까(…) 피난민들은 서로 먼저 타려고 죽기살기로 몰려들었다. 밟혀죽는 사람이 부지기수였다. 그물에 매달려 기어오르다 떨어져 죽은 시체가 즐비했다. 주인 잃은 보따리가 산처럼 쌓여 주인을 기다리고 있었다. 살을 에는 듯한 혹한의 연속이었다. 부두를 빠져나간 배가 다시 돌아오려면 며칠씩 걸렸다. 추위에 못 이겨 얼어 죽은 시체가 매일 밤 수없이 버려졌다."

격을 하여 그 일대를 잿더미로 만들었다. 함남 고원 출신의 강소천도 바로 이때 흥남 부두를 통해 단신 월남하였다. 그 역시 하마터면 폭격의 희생자가 될 뻔하였으나 기적적으로 살아났다.

철수하는 미군을 따라 흥남까지 갔다. 그런데 미군은 철수 작전에 방해가 된다면서 소천을 비롯한 피난민들을 모두 유치장에 수용시켰다. 소천은 모든 희망을 잃고 자신의 목숨을 하느님께 맡겼다. 그때 어떤 청년이 미군 헌병들을 데리고 들어와 "여기 혹시 기독교 신자가 있습니까? 있으면 손들어 주십시오."라고 말했다. 소천이 손을 들자 그 청년은 소천을 유치장에서 빼내 LST라는 미군 함정에 태워 주었다. 구사일생으로 죽음의 문 앞에까지 갔다가 살아난 것이었다.[27]

당시 흥남 부두에 있었던 어떤 목사는 아비규환의 참상을 보며 "미국 놈들아. 미국 놈들아. 너희들이 차라리 여기 오지 않았던들 우리는 죽지 않았을 것이다. 너희들이 우리를 죽이고 가는구나. 너희 미국 놈들을 믿었던 우리가 잘못이구나. 너희들을 믿고 타도 공산주의와 민주주의 만세를 불렀다가 이제 우리는 죽게 되었구나. 우리는 미국 놈들에게 속았다. 저주받을 미국 놈들아."[28] 하고 부르짖기도 했다. 그런데 같은 시기 같은 공간에서 동일한 상황을 겪었음에도 불구하고 강소천의 작품에서 미국과 미국인에 대한 부정적 인식이나 비판적 시각은 일체 찾아볼 수 없는 반면, 북한과 공산주의에 대해서는 반공 교과서적인 인식[29]을 보인다.

---

27 박종현, 「강소천의 생애」, 강소천 홈페이지, http://www.kangsochun.com.
28 유진오, 『구름 위의 만상』, 일조각, 1966, 23쪽. ; 김동춘, 앞의 책, 106쪽에서 재인용.

지금 내가 생각하는 것은 오직 한 가지—우리는 몸과 마음을 다 합해 하루 속히 남북을 통일시켜 태극기를 휘날리며 고향을 다시 찾아야 하겠다는 것입니다. 그 길밖에는 없습니다. 그때가 오기까지는 그곳에 남아 있는 우리의 가족들은 고생 고생할 것이며 그것을 참지 못하면 죽어 버리고 말 것입니다. 내 아들도 탄광에서 죽지 못해 매일을 짐승처럼 일해야 할 것이 아닙니까.[30]

강소천의 일관된 반공주의 입장도 개인적 체험에서 연유한다. 온 가족이 독실한 크리스천이었기에 공산군의 종교 탄압으로 고통을 받아야 했고, 지주로서 지켜왔던 사유재산들을 뺏겨야 했던 것으로 보인다. 그러고도 인민재판에 회부될까 두려워하다 단신 월남할 수밖에 없었는데, 분단이 고착되어 두고 온 혈육들을 영영 만날 수 없게 되었다. 따라서 가족과 고향에 대한 그리움은 강소천 문학의 원형질을 이루며, 북한과 공산주의에 대한 분노와 원망 역시 일관되게 표출됨을 볼 수 있다.

그렇지만 전후의 다른 반공주의 아동소설과 강소천 문학의 반공주의는 구별되는 점이 있다. 대부분의 반공소설이 기득권층의 입장에서 자신이 속한 계급을 옹호하는 담론을 일정하게 생성한 데 비해, 강소천의 작가의식은 가난하고 외로운 처지의 어린이 입장에 서 있다. 그들을 '위하는' 것이 아니라 스스로 그들에 속해 있는 것이다. 그러면서도 기득권층에 대한 적대적 태도나 거부감 역시 나타나지 않아, 부유한 집 어린이의 생활을 묘사한 작품 역시 스스럼없이 쓰기

---

29 월남 직후 강소천은 부산에서 최태호 편수관을 만나게 되어 교과서 및 반공독본 편찬 일을 도왔는데, 반공주의를 강화하는 내용의 상당수의 글을 강소천이 집필한 것으로 믿어진다 (동화작품과 같은 이름의 인물, 내용 등).
30 강소천, 앞의 책, 216쪽.

도 했다. 즉 강소천은 특정계급을 옹호하거나 배제하는 관점을 보이지 않았는데, 계급이 존재하는 현실을 몰랐던 것이 아니라 차이는 알고 있으되 작가의 시선에는 차별이 없는 것이다.

'돌이가 희순이를 따라 학교로 간다.'

그게 정말 공부를 하는 학교는 아니라 해도 이때 이런 일은 좀 생각하기조차 어려웠던 일입니다. 왜냐하면 그때는 지주(땅 임자)와 소작인(땅을 부리는 사람) 사이란 마치 주인과 종의 사이 같았습니다. (…) 돌이가 희순이를 따라 교실에 들어오는 것을 보고 아이들은 모두 깜짝 놀랐습니다. 아무도 공부하러 오지 않고 놀러 온다고 해도 돌이가 어떻게 이런 곳에 발을 들여놓을 수가 있나 하는 눈치입니다.[31]

이 점에서 강소천의 반공주의는 기득권층의 인식에 기초한 것이 아님을 알 수 있다. 그는 지주 집안에서 많은 사랑을 받으며 풍요롭게 자랐지만 월남 후 혹독한 빈민 체험을 해야 했고, 북한에 두고 온 자녀들이 어려운 처지에 빠졌을 수도 있기에, 계층에 관계없이 모든 어린이들에 대한 보편적 사랑을 보여주었다.

아도르노는 "서정시가 지니는 사회적인 내용은 그때그때의 현실에서 유도되는 것이 아니라, 바로 그 속에서 생겨나는 자발성"이라고 하며 "서정시의 밑바탕에는 언어 자체가 큰 소리를 발하는 힘, 객관성에 이르게 하는 힘이 숨어 있는데, 이 힘을 언어 자체가 보유하고 있는 '집단적 저류'라 명명"하였다.[32] 한영옥은 이 집단적 저류야말

---

31 강소천, 『대답 없는 메아리』(1960년 단행본 발행), 강소천 홈페이지.
32 아도르노, 김주연 역, 『아도르노의 문학이론』, 민음사, 1992. ; 한영옥, 『한국현대시의 의식 탐구』, 새미, 1999, 84쪽에서 재인용.

로 서정시의 바탕이 되어 언어를 주관 이상이 되는 매체로 만들어주며 객관세계를 드러낼 수 있게 한다는 아도르노의 사상을 읽어내며, 이러한 언어 자체의 존재론적 사회성은 타 장르에도 마찬가지로 적용이 된다고 하였다.[33] 1950년대는 전쟁 때문에 인간으로서 차마 저지를 수 없는 잔인한 방식의 학살이 대량으로 또 일상적으로 이루어졌고, 기존에 믿어왔던 도덕과 신념이 한꺼번에 붕괴되어 인간이라는 존재 자체를 근본적으로 회의하게 하는 '불신시대'[34]였다. 이러한 때에 구김살 없이 밝고 희망 찬 동심을 보여준 강소천의 동화는 오히려 50년대라는 특수한 사회의 '집단적 저류'를 역으로 드러냈다는 평을 할 수 있다.

어떤 현실 속에서도 어린이는 떠들고 뛰고 웃고 탐험하며 현재적 삶을 누리고자 하며, 밝은 빛을 향해 무조건 뻗어 가려는 식물의 싹과 같이 인생의 환한 곳을 향해 성장하려는 의지를 가지고 있다. 강소천은 전쟁으로 폐허가 되어버린 현실에서도 이러한 어린이의 내적 성장 욕구를 충족시켜 주었고, 감수성 상상력 유머 지성과 같은 내면적 자질들을 개발하게 함으로써 자신과 세상에 대한 긍정적 감정을 갖게 하였다. 어린이는 타인과 세상에 대한 믿음이 있을 때 자신의 존재가 받아들여지리라는 낙관하에 힘차게 바깥세상으로 나아갈 수가 있는데, 강소천은 시대가 어린이들을 위해 요구하는 집단정신을 느꼈고 이에 부응한 면이 있다.

그러나 '어린이가 세계에 대해 생각하고 경험하는 방식'으로 이야기를 전개시킬 줄 알았던 탁월한 동화작가였음에도 불구하고, 강소천은 일관된 친미·친기독교 성향 및 반공·반북의 기계적이고 정형

---

33 한영옥, 『한국현대시의 의식탐구』, 앞의 책, 84쪽.
34 1957년 『현대문학』 8월호에 발표된 박경리의 단편소설.

적인 사고 패턴을 벗어나지 못한다. '반공＝친미＝친정부' 도식을 따라 가보면 그 중심에 기독교가 있다. 강소천의 초기 작품에서부터 반공과 기독교적 세계관은 동전의 양면 같은 이미지로 나타나는데, 그나마 초기에는 미학적 원리를 중시하는 가운데 반공과 기독교 모티프를 드러냈다면 후기로 갈수록 문학적 가치에 관계없이 반공과 종교 이데올로기를 노골적으로 표출한다.

'그 어리신 예수 눌 자리 없어…….'
찬송가는 점점 슬퍼졌고 눈물에 젖어버렸고 울음으로 변해 버렸습니다.
"유대 사람들에게 기다리고 기다리던 메시아를 보내주신 하나님! 우리들에게도 이 땅에 예수를 보내주시옵소서! 전 세계가 지키는 이 명절이 왜 우리에겐 이다지도 초라하고 쓸쓸하고 슬프기만 합니까? 누가 교회당을 빼앗았습니까? 누가 교회당의 종을 깨어버렸습니까? 이 땅에 다시 크리스마스 종을 울려 주십시오. 마음 놓고 목이 터져라 '기쁘다 구주 오셨네!'를 외쳐 부르게 하여 주시옵소서!"[35]

강소천의 문학과 반공주의의 관계를 이해하기 위해 당시 기독교의 사회적 성격을 살펴볼 필요가 있다. 해방후 한국 교회는 새로운 나라가 '하나님께 근거한 나라가 되어야 한다'는 생각에 대체로 일치했고, 미군정에 이어 제1공화국에서도 마찬가지였다.[36] 이러한 생각의 근거는 해방이 미국에 의해 이루어졌으며 그 배후에 기독교가 있다

---

35 강소천, 『그리운 메아리』, 앞의 책, 169쪽.
36 강인철, 「미군정기의 국가와 교회」, 한국사회사학회 편, 『해방 후 정치세력과 지배구조』, 문학과지성사, 1995, 207쪽.
　'우익의 3영수'로 불렸던 이승만, 김구, 김규식은 모두 독실한 개신교 신자이거나 신자로서의 경력을 갖고 있었고, 한결같이 기독교 신앙을 근간으로 하는 국가를 세워야 한다고 역설하였다.

는 인식이었고 미국과 종교의 자유, 그리고 민주주의는 동일선상에 있다고 여겨졌다.[37] 한국 교회는 1920년대에 사회주의 논쟁을 겪으면서 종교의 자유를 침해하는 공산주의에 이미 반대 노선을 취하고 있었는데, 해방후 미군정의 수립으로 기독교의 사회적 위상이 높아진 가운데[38] 한국 교회가 건국이라는 과제 앞에 현실 정치에 적극 참여하면서 공산주의와 극심한 갈등관계에 놓이게 되었다. 특히 북한 공산정권의 극심한 탄압을 피해 이북의 기독교 지도자 다수가 월남하게 되면서 한국 교회의 반공산주의는 한층 강화되었고, 한국전쟁을 겪으면서 반공주의는 한국 사회와 교회에 깊이 내면화되었으며, 반공의 기수로서 한국 교회의 위치와 역할은 더욱 심화되었다.[39]

휴전조인을 앞두고 있던 1953년 6월 15일 충무로 광장에서 열린 '구국기도신도대회'에서 채택된 선언서는 한국 교회에 내면화된 반공주의 입장을 잘 보여준다. 51개 교회 만여 명의 신도가 참여했던 이 대회는 휴전 반대와 북진통일을 호소했으며 유엔과 미국 대통령에게 보내는 메시지를 채택했는데, 여기에 의하면 공산주의는 "영구히 말살할 수 없는 마귀"이고 휴전은 "마귀의 승리를 초래할" 것이므로, "공산주의자는 사탄의 집단"이므로 우리 국토에서 몰아내야 한다고 촉구하였다.[40] 공산주의자를 사람이 아닌 마귀, 사탄으로 인식

37 허명섭, 「해방 이후 한국교회의 재형성」, 서울신학대학교 대학원 박사, 2003, 57쪽.
　　해방 이후 대표적인 기독교 기관지였던 〈기독공보〉는 "기독교인의 정치생활"이라는 사설에서 "정치와 종교는 분리해야 한다"는 사상을 시대착오적 발상이라고 비판하며, 건국 초기와 같이 한국의 정치를 기독교 기반 위에 세우는 데 동참할 것을 촉구하였다.
38 위의 논문, 68쪽.
　　해방 당시 한국 교회는 미국에 대해 가장 우호적인 집단이었다. 한국의 개신교는 미국 선교사들에 의해 수용되었으며, 그들을 통해 많은 물질이 한국 교회에 지원되었다. 미군정은 기독교인의 정치참여를 적극 독려했으며, 축적된 인적 자원들의 활용에 관심을 쏟았다. 해방 이전부터 한국 교회는 인구 규모에 비해 지식인 비율이 매우 높다는 특징을 갖고 있었고, 미군정기 및 건국 당시 정부 및 각계 요직에 기독교인의 비율이 대단히 높았다.
39 노치준, 「한국전쟁이 한국교회의 성격 결정에 미친 영향」, 『기독교사상』, 1995년 6월호, 13~15쪽.

한 것이 당시 한국 교회의 일반적인 입장이었고, 공산주의와 그 종주국인 러시아에 계시록 12장에 등장하는 마귀의 이름을 붙여 종교적인 의미를 부여하였다.

당시 한국 교회가 가졌던 이러한 친미, 반공, 극우, 보수, 친정부적 성격은 강소천의 삶과 작품에서도 전형적으로 드러난다. 교회 입장에서 공산주의자는 '사람'이 아닌 추상적인 '악'일 뿐이었는데, 신앙심이 깊었던 강소천은 이러한 교회 입장을 완벽하게 내면화하였기에 북한과 공산주의를 한점 의문의 여지없이 기계적으로 도식화하였던 것이다. 종교적 차원에서 비롯된 반공주의기에 극복 역시 종교를 통해서만이 가능해진다.

할머니는 지난날의 일과 현재 일을 낱낱이 들어 하나님께 아뢰는 기도를 드렸습니다. 기도가 끝나자 김가는 커다란 소리로 "아아멘"이라고 했습니다.

(중략)

"알았소. 아무에게도 이야기하지 않지요. 오늘 밤 하느님께서와 예수님께서는 얼마나 기뻐하시겠습니까. 죄인 한 사람이 마음을 고치구 하느님께로 예수님께로 돌아왔다고……."[41]

모든 개신교회와 교인들이 동일한 사고를 한 것은 물론 아니었기에, 강소천이 영향 받은 이북 교회의 성격을 좀더 살펴볼 필요가 있다. 당시에는 이북이 한국 기독교의 중심지여서 해방 무렵 약 20만의 개신교인과 1500여 개의 교회가 있었는데,[42] 특히 서북 지역 개신

---

40 허명섭, 「해방 이후 한국교회의 재형성」, 앞의 논문, 84~85쪽.
41 강소천, 『그리운 메아리』, 앞의 책, 109쪽.

교 신자들은 상인층과 민족 자본가층, 중농 이상의 농민층에 집중되어 있었고, 이러한 성향으로 타지역에 비해 일찍부터 시민의식이 형성되어 정치 참여에도 적극적이었다. 북한에 김일성 정권이 수립된 뒤 처음에는 기독교 민족주의자를 포섭하려 하였으나, 그것이 불가능하다는 것을 깨닫자 혹독하게 탄압하기 시작하였다.[43] 공산정권에 의해 '기독교사회민주당' 창당이 무산되었고, 이북 교회의 3·1절 기념행사를 방해받았으며, 주일 선거 반대와 관련하여 교회와 북한정권이 정면으로 충돌하는 등 사상자가 속출하는 상황이 이어지면서 이북 교회의 민심은 완전히 이남으로 기울었다.

서북 지역의 신앙과 신학적 경향은 철저히 '보수/복음적'이었는데, 많은 기독교인들이 공산정권의 탄압을 피해 월남하면서 남한 교회 내의 보수·반공화가 촉진되었다. 그리고 이들 중에서 무엇보다도 공산주의의 핍박을 몸으로 경험했던 월남 기독교인들은 남한 교회의 보수·반공화에 가장 중요한 요인으로 작용하였다. '통일' 그 자체보다 '기독교 정신을 바탕으로 하는 민주주의 국가'로 통일하는 것이 당시 기독교인들에게 더욱 중요한 일이었고[44] 이러한 입장은 이승만 정부의 방침과 일치하는 것이었다.[45]

지주 집안의 귀한 손자로서 강소천은 물질로부터 일찍 자유로울

---

42 강인철, 「월남 개신교·천주교의 뿌리」, 『역사비평』, 1992년 여름호, 109쪽.
43 허명섭, 「해방 이후 한국교회의 재형성」, 앞의 논문, 86쪽.
44 위의 논문, 61쪽.
　기독교는 민주주의의 정신적 기반으로 이해되었다. 한경직 목사는 민주주의란 꽃은 기독교 문화의 밭에서만 아름답게 피며, "기독교를 이해하지 못하는 이는 민주주의를 이해하지 못한다"고 설파했다. 따라서 조국의 재건은 반드시 기독교가 그 정신적 기초가 되어야 한다고 생각했다. (한경직, 『한경직 목사 설교전집』, 제1권) 김재준 목사도 국민의 각성과 도덕적 향상이 없이는 민주주의가 불가능하며, 기독교만이 그것을 가능하게 한다고 하였다. "종교적 신앙은 자유민주주의의 샘터"이며, "민주주의는 반드시 종교와 합작해야 한다"는 것이다. (김재준, 『김재준 목사 전집』, 제3권) 해방 이후 성결 교회의 초대 총리였던 박현명 목사도 건국은 법률과 정치만으로 이루어지는 것이 아니며 도덕이 있어야 하는데, 그것은 종교가 아니면 감당할 수 없다고 했다. (박현명, 『활천』, 1949.)

수 있었고, 많은 관심과 사랑을 한몸에 받은 것은 물론이고 종교적 (기독교적) 사랑의 정신을 유년기에 체득하였기에, 계층에 구애됨 없이 '어린이' 자체를 주목하며 50년대 내내 작품을 통해 희망과 사랑을 주었다. 영화 〈인생은 아름다워〉[46]에서 아버지의 거짓말은 아이를 보호하기 위한 최선의 사랑이었듯, 황폐한 현실에 팽개쳐진 전후의 어린이들에게 강소천 동화가 준 희망과 믿음은 현재적 잣대로 함부로 논단할 수 없는 의미를 지닌다.

그러나 그럼에도 불구하고, 철저한 종교적 신념은 강소천의 삶과 문학을 반공, 반북, 친미, 친정부, 극우의 흐름 속에 위치하게 하였다. 물론 전쟁 상황에서 자유를 지켜내기 위한 싸움 자체가 무엇보다 절박하였고, 민주주의 체제의 수호는 민중들의 피의 대가로 지켜낸 소중한 결실임이 분명하다. 다만 누가 일으킨 전쟁인가의 문제를 직시할 때, 힘없는 국민 개개인의 희생이 너무나 큰 반면 당연시되고 있고, 그 희생의 대가로 이익을 얻는 이들이 따로 있음을 간과해서는 안 될 것이다.

전후의 폐허에서 누구보다 어린이와 가까운 자리에서 사랑의 정신을 동화에 담았던 강소천이었고, 그 역시 역사적 시공간이 강제한 폭력적인 물리적 힘에 희생당한 억울한 개인이었다. 그러나 특정 종교

---

45 위의 논문, 62쪽.
   (기독교 정신을 바탕으로 한) 건국사상을 단적으로 보여주는 사건이 1948년 5월 31일에 있었던 '제헌국회 개회기도'였다. 총선거에서 선출된 198명의 제헌의원들이 모여 역사적인 초대국회를 개회할 때, 이승만 임시의장은 목사인 이윤영 의원을 지명하여 개회기도를 요청했다. 다음은 당시 의원들이 모두 기립한 가운데 드려진 기도문의 일부이다.
   "오랜 시일에 걸쳐 괴로움에 잠겨 있던 이 민족을 보호하여 주시고 인간의 역사를 승리로 이끄시는 하나님께 감격의 이 날을 맞게 하여 주시니 감사합니다. 원컨대 우리 민족과 함께 앞으로 기리 독립을 주시고 평화를 세계에 펴게 하시와 자손만대에 빛나는 역사를 전하는 자리가 되게 하여 주소서."
46 인생은 아름다워 (Life Is Beautiful, La Vita E Bella, 1997) : 로베르토 베니니 감독.
   제2차 세계대전 당시, 유대인 수용소의 참혹한 현실로부터 아들을 지키기 위해 눈물겨운 사투를 벌이는 아버지의 이야기를 그린 이탈리아 영화.

이데올로기를 철저히 내면화하였기에 삶과 문학의 방향성이 고정되었고, 교과서 집필과 동화 창작, 영화와 방송 등 다양한 매체를 통한 그의 활약은 기독교와 반공주의[47]를 일상 문화로 자연스럽게 스며들게 하는 데 상당한 역할을 하였다는 평가를 하지 않을 수 없다.

---

47 황석영은 신천 학살사건을 다룬 소설 『손님』(창비, 2001)의 작가의 말에서 이렇게 말한다.
"기독교와 맑스주의는 식민지와 분단을 거쳐오는 동안에 우리가 자생적인 근대화를 이루지 못하고 타의에 의하여 지니게 된 모더니티라고 할 수 있다. (…) 천연두를 서병으로 파악하고 이를 막아내고자 했던 중세의 조선 민중들이 '마마' 또는 '손님'이라고 부르면서 '손님 굿'이라는 무속의 한 형식을 만들어낸 것에 착안해서 나는 이들 기독교와 맑스주의를 '손님'으로 규정했다."

전후 한국 아동문학의 지형

　반공주의가 지배 이데올로기였던 전후에 아동 산문문학의 전체적 구현 양상은 과연 어떠했으며 한국 아동문학과 반공주의는 어떤 영향관계를 가졌을까.

　아동문학에서 산문시대는 해방공간에서 이미 시작되었다. 일제 강점기 36년간 자신의 '말'을 억압당하고 살다가, 해방을 맞아 저마다의 말을 마음껏 쏟아놓기에 운문 양식은 그릇이 좁았던 것이다. 그러나 한국전쟁이야말로 현대 한국과 한국인을 만든 기원적 사건으로 소설시대의 격렬한 개막을 불러왔다. 카오스적 현실을 폭넓게 담아낼 수 있는 문학 양식으로 소설이 가장 적절하였기 때문이다.

　하지만 휴전이 되자 남과 북의 주민들은 자신이 속한 국가가 공식적으로 허용하는 담론밖에 말할 수 없게 되었다. 전쟁으로 인한 상처는 개인들의 몸과 마음에 그대로 새겨져 있고 아픔과 고통은 현재형으로 살아 있지만, 남한에서는 반공, 친미, 보수, 국가주의에 반(反)하는 종류의 표현을 하면 즉시 처벌이 뒤따랐기에, 개인들은 침묵하거나 병들거나 왜곡된 형태로 자기 몸에 새겨진 50년대를 표현할 수밖에 없었다. 그 점은 북한도 마찬가지였다. 그런 점에서 전쟁기와 전후의 동화·아동소설이 어떤 형태로 존재하건 그 모습은 동시대의 정직한 표현이며, 사회적 지배 이데올로기에 대한 나름의 대응양상이라 하겠다.

반공주의에 대한 한국 아동 산문문학의 태도는 크게 네 유형으로 나누어진다.

첫째, 반공체험의 즉자적 수용 작품이다. 앞에서 주로 살펴보았던 반공주의 작가와 작품이 여기 해당된다.

둘째, 일상세태 묘사 작품이다. 50년대라는 시공간을 사실적으로 그리되, 역사 사회적 의미망에 이르지 못하는 어린이의 일상생활이나 현실세태를 묘사하는 데 그친 작품이다.

셋째, 환상과 상징의 세계이다. 말하고자 하는 주제를 시적(詩的)인 간접화법으로 형상화한 경우이다. 겉으로 볼 때는 현실을 회피한 듯 보이지만, 반공주의가 지배하는 현실의 폭력성에 대응하는 개인의 내면 풍경이 가장 섬세하게 드러난다.

넷째, 현실 도피적·자의적 작품이다. 사실주의 기법을 사용하되 자의적 사건과 줄거리를 엮어 가거나, 환상기법을 사용하되 삶에 닿지 않는 허무맹랑한 공상을 펼치는 등으로, 객관적 현실을 회피 또는 외면하는 작품이다. 이 그룹의 경우도 자유로운 표현이 억제된 사회 분위기와 밀접한 관계가 있겠으나, '문학'보다는 '문화'의 차원에서 더욱 다양한 논의가 이루어질 수 있으리라 생각되므로 여기서는 자세히 논의하지 않겠다.

각 유형의 작품이 기계적으로 분절될 수 있는 것은 아니지만 어떤 성향이 더 강한가는 구별될 수 있고, 그 차이는 중요한 의미를 가진다.

가. 반공체험의 즉자적 수용

한국전쟁 이전까지만 해도 반공주의는 정치 영역에만 존재하였다. 그런데 한국전쟁 발발과 함께 지식인과 문화인 등 언어권력을 가진 사회 엘리트 계층이 가장 민감하게 반응을 보이며 자신의 입장에서 유리한 담론을 생산하기 시작하였다. 반공 이데올로기는 이러한 교육과 문화의 매개 과정을 통해 국민의 일상과 내면으로 자연스럽게 스며들게 되었다. 물론 정치권력 주체와 이데올로기 전파 매개자 및 수용자가 분리되어 존재한다기보다, 이해관계가 부합되는 각계 각층 개인들의 자발적 참여에 의해 반공주의의 형상과 내용이 생겨나고 구체화되어 갔다고 볼 수 있다.

아동문학의 반공주의 역시 이러한 흐름에서 벗어나지 않는다. 한국전쟁 발발 이후 국가에 의해 제도적 반공교육이 먼저 시작되었고, 문화의 영역에서 작가들이 일종의 '국책사업'인 종군작가단을 결성하여 반공소설과 종군기사 등을 잡지 매체에 발표하였다. 이어서 북한 지역에서 내려온 월남인 및 개별적인 다양한 이유를 가진 작가들이 반공주의에 자발적으로 동참하고 적극적으로 전파시키는 매개자 역할을 하였다.

그런데 휴전 후에도 지속적으로 생산된 반공문학은 개인적 신념 외에 현실적 이해관계와 관련이 있었으며, 내적 동기 이상으로 그 사회의 지배 이데올로기를 전유함으로써 후광 효과를 얻고자 하는 사례들이 발견된다. 50년대 후반에 '반공'을 선정적으로 내세운 통속적 작품들이 여기 해당되며, 필연성도 없이 반공 이데올로기를 남용하는 경우도 그러하다.

> 비도 그쳤다. 구질게 구질게 내리던 비도 이젠 그쳤다. 그나 시커먼 구름짱이 하늘을 오락가락 번개불이 번쩍 번쩍하고 있었다.
> 하늘나라에서 휴전을 했을까? 그렇지 않음 밤이 되어 잠시 쉬는 걸까? 하늘나라의 공산군이 함락하고 연합군이 이긴 게 아닐까?
> 하늘을 쳐다봤다. 시커먼 구름짱 속에서 연합군대가 깃발을 높이 들고 만세를 부르는 광경이 보였다. 역시 연합군이 이기고 공산군이 항복한 게 틀림없다.
> 하늘 위에 공산군이 없어졌을까? 금, 땅 위의 공산군도 이제 없어질까? 없어지지 않는대도 이제 우리나라도 공산군을 무찌르고 남북통일이 될까?[48]

삼돌이가 비 오는 날 혼자 집을 보며 혼자서 상상을 하는 장면이다. 그러나 어린이는 추상적 사고를 하기보다 자기에게 속해 있는 것에 대해서만 생각한다. 남북통일에 대해 생각하기보다 밖에 나가 있는 식구들이 어서 돌아오기를 바라는 것이 정상적인 모습인 것이다. 그런데 주인공이 혼자 집을 보면서 남북통일을 생각하는 아이로 설정하였다면, 그만한 내적 설득력을 부여해야 한다. 그러나 작품 외적 '반공주의'가 너무나 정당하기에, 당위로 설정되며 작가는 작품 자체의 논리를 위한 어떤 노력도 보여주지 않는다. 전쟁기의 반공주의

---

48 김영일, 「비오는 날」, 『학원』, 1955년 7월호.

작품들이 격렬한 적개심을 표출하면서도 공산주의자가 왜 나쁜지 어떤 짓을 했는지 설득하려고 애썼다면, 이 작품의 경우에 공산군은 '자명하게' 악으로 전제됨을 볼 수 있다.

작품 주제에 관계없이 반공이 소재주의적으로 남용되면서, 6·70년대에 이르면 일종의 유행이나 습관처럼 반공 모티프가 아무렇지도 않은 일상적 풍경을 이루게 된다.

나. 일상세태의 피상적 묘사

50년대에 소설가 가운데 어린이 잡지와 신문 등에 아동소설을 발표한 작가는 계용묵, 곽하신, 곽학송, 김광주, 김동리, 김래성, 김말봉, 김송, 김영수, 김이석, 김장수, 마해송, 문학일, 박경리, 박계주, 박영준, 박용구, 방기환, 손동인, 손소희, 손창섭, 심재언, 안동민, 안수길, 오영수, 유주현, 유호, 이봉구, 이원수, 이주홍, 장덕조, 장수철, 정비석, 정재섭, 정진업, 정한숙, 조남사, 진장섭, 최명순, 최인욱, 최정희, 최태응, 채만식, 홍효민, 황광은 등으로, 사실상 활동하던 대부분의 소설가들이 아동소설 창작을 겸하였다 해도 무방할 것이다.

소설가들의 아동소설 창작으로 전쟁기 어린이 현실이 많은 부분 사실적으로 표현될 수 있었고, 특히 '전쟁의 파괴 양상과 충격의 체험이 체감적으로 제시'[49]된 점은 1950년대 아동소설의 의의로 손꼽을 수 있다. 동족상잔이라는 미증유의 참상을 겪은 시기에 어린이 삶의 직접적 형상화와 증언마저 없었다면 전후 한국 아동소설사는 공

---

49 이재선, 『한국현대소설사』, 민음사, 1991, 83쪽.

백 상태로 남겨졌을 것이기 때문이다.

미리는 마치 한 마리 작은 짐승처럼 기어가서 그 피난의 군중 속에 끼었읍니다.

미리는 피의 헌 누데기를 두른 역시 짐승같이 보이는 어른 아이들의 커다란 군중의 흐름 속에서 그래도 어쩐지 어머니같이 따스한 것이 느껴졌읍니다. 그만치 미리에게는 이 전쟁이란 현실이 무서웠고 또 자기를 고독하게 만드는 것이라 느껴졌읍니다.

미리와 함께 걸어가던 어머니 나이쯤 되어 보이는 부인이 숨가쁜 목소리로 미리에게 말하였읍니다.

"눈을 다쳤니?"

"예!"

"어디 보자, 아유 바른편 눈에 유리 조각이 박혀 있구나!"

비틀 비틀 기운 없이 걸어가던 그 부인은 미리를 위하여 자기의 있는 힘을 다하여 눈 속에 박힌 그 유리 조각을 뽑아 주었읍니다.

미리의 눈은 그제야 칼로 에이는 듯한 아픔의 반응을 일으켰읍니다.

미리의 눈에서 눈물 대신 피가 흘러 부인의 손을 적셨읍니다.[50]

정상적인 사회에서는 이해하기 어려운 정서와 사건이지만 더욱 극단적인 일들이 얼마든지 벌어졌던 전쟁기의 한 단면을 이 작품은 생생하게 증언한다. 그러나 '겨레의 불행을 덜어주기 위하여' 개인의 자연스런 감정을 누르고 간호부의 삶에만 충실하겠다는 결말은, 전체주의 관점에서 장려하는 국민의 상(像)을 제시하는 데 그치고 만다.

---

50 정진업, 「망향의 노래」, 『소년세계』, 1953. 7.

한편 50년대 초·중반 어린이 삶의 내용은 '전쟁과 피난 체험'으로 요약될 수 있다. 전쟁 직후에는 죽음, 폭력, 상실 체험(이별, 사별, 집과 고향 상실, 신체 훼손 등)이 한결같은 삶의 배경을 이루었고, 이로 인한 생활의 고난이 주된 테마였다. 가족 구성원 가운데 남성 특히 아버지의 부재(납북, 전사, 군 입대 등)가 기본 전제가 될 정도로 보편적이며, 따라서 이 시기 아동소설에 많은 어머니들은 가족의 생계를 책임지는 힘겨운, 또는 억척스러운 모습으로 나타난다.

엄마는 냉면, 짜장면, 우동, 세 가지 중에서 한그릇을 들어 앉은 사람 앞에 들여 대고,

"냉면을 잡수세요"하고 권하다가 그래도 알은 체를 아니하면 냉면을 목판에 도로 놓고

"짜장면 잡수세요."하고 짜장면을 들고 권하다가 그래도 알은 체를 아니하면 짜장면을 목판에 도로 놓고, "그럼 우동 잡수세요"하고 권한다.

그러면 권하는 엄마와는 아주 딴판인 얼굴과 말투로, "안먹어. 안먹는대두 왜 이래. 아침부터 재수없게스리."하고 거만하고 쌀쌀하게 대꾸한다.

엄마는 그렇게 볼모양 없이 푸대접을 받건만 앉은 사람들 앞에 마다 가서 목판을 내려놓고 똑같은 말과 행동으로 목판에 담긴 것들을 권한다.

(중략)

직이만이 아니라 욱이, 석이, 극이, 직이 등에 업힌 향이까지도 어두워지기만 하면 동내 어구만 내려다본다. 엄마가 그리워서보다 배가 고파서다. 엄마는 혹 늦는 때도 있지만 시계같이 정확히 똑 그 때면 동내 어구에 들어선다. 너무 어둡지도 않고 너무 밝지도 않은—꼭 산에서 동내 어구가 보일만한 때에 엄마는 언제나 빨리 빨리 걸어서 언덕진 길을 숨차는

것도 모르고 올라 걷는다.

　엄마가 보이면 직이들은 엄마를 천년이나 보지 못한 것처럼

　"엄마. 엄마. 엄마. 엄마. 엄마."

를 수없이 부르면서 산을 내려 달린다.[51]

　여성 동화작가가 등장하지 않았던 시기에, 최정희 등 여성소설가들이 쓴 아동소설은 전후 현실을 여성의 관점에서 증언하였다는 점에서 뜻깊다. 올망졸망 매달린 어린 것들을 '먹여 살리기' 위해 일상의 비굴과 오욕을 기꺼이 견디는 강한(실은 연약한) 어머니와, 그런 어머니를 하늘처럼 믿고 살아가는 아이들의 모습은, 잡지에 나란히 실린 '배경 사진'의 사실성에 힘입어 동시대 많은 독자들에게 자신의 이야기인 듯 공감과 감동을 주었을 듯하다.

　북한에 의해 친일분자로, 다시 남한에 의해 부역 혐의로 고초를 겪어야 했기에 역으로 종군작가단에 참여하지 않을 수 없었던 입장이었지만 최정희는 목적적 반공소설을 창작하지는 않았다. 친일 전력의 정비석, 홍효민도 홍미 위주의 세태소설이나 역사물을 집필하며 아동물에서는 정치 사회적 현실의식을 드러내지 않았다. 최정희와 함께 인민군 부역 전력이 문제된 손소희, 장덕조 등도 그러하다.[52] 즉 이들의 종군작가단 가입은 자발적 신념이라기보다 전력에 대한

---

51 최정희, 「산울림」, 『소년세계』, 1952. 9월호, 7~9쪽.
52 니시야마 준코, 「한국 여성 종군작가 연구 : 한국전쟁기를 중심으로」, 동국대 대학원 석사, 2003, 7쪽.
　"최정희, 장덕조, 손소희 세 명은 인민군 통치하의 서울에서 1950년 6월 28일부터 9월 28일까지 약 3개월 동안 '조선문학가동맹'에 가입해서 활동한 전력이 문제되어 있었다. 인민군 서울 점령시 서울 잔류 문인들의 이러한 활동은 사법심사대상이 되었던 것이다. (중략) 종군활동에 참가한 세 여성작가는 『赤下三朔九人集』(국제보도연맹, 1951)에서 공산주의에 대한 강한 증오심과 적개심을 표현한다."
　그러나 이들의 아동소설은 어린이와 여성의 삶을 사실적이고 서정적으로 스케치하는 양상이며, 냉전의식은 나타나지 않는다.

보상적 성격으로 볼 수 있고, 따라서 아동소설 창작을 통해 반공의식을 고취하려는 태도는 보이지 않는다.

하지만 그렇다고 해서 전쟁에 관한 국가의 '공식적 앎'과 다른 종류의 체험을 표현한 것은 아니었다. 위의 작품 「산울림」에서도, 어머니가 투표를 하러 간 날 직이가 "하느님 우리들을 수수밥이라도 꾸준히 먹게 할 수 있는 대통령을 뽑아주십시오" 하고 기도를 한다는 에피소드 차원의 이야기로 끝맺었다. 홀로 다섯 아이를 힘겹게 먹여 살리고 있는 전쟁미망인의 삶은 역사 사회적 의미망에 이르지 못하고, 시정의 사고를 반영하는 세태 묘사 수준에 머무르고 말았다.

장덕조의 작품도 마찬가지이다.

"밭도 그 애 때문에 가꾸었지. 일섭이 내보내고 나서 나 혼자 먹을라구 밭에 지성드리겠어요?"

하고 시름없이 말합니다. 어머니도 언짢아 하시며,

"그럼 어떡허나? 정말 시굴루 가시나?" 하고 물었습니다.

"일가가 있는 시굴루 가야지 어떡허우. 나 혼자 대구에서 무슨 경황으로 살아가겠어요."

일섭 어머니는 옆에 우둑하니 개를 안고 서 있는 내 머리를 쓰다듬으며

"자야, 바둑이 잘 길러라. 바둑이 커다래지건 내 또 보러오마." 했습니다.

"일섭이네 아주머니."

나는 그만 울음이 터지고 말았습니다.

갑자기 옆집에서 우렁찬 만세 소리가 들려왔습니다.

일섭 아저씨 친구들이 일섭 아저씨 응소(應召)를 축하하여 모여 온 것이라 합니다.

"만세 만세"

일섭 어머니도 우리 바둑이의 붕대 감은 앞발을 두어 번 들어 보이며 흉내를 내었습니다.

"만세. 만세—."[53]

'책임 있는 사회의 지도급 인사들이 슬슬 다 도망치고 국민보고만 싸우라고 한 형국'이었던 국가 부재의 상황에서, 지배 계층이 아닌 당시 일반 민중의 정서는 인민군과 국군 어느 쪽으로 징집되더라도 그것이 떳떳한 일은 아니었다. 그저 도망가서 일신의 삶을 도모하는 것이 지혜로운 일로 여겨졌던 것이다.[54] 그런 점에서 억세고 사나운 성격이던 일섭 어머니가 아들의 징집 소식에 한순간 풀이 꺾여 피억압자였던 자야가 울음을 터뜨리게 될 정도로 애처로운 모양이 되고 마는 것은 당시 민중의 솔직한 정서를 표현한 것이라면, 응소를 축하하는 우렁찬 '만세' 소리는 실제 현실에 맞지 않는 왜곡이라 하겠다. 설령 현실에서 이런 일이 벌어졌다 해도, 민심의 자연스러운 표현이 아닌 또 다른 압제의 결과일 뿐인 것이다. 그리고 결말의 갑작스러운 반전은 어린이 독자에게 혼란을 준다. 무력한 어머니의 정서에 한껏 공감하게 해놓고 갑작스럽게 '만세'를 부르며 축하하는 상황으로 결론을 맺으니 말이다.

이 작품은 징집을 응소(應召)로 표현하는 데서 은연중 자발성을 강

---

53 장덕조, 「바둑이」, 『소년세계』, 1953. 8월호.
54 홍사중, 「국민방위군 사건」, 『전환기의 내막』, 조선일보사, 1982. ; 김동춘, 앞의 책에서 재인용, 96쪽.
"국민방위군으로 징집된 수만 명이 간부들의 돈 착복으로 전투에 제대로 참가도 못 하고 질병과 추위로 죽었지만, 피해자와 그 가족들은 국가에 대해 분노를 표시하지 않았다. 오히려 전쟁 상황에서 얼마든지 빠져나갈 수 있었는데도 장정으로 끌려간 것이 몹시 주변머리가 없는 것처럼 여겨지는 야릇한 부끄러움이 있었다고 한다."

조하는 국가주의 시각을 느낄 수 있다. 자연인으로서 또 어머니로서 필자는 전개 과정에 진실한 정서를 투여하였으나, 아들을 군에 보내며 삶의 의미를 상실하는 어머니의 모습을 그려 보이는 것은 종군작가단 소속작가로서 이율배반적인지라 쉽게 왜곡된 상황을 만들며 사태를 종결시켰다고 하겠다. 작가 스스로의 내면 검열이 작품의 내적 질서를 파탄

에 이르게 한 셈이다. 이처럼, 한국전쟁에 관한 한 국가의 '공식적 담론'에 대한 작가의 자발적 내면 검열과 왜곡된 의식을 발견하기란 어려운 일이 아니다. 방기환 등 50년대 사회를 배경으로 어린이 생활 현실을 그린 작가는 많지만 대부분 세태 묘사에 그쳤고, 이원수의 「푸른 길」이나 이주홍의 「비오는 들창」 등 주인공의 생활과 내면을 밀도 있게 그린 작품도 있지만 대체로 시대성을 반영하는 데 미흡했다.

아동문학인 가운데 비판적 사회의식을 가진 작가로 흔히 이원수, 이주홍, 마해송이 거론되어 왔다. 그런데 이원수는 6·25 때 피난을 가지 않고 시설접수위원으로서 인민군에 협력을 하였고, 국군이 서울 탈환을 하였을 때 최병화와 함께 북쪽으로 피신을 가다가 1·4후퇴 때 되돌아왔다. 그후 영국군 부대에서 노무자 생활을 하다가 서울 잔류에 관해 자수를 하게 되었는데, 김영일, 김팔봉 등의 도움으로 다행히 무사할 수 있었지만 일생 동안 일년에 한번씩 형사의 방문을 받아야 했다.[55] 이런 형편이었기에 50년대 내내 이원수는 현실 비판

은커녕 현실을 사실주의 기법으로 그리는 소설조차 별로 창작하지 않았고, 환상 기법의 동화 창작에 몰두하였다.

카프 활동 전력이 있는 이주홍은 전쟁 이전에 부산으로 내려가 수산대학교(현재 부경대학교)에 몸담고 창작 활동에만 몰두하였다. 그러나 과거 시간으로 회귀(「아름다운 고향」)하거나, 관념적 이상향으로서 (시간이 정지된)의 농촌 또는 고향 공간을 무대로 삼거나(「곰방대」, 「피리 부는 아이들」), '전통'이라는 초월적 시공간(「가자미와 복장이」)에 머물거나, 대중적 흥미성을 추구(『후라이 대감의 모험』)하는 등으로, 작가로서 역사적 정치적 현실로부터 일정하게 비켜 서 있는 모습을 보여준다.

이에 비해 마해송은 『모래알 고금』, 「꽃씨와 눈사람」 등 정치 사회적 비판의식을 50년대에 조금도 위축됨 없이 견지함을 볼 수 있다. '반공주의'가 사회적 지배 이데올로기인 사회에서 그는 반공주의의 맨 앞자리에 서 있는 모습을 보여주었기에, 상대적으로 더욱 당당히 발화할 수 있는 '언어 권력'을 가지고 있었던 셈이다. 그러나 그의 정치 사회적 비판은 반공, 친미의 틀 안에서 이루어졌음은 앞에서 살펴본 바와 같다.

전쟁 직후의 현실을 헤쳐 나가는 소년의 삶을 그린 박화목의 아동소설 『밤을 걸어가는 아이』에서 "공산군이 침략 전쟁을 일으킨 것은 몇 사람의 나쁜 지도자들 때문이고 저 많은 군인에게는 죄가 없다"[56]는, 인민군 병사에 대한 당시로서는 드문 견해가 보여 주목된다. 그러나 그 또한 미국인 목사에 의한 발화이며, "나는 요사이 수효가 부

---

55 아동문학인 유경환 면담 시의 증언. 2005. 8.
56 박화목, 『밤을 걸어가는 아이』, 을유문화사, 1962, 155쪽.

쩍 늘어가는 공산군 포로들에게, 모
두 하나님의 사랑을 느껴서 그 마음
을 돌리도록 하기 위하여, 성경 말씀
을 가르치고 있다"는 말로 맺어짐을
볼 때, 결국은 기독교를 믿음으로써
만이 진정한 의미에서 사람이 되고
구원을 받을 수 있다는 종교 이데올
로기에 포섭된 담론임을 알 수 있다.

　이처럼 현실을 사실적으로 묘사한
세태소설은 사상 유래 없이 넘쳐났지
만 반공, 친미, 극우, 보수, 전체주의의 틀에서 벗어난 작품은 찾아보
기 어려웠다. 즉 아동문학에서 전쟁에 관한 '공식적 담론'은 유례없
이 넘쳤지만, 원치 않은 전쟁에 휩쓸려 남과 북의 양쪽 정권으로부터
번갈아 고통을 당하고 상처를 입어야 했던 수많은 개개인, 특히 사회
적으로 가장 약자인 어린이의 전쟁 체험은 깨어진 거울 조각 같은 파
편으로밖에 발견되지 않는 것이다.

다. 환상과 상징의 세계

　전쟁 이전부터 아동문학만을 창작해 왔던 전문 아동문학인들은,
전쟁 직후 약속이나 한 듯 '동화' 장르를 창작하였다. 아동소설은
'있는 현실'을 '객관적'으로 그리는 만큼 어린이의 외면적 부분—세
계와의 관계성에 그 축이 놓이는 반면, 동화는 어린이의 내면적인 부
분—정신세계 또는 무의식과 대화하는 기능을 가진다. 그런 면에서
전쟁 직후에 전문 아동문학인들이 일제히 환상적이고 상징적인 기법

의 '동화'를 창작한 점과, 그들 대부분이 시인이거나 종교인으로서 초자아(Super-ego)가 발달된 성향임이 주목된다. 또한 이러한 특성은 아동문학인들이 '세계의 폭력성'에 무방비로 노출된 어린이 내면을 본능적으로 보호하고자 한 측면이자, 일정한 완충장치를 그들 자신을 통해 폭력적 현실과 일정한 거리를 두고자 한 이중적 측면으로 해석되기도 한다.

연령이 어릴수록 '사실적인 설명들'은 받아들여지지 않는다. 체험이 적고 추상적 이해 능력이 부족하기 때문이다. 공산주의니 민주주의니 해봐야 어린이가 전쟁 상황을 이해하고 받아들이는 데 전혀 도움이 안 되며, 어린이가 현재 자신의 지식과 정서에 비추어 이해할 수 있는 내용만이 그들에게 확신을 줄 수 있다. 그런 점에서 동화작가들은 '어린이가 세계에 대해 생각하고 경험하는' 방식[57]인 환상과 상징 기법을 통해, 자신의 경험에 비추어 주관적으로 전쟁을 이해하고 받아들이게 하였던 것이다.

어린 병정은 두 눈을 떴습니다. 깨어보니 꿈이었습니다.

달은 산넘에 지기 시작하였습니다. 어린 병정 식이는 옆에 누운 병정에게 지금 진달래와 나비가 된 꿈 이야기를 하였습니다.

달이 지자, 어둠을 타고 또 실골고지(高地)에서 전쟁이 벌어졌습니다.

어린 병정 식이는 그 새벽 전투에서 전사하고 식이에게서 진달래와 나비의 꿈 이야기를 들은 병정은 한 쪽 팔을 다치었습니다. 한 쪽 팔을 다친 병정은 상이군인이 되어 고향에 돌아왔습니다.

---

57 브루노 베텔하임, 김옥순·주옥 옮김, 『옛이야기의 매력 1』, 시공주니어, 1998, 79쪽.
옛이야기의 이러한 환상성, 상징성을 현대 동화도 이어받았다.

(중략)

　나비는 정다운 듯 허무러진 돌담 밖을 너울너울 춤추면서 돕니다. 어머니의 눈에는 핑그를 눈물이 고이자, 어청어청 걸어가더니 돌담 밖을 도는 흰나비를 따라 식아! 식아! 흐느끼며 돌담을 흰 나비를 따라 돕니다.

　이번에는 어느 새 꺾어 왔는지 한 아름 진달래를 가슴에 안고 온 이쁜이가, 식이 어머니가 혼자 사시는 집 물독에 진달래를 담그고 이쁜이도 어머니와 함께 흰 나비를 잡을려고 식아! 식아! 돌담을 돕니다.

　흰 나비는 못들은 척 전쟁에 무너진 고향집 돌담을 자꾸만 너울너울 돌았습니다.[58]

　전쟁이 일어나게 된 정치 사회적인 배경 설명은 어린이들에게 진정한 도움이 안 되며, 자신이 이해할 수 없는 설명은 어린이를 더욱 불안하게 만들 뿐이다. 그런데 동화를 읽으며 스스로 의미를 구성하는 독서활동을 통해 독자는 전쟁이란 '어린 병정'이 죽고 또 누군가는 '상이군인'이 되는 무서운 일이며, 그리운 고향과 그리운 사람들을 다시는 볼 수가 없게 되는 일이라는 것을 간접 체험하게 된다. 또 어머니를 그리워하는 어린 병정의 마음과, 아들을 애타게 기다리던 어머니의 마음에 공감하는 가운데, 전쟁의 비극성을 느끼게 된다.

　전쟁에 관한 국가의 공식적 관점과 다른 견해가 발생되는 것은 이 지점이다. 간접화법의 동화에서는 전쟁 '현실'을 응시하지만, 북한과 공산주의를 타도의 대상으로 묘사한 경우는 없었다. 적개심과 증오심을 고취하는 일도 당연히 없으며, 전쟁이라는 현실의 거대한 폭력 아래서 무력하기만 한 개별 생명들의 비극적 운명을 주시하는 양

---

58 김요섭, 「나비를 잡는 마을」, 『소년세계』, 1954년 4월호, 14~15쪽.

상이다.

특히 어느 편에도 서지 않고 민족 전체를, 힘없는 개개인을 응시하며 역사 현실을 작품으로 표현한 작가로 김요섭을 들 수 있다.

이년 전에 자기와 함께 있던 칠성이란 사병의 편지를 대신 써서 고향 어머니에게 부쳐준 일이 있습니다. 바로 그 편지였습니다.

크라리넬을 부는 청년이 한쪽 눈을 다치던 전투에서, 칠성이란 사병도 다른 병정들과 함께 전사를 하였습니다. 분명 할머니가 그 전사한 사병 칠성이 어머니였습니다. 크라리넬을 부는 청년은 괴로워서 더 오래 앉아 있을 수가 없었습니다.

"당신의 아들 칠성이는 죽었읍니다."

이렇게 말할 수 없는 그는, 아무말도 못하고 다시 힐끗 머리맡 자기가 써 준 편지를 보며 판자집을 나왔읍니다.[59]

잔디밭 교실의 학생은 함경도서, 평안도서, 강원도서, 황해도서, 그리고 서울서, 충청도서, 전라도서 남쪽 바다 섬에 전쟁을 피해 온 학생들입니다. (중략) 함경도 아이 바우는 자기가 그린 지도를 바라보며 말합니다.

"우리 고향 함경도는 눈이 많이 옵니다. 그래서 눈 오는 지도가 되어서 하얗게 그렸어요. 그리고 내가 피난 오던 때는 눈이 오고 눈보라치고 했습니다. 눈 오는 하얀 지도를 그려놓으니까 이내 생각나는 것이 있어요. 눈 속에 떨고 있는 함경도서 남쪽 섬까지 울며 걸어 온 내 발자국이 선하지 않아요. 저 발자국 따라 다시 가면 우리 고향 있겠지요."

여기까지 말하는데 선생님의 눈이 눈물에 흠뻑 젖어버리는 것을 보자

59 김요섭, 『깊은 밤 별들이 울리는 종』, 백영사, 1958, 105쪽.

바우의 두 눈에도 핑그르 눈물이 돌며 목이 꽈악 막혀왔읍니다.

(중략)

"누구야! 누구야! 삼팔선 그린 놈."

아이들은 떠들썩하였읍니다. 누가 그려 놓았는지 지도 한 복판 허리를 금이 주욱 그어져 나갔읍니다.

지금 삼팔선에서 죽은 어머니의 무덤을 찾는다는 아이가 얼굴이 홍당 무가 되어 아찔한 생각으로 섰읍니다. 아이 하나의 손길이 어느새 철석 소리를 내며 삼팔선 가에 섰는 아이를 내 갈겼읍니다.

아이는 후들후들 지도 밖으로 나가 쓰러졌읍니다. 맞은 아이도 때린 아이도 두 눈에는 영문 모를 눈물이 흘러 고였읍니다. 한참만에 두 아이는 약속이나 한 듯 둘이서 삼팔선 금을 아무 말 없이 지워버렸읍니다.[60]

「고향의 나비」, 「종이집」, 「흰꽃」, 「달 뜰 무렵」 등 많은 작품에서 김요섭은 한국전쟁을 주제로 삼았고, 전쟁에 관한 국가의 '공식적 입장'과 다른 성격의 담론을 생성하였다. 교과서 매체와 반공문학이 일방적 담론을 주도하고, 사실주의 기법의 아동소설이 한국전쟁에 관한 공식적이지 않은 어떤 견해도 표현하지 못했던 때에, 간접 화법 으로나마 약자의 고통과 현실의 왜곡을 독자에게 끊임없이 환기시킨 점은 적지않은 의의를 갖는다. 당장 현실을 바꿀 힘이 없는 어린이에 게 필요한 것은, 무엇이 옳고 그르며 무엇이 더 중요하고 덜 중요한지 를 분별하게 하고 올바른 지향을 하게 하는 일일 것이기 때문이다.

역사 현실은커녕 아직 자기 앞의 현실조차 정면으로 바라보고 맞 설 능력이 부족한 어린이들은, 환상을 통해 내면의 불안과 공포를 해

---

60 위의 책, 220~230쪽.

소하고 내적 힘을 기를 수 있다. 그런 점에서 이 시기 이원수 동화에 가득한 상처와 고통은, 전쟁 과정에서 얻은 어린이 내면의 상처를 외부화시킬 수 있는 계기를 부여했으리라 본다.

  훈이는 돌아가신 어머니가 저 달나라에 가서 계실 거라고 생각했읍니다. 그래 누나더러 이런 말을 했읍니다.
  "누나, 우리 엄만 달나라에 가셨다지?"
  "그럼, 달나라에 계실 게다."
  "누나, 우리도 달나라에 가서 엄마 좀 만나 볼 수 없어?"
  영이는 동생의 하는 말에 가엾은 생각이 들었읍니다.
  "글쎄, 달나라엘 갈 수가 있어야지. 꿈에나 간다면 몰라도……."
  (중략)
  두 아이는 자꾸 날아갑니다.
  이윽고 화안한 달나라에 닿았읍니다.
  아름다운 나라였읍니다.
  어느 조그만 집 문을 열고 어머니가 달려 나왔읍니다.
  영이와 훈이는 달음박질하여 뛰어가며 어머니를 불렀읍니다.
  "엄마아."
  "어머니."
  어머니는 달려드는 아이들을 끌어안고,
  "오오! 우리 아기들! 잘 왔다. 난 너희들이 보구 싶어 혼났다."
  "어머니! 우리도 어머니가 보구 싶어 죽을 뻔했어요."[61]

---

61 이원수, 「달나라의 어머니」, 『소년세계』, 1954년 5월호, 25쪽.

전후 사회에는 죽음이 만연했다. 집과 가족을 잃은 어린이도 많았고, 반대로 어린이를 잃은 가정도 많았다. 이원수의 50년대 동화에는 이러한 죽음과 파괴의 이미지, 깊은 죄의식과 불안 등 전쟁의 비극과 고통이 은유적, 상징적인 형태로 가득 담겨 있다. 어머니를 잃은 아이들은 이 동화를 보며, 주인공과 자신을 동일시하여 달나라의 어머니를 만났을 것이다. 환상을 통해 욕망을 마음껏 충족함으로써 현실의 결핍감과 고통을 이겨낼 힘을 얻기도 했을 것이다. 미학적 측면에서 이원수의 50년대 동화들이 작품성이 높다고 말하기는 힘들지만, 진실로 어린이와 함께 호흡하고 아파하며 어린이의 고통을 표현한 시기는 50년대였다. 그는 1·4후퇴 때 세 아이를 잃어버렸는데 이듬해 장녀는 찾았으나 4세 상옥과 3세 용화는 끝내 찾지 못하였다. 그 때문에 50년대 동화에는 옥이와 용화들이 수없이 등장하며, 그들 대신 아파하고 힘들어하고 때로는 안아주고 어루만져 주는 부정(父情)의 고통스러운 변주가 가득하다. 이원수는 한국전쟁의 과정에서 큰 고통을 겪었지만, 전쟁의 원인과 책임을 북한과 공산주의에 돌리는 발언은 한 적이 없었다. 50년대 내내 정치 사회적 현실에 대해 침묵을 지키다, 4·19 이후 억눌려 있던 감정을 봇물처럼 터뜨리게 되는 것이다.

이처럼 하고자 하는 말을 누구나 쉽게 알 수 있는 사실주의 기법의 아동소설이 아닌, 환상과 상징 기법의 동화작품에서 그나마 국가의 공식적 태도와 다른 종류의 담론들이 생성되었음을 볼 수 있으나, 억압에 비해 발화는 너무도 미미한 양상이었다.

한국 아동문학사와 반공주의

문학은 그 시대의 사회 문화적 환경 속에서 싹트고 자라기 때문에 어떤 식으로든 당대 정신을 반영하게 된다.

일제 강점기에 특정 독자로서 '어린이'를 의식하고 창작하기 시작한 데서 한국 현대아동문학 시대가 열렸는데, 식민지라 언어를 억압당한 상황이었기에 민족 정서를 반영하는 애상적 동요가 초기 문학의 주도적 장르였다. 노랫말에 개인적 표현의 욕구가 더해지면서 노래(謠)는 차츰 시(詩)가 되고자 하였고, 30년대 이르러 동시가 아동문학의 주도 장르가 되었다. 그러다 해방과 함께 오래 억눌렸던 한민족의 정신이 자유롭게 터져 나오며 산문문학, 소설도 그렇지만 특히 좌우 이데올로기의 대립으로 비평 담론이 일시에 팽창되는 양상을 보였다.

그러다 전쟁과 분단으로 인하여 남북한 정치 권력이 중앙집권적으로 강화되었고, 문학 정신도 각 체제가 허용하는 이념의 범주 안에서 표현될 수밖에 없었다. 북한체제에 비해서는 상대적으로 자유롭다고 하지만, 남한체제 역시 자유 민주주의를 보장한 것이 아니라 반공의 자장 안에서 일정한 담론만을 허용하였기에, 산문문학이 활발히 창작되었음에도 불구하고 자유로운 정신을 마음껏 꽃피우지 못한 채 특정 경향과 특정한 색채로 단순화되고 굴절되었다.

전쟁과 함께 어린이 독자를 대상으로 한 각종 매체에 등장한 '반공주의'는 외세 침탈의 연장선상에 있는 한민족 역사의 징표이자, 한 번도 그들의 인권을 주목한 적이 없었던 한국 사회가 약자인 어린이를 한 점 배려 없이 타자화(他者化)한 증거이며, 특정인들의 지속적인 '상징적 지배'를 위한 '상징폭력'의 일종이기도 했다.[62] 부르디외에 따르면 상징적 지배는 정당한 것으로 인식되는 '오인의 구조'를 통해서만 힘을 발휘할 수 있는데, 50년대의 반공교육과 반공문학은 오인의 구조를 어린이 집단의 아비투스 안에 최초로 구조화하였던 셈이다. 이후에도 반공 이데올로기는 지속적인 문화적 상징화 과정을 거치며 특정인들에 의한 효율적 사회 통제 장치로 기능해 왔고, 2008년 현재까지도 색깔론이 파장을 일으키고 있는 현실은 반공주의가 한국인의 집단무의식에 얼마나 깊이 내면화되어 있는지 보여

---

62 피에르 부르디외, 『상징폭력과 문화재생산』, 앞의 책, 51쪽 ; 73쪽.
　"상징적 지배는 외적 압력에의 수동적인 복종도, 지배적인 가치의 자발적 선택도 아닌 일종의 공모를 전제로 한다. 공식언어의 정당성에 대한 인정, 그것은 종종 점진적이고 암묵적이며 감지할 수 없는 주입과정을 통해 성향(dispositions)속에―보다 정확하게는 아비투스(habitus: 취향) 속에 새겨진다."
　"상징폭력 개념은 일종의 공모, '지식 없는 인식'을 전제하고 있으며, 이러한 공모, 이러한 인정을 통해 그리고 그것에 의해 지배가 유지된다고 보고 있다. 교육 체계는, 가르치는 사람이나 배우는 사람 모두 교육적 행위를 '정당한 권위'로 인정할 때만 지배관계를 재생산할 수 있다. 마찬가지로, 상징적 지배(그리고 이와 더불어 상징적 지배가 부분을 이루고 있는 폭넓은 지배관계들)의 재생산은, 지배적인 언어를 가지지 못한 화자가 자신의 박탈에 공모하고 지배적 언어를 '정당한' 것으로 수용한다는 점을 전제한다."

준다.

반공주의가 한국 아동문학에 미친 영향으로는, 비판력의 억제와 이로 인한 비평 담론의 미숙성을 첫 번째로 들 수 있다. 법적 제도적 물리적 힘으로 작용하는 반공 이데올로기의 위력은 허용된 틀 속에서의 사고를 강제하였는데, 인적 구성원 가운데 주로 교원이 많았던 아동문학인 그룹은 체제 순응성이 상대적으로 강한 편이어서 침묵을 지키는 풍토가 오래 지속되었다. 비평적 환경이 미비한 상황에서 좌파적 경향의 작가나 작품은 90년대에 이르도록 연구나 비평 대상으로 언급조차 되지 않았고, 옥석이 구분되지 않는 가운데 문단에는 주례사 비평이 점차 만연하였으며, 여러 잡지에서 함부로 신인을 배출하면서 패거리 문화를 이루는 부작용을 낳아 왔다.

4·19 이후 그나마 이원수가 가장 활발한 비평 활동을 하였지만, 누구의 어떤 글을 지칭하는 것인지 또는 어떤 상황을 지적하는 것인지 정확히 언급하지 않고 두루뭉술한 표현을 하는 경우가 대부분이었다. 문단 내부의 이해 관계자가 아니면 전모를 제대로 파악할 수 없는 이러한 글쓰기 방식 또한 반공주의로 인한 내면 검열의 결과로 해석된다. 이원수는 여러 지면에 아동문학과 아동문학인들의 문제점을 끊임없이 지적하고 비판하였는데, 분명 그만한 문제적 풍토가 있긴 했겠으나, 한편으로는 '우리'의 문제로 여기지 않고 항상 '그들'의 문제로 이분법적 사고를 하는 점이 눈에 띈다.

이오덕의 등장은 한국 아동문학 비평사상 혁명적 의의를 가진다. 한국전쟁 이후 처음으로 확고하게 계급적 소외계층 어린이의 삶을 주시하며 옹호하고, 역사와 현실을 외면한 채 관념의 세계에 빠져 있는 아동문학계를 매섭게 질타하며, 아동문학 발전을 위한 길항 담론을 구축한 점은 높이 평가 되어야만 할 것이다. 그러나 그럼에도 불구하고, 특정 작가 작품의 일부 흠결을 부각시켜 가차 없이 비판한 반면, 자신의 논리를 드러내는 데 적절치 않은 동일 작가의 다양한 면모들은 일시에 소거시켜 버리는 언술의 폭력성이 지나침을 지적하지 않을 수 없다. 그러한 화법의 기저에는 언제나 '너' 또는 '그들'은 그르고 '나'는 옳다는 확고한 신념이 자리잡고 있으며, 이는 나와 똑같은 사람으로서 대상 작가의 문학이 지닌 빛과 어둠을 함께 드러내기보다, 대상은 언제나 어두운 곳에 나는 언제나 밝은 자리에 위치시키는 단절의 태도로 파악된다.

또한 아동문학의 장(場)에 위치한 다양한 구성원들끼리, 다른 경향의 문학을 추구하는 그룹에 속해 있다는 이유만으로 서로를 적대적 타자로 인식하고 '동심천사주의', '계급주의' 심지어 '빨갱이' 등의 추상적 상(像)을 씌워 공격하거나, 아예 논의와 평가의 대상에서 배제해온 사례는 헤아릴 수 없을 정도이다. 다양한 영혼의 자발적 표현인 문학의 차이와 다양성을 인위적으로 억압하고 특정 색채의 문학만을 부각시키고자 영향력을 행사한 사례들은, 성찰적 태도나 이성적 대화와 소통의 문화가 부재한 아동문학계의 상대적 미성숙함을 보여주는 징표이자, 아동문학 권력장(場)의 중심부 진입을 둘러싼 일종의 투쟁 양상이기도 하였다.

그러한 현상이 벌어지게 된 데는 사회적 약자인 어린이 관련 문화가 전반적으로 소외된 현실에서 그 원인을 찾을 수 있지만, 보다 본질적인 면에서 전쟁으로 인해 국민의 심성에 새겨진 양가치적 사고의 습성과, 구체적 개인을 추상화시켜 인격을 제거함으로써 가차 없이 신랄할 수 있었던 역사적 학습이 크게 영향을 미쳤기 때문이라고 생각된다.

정치 사회 현실 문제에 관한 비판은커녕 어떤 견해를 갖는 것조차 좌시되어온 문화적 풍토는, 한국 아동문학의 몰역사성, 사회의식의 결여를 촉진시켰다. 독자 대상이 어린이인 만큼 아동문학 작가들 심성 역시 어린이에 보다 가깝고, 그들처럼 주관적·상상적 세계에 머물게 될 여지가 많지만, 작가 자신은 한 사람의 성인으로서 자신이 몸담고 있는 현실 시공간을 객관적으로 인식해야만 한다. 그러나 많은 아동문학인들이 통일된 이념에 안존한 채, 몰역사적·주관적 세계에 빠져 있음을 보기란 어려운 일이 아니다. 자신이 발 딛고 서 있는 물적 토대에 대한 주시와 관심의 표명이 일반문학의 당연한 전제라면, 아동문학계에서 특수한 사례로 근래까지도 이단시되는 풍토이다.

의식의 한계는 필연적으로 작품의 제약을 가져와 시대 현실을 문학적으로 핍진히 그려낸 아동소설의 결실이 드물었고, 현실 전복적인 환상동화 역시 자유롭게 꽃피우지 못한 채, 어린이의 한정된 일상사를 드러낸 생활동화나 관념편향적이고 회고주의적인 작품이 양산되었다. 그런 가운데 권정생의 『몽실언니』를 비롯하여 한국 아동문

학의 시금석이 되는 작품들이 탄생되기도 하였지만, 많은 작가들이 시대의 한계를 깨뜨리고 아동문학의 지평을 확장시키는 정신적 모험을 하기보다는, 용인된 사고의 틀 안에서 잘 빚은 소품을 만들어내는 정도에 머물렀다.

외국동화에 비해 유난히 두드러지는 한국동화의 이상성(理想性)과 정신주의 경향도 한국전쟁 및 반공주

의와 깊은 관련이 있다. 죽음과 폭력, 부패 등 온갖 범죄로 만연한 50년대 현실은 동시대인에게 죄의식을 불러일으켰다.[63] 미처 피어 보지도 못한 어린 생명들이 이유도 모른 채 일상적으로 희생되는 현실은 이주훈,[64] 이원수, 김요섭 등의 환상동화 속에서 고통과 죄의식으로 드러나고, 그에 대한 반작용으로서 참되고 아름다운 것, 영원한 가치에 대한 지

극한 동경과 염원이 한국 아동문학의 한 특질로 자리잡게 되었다. 소수에 불과했던 동화작가 대부분이 종교인이자 시인이었기에 정신성을 지향하는 초자아적 성향—도덕적 성찰 및 이상성에의 희구가 외국 동화와 다른 한국 동화의 한 특질로 자리잡게 되었고, 정채봉의 『오세암』과 같은 작품으로 이어졌다. 이처럼 한국동화의 정신주의 경향과 사색적 성향은 어린이의 현실을 외면한 것이 아니라, 한국의 특수한 역사적 현실에서 비롯된 고유한 현상임을 이해할 필요가 있다.

그런가 하면 반공이 너무나 정당하기에 독자나 문학성은 조금도 개의치 않았던 반공문학의 전통은, 이슈 중심적 아동문학관으로 쉽게 이어졌다. '교육', '가난', '역사', '장애', '성차별', '왕따' 문제 등

---

63 김윤식, 『한국현대문학사』, 일지사, 1976, 45쪽.
　"6·25 전쟁의 정신사적 문제와 연관하여 동족끼리의 살육이 불가피했던 까닭으로 6·25전쟁이 제기될 때는 깊은 죄의식이 수반되지 않을 수 없었다."
64 1959년에 발표된 이주훈의 「물아이」는 순결한 어린 영혼을 학살하는 세계의 폭력성과 비극성을 고통스럽고도 뛰어나게 형상화하였다.

시대에 따라 내세우는 이슈는 달라졌지만, 어른들이 '중요하다고 생각되는' 내용을 다루었다는 이유로 어린이 내면의 진정한 기쁨이나 문학적 완성도에 관계없는 책들이 어린이들에게 끊임없이 권해졌다. 그러나 명분이 어떠하든 타인을 대상화하는 태도에는 이데올로기가 감추어져 있기 마련이고, 성숙할수록 타인의 자율성에 영향을 미치지 않으려 조심하게 된다는 점을 지적하지 않을 수 없다. 사회적 약자 가운데 여성, 장애인 관련 담론 및 인식은 상대적으로 많이 진전되었으나, 어린이는 개별 가정의 보호막 아래 아직도 어른의 타자로서 존재하고 있음을 볼 수 있는 것이다.

마무리

　한국전쟁과 분단은 현대 한국과 한국인을 만든 기원적 사건이었고, 1950년대는 세계 어떤 나라의 아동문학과도 다른 한국 아동문학의 특성을 형성한 시공간이었다. 이 책에서는 어린이를 대상으로 한 교과서, 잡지, 단행본 매체를 검토하여, 아동문학에 반공주의가 어떻게 주어지고 어떤 양상으로 전개해 갔는지 구체적으로 알아보았다.

　1부에서는 1950년대 아동 현실을 살펴보았다. 이 시기에는 전쟁과 피난 등으로 희생당한 어린이와 고아, 기아, 미아 등 요보호 아동이 대량으로 발생한 반면 50년대 내내 아동복리법은 전무하였다. 전쟁 피해 어린이들이 고통을 겪는 가운데 기득권층을 중심으로 과열된 자녀교육 열기를 보이기도 했는데, 이는 근대 자본주의 사회의 개막을 함축적으로 제시하는 현상이기도 했다.

　또한 한국에서 반공주의는 어떤 의미를 갖는지 역사적·물리적 환경 속에서 알아보았다. 전쟁 이전에도 위로부터 반공주의가 주어졌으나 국민들에게 받아들여지지 않았는데, 한국전쟁을 계기로 남한 사회의 지배 이데올로기로 자리잡게 되는 양상과, 사회 통제 원리로 발전해 가게 되는 과정을 확인할 수 있었다.

2부에서는 교육정책과 교과서를 검토하여 반공정책과 반공교육의 실제를 확인하였다. 전쟁 발발로 교육이 일시 마비되었으나, 곧 전시교재를 발행하여 즉각적이고 전면적 반공교육을 실시하였다. 50년대 문교정책 및 장학방침의 맨 첫머리에 '반공'이 놓여 있었고, 국가는 법적, 제도적 장치를 통해 교육을 통제하였음이 확인된다. 전시교재는 전 단락이 전쟁 관련 내용으로 채워졌는데, 북한을 '악마', '꼭두각시' 등으로 인격을 제거함으로써 적개심을 고취하였고, '자유', '평화' 등 추상적 거대 담론으로 어린이들의 전쟁 참여를 독려하였다. 전후에 어린이들은 교과서를 통해 미국과 유엔군에 감사와 우호의 감정을 가지도록 제도적으로 교육되었고, 일관된 국가주의와 전체주의 관점을 주입받았다. 그와 함께 학교 현장에서 각종 반공행사 등이 자발적으로 실천되어, 50년대에 이미 어린이 일상 깊숙이 반공주의가 자리잡게 됨을 볼 수 있었다.

3부에서는 아동문학과 반공주의의 상관성을 검토해 보았다. 전쟁 직후 일반 소설가들이 대거 아동문학을 창작하였는데, 이들이 모두 사실주의 기법의 아동소설만을 창작한 반면 전문 아동문학인들은 '환상'과 '희망'을 특질로 하는 동화 창작에 몰두하는 특징을 볼 수 있었다. 이는 어린이 독자와 아동문학의 특수성에 대한 이해의 차이에서 기인한 바이자, 자유로운 발화가 억압된 양상이기도 함을 밝혔다. 반공주의로 인한 사유의 억압과 비판력의 상실이 아동문학의 성격을 근원적으로 제약하였던 것이다.

『소년세계』,『새벗』,『파랑새』,『학원』 등의 어린이 대상 잡지 매체를 검토하여 반공주의 작품만을 추출해 본 결과, 종군작가단 소속의 소설가들에 의해 반공 아동소설이 맨 처음 창작되었음이 확인되었다. 50년대 전체 반공문학의 3분의 2 이상이 전쟁기에 발표된 점은 반공문학의 목적적·임의적 성격임을 알게 해준다. 휴전 이후에는 월남 아동문학인을 비롯하여 전문 아동문학인들에 의해 반공담론이 지속적으로 확산됨을 볼 수 있었다. 작품의 양상과 특성을 분석한 결과, 작가 자신의 개별적 전쟁 체험을 극대화하여 일반화시키는 공통점을 보였고, 한국전쟁에 관한 국민들의 다양한 입장 가운데 기득권 계층의 관점만을 대변하는 양상이었다.

단행본의 현황을 살펴보니 상업성을 지향하는 책들이 한정된 공간을 잠식함으로써 순수 창작물의 성장이 저해될 수밖에 없었고, 반공의 정당성이 50년대 중반을 넘어서면 시대적 분위기와 결합하여 통속화하는 과정이 목격되었다. 단행본 가운데 50년대의 대표적 작가이자 대표적 반공주의자인 마해송, 강소천의 경우 개별 공산주의 체험을 일반화시킨 공통점이 있으나, 마해송과 달리 강소천은 종교적 신념에 뿌리를 둔 반공주의임을 알 수 있었다.

4부에서는 반공주의와 관련하여 1950년대 아동문학의 지형을 전체적으로 조망하고, 반공체험의 즉자적 수용 작품, 일상 세태의 피상적 묘사 작품, 환상과 상징을 통해 주제를 간접적으로 드러낸 작품, 현실 도피적이고 자의적인 작품으로 분류하였다. '자유민주주의'가 아닌 '반공주의'가 전쟁에 관한 국가의 공식적 입장이었고 다른 종류의 체험은 발화할 수 없었기에, 한국전쟁에 관한 어린이들의 체험 역시 아동문학으로 정직하게 표현되지 못하였고, 50년대 아동문학은 현실 회피적이고 굴절된 양상으로밖에 존재할 수밖에 없었음을 말하였다. 전쟁과 분단이라는 한반도의 특수한 현실은 한국 아동문학을 세계 어느 나라와도 다른 특수한 성격으로 형성시켰던 것이다.

지금까지 한번도 제대로 조명된 적이 없었던 1950년대 아동문학 현황을 매체별로 실증적 탐구를 하였다는 데 이 책의 의의가 있다. 이로써 한국 사회의 성격과, 한국 아동문학의 고유성을 다소나마 해명할 수 있으리라 기대한다.

다만 이 연구는 남한의 50년대 아동문학을 중심으로 삼았기에, 북한 체제와 관련하여 북한의 아동문학이 따로 연구되고, 이후 시기와의 대비가 이루어질 때 보다 온전한 균형과 전체성을 갖추게 될 것이다.

부록

반공아동문학 작품 사례

철이는 살아 있다 ● 박경종

38° 선상의 소 ● 박계주

동해물과 백두산이 ● 작자 미상

철이는 살아 있다

박경종

　보슬보슬 흰 눈이 내린다. 산에도 내리고 들에도 내리고 S국민학교 운동장에도 내리고 있다.

　교무실 책상 위에서 열심히 글을 쓰던 강 선생님은 창밖에 내리는 흰 눈을 바라보고 섰다.

　한참 아무 말 없이 내리는 눈만 바라보고 있던 강 선생님은 자기도 모르게 한숨이 흘러 나온다. 그 흘러 나온 한숨 속에는 하얀 입김이 담배 연기처럼 길게 흐르고 있었다.

　강 선생님은 언제나 눈 내리는 날이면 멀리 북쪽 하늘만 말없이 바라보고 섰다. 그것은 잊지 못할 눈 오는 어느 날 일이다. 자기 손으로 만든 태극기를 안고 적탄에 쓰러진 철이 생각이 머릿속에 또 떠올랐기 때문이다. 적탄에 처참하게 쓰러진 철이는 강 선생님이 가장 사랑하던 아이였다.

이야기는 지금부터 몇 해 전 일이다. 철이네가 사는 고을은 북한 어느 조그마한 도시였다. 위대한 우리 국군 용사들은 자유의 십자군인 유엔군과 손을 잡고 인민군을 무찌르며 북으로 북으로 용감하게 진격하여 들어가고 있었다.

철이네가 사는 조그마한 도시에도 날마다 시간을 가리지 않고 유엔군 폭격기가 와서 고층 건물이나 그 밖의 인민군들이 쓰는 여러 곳에다 기총 사격을 하므로 시가지 사람들은 겁이 나서 시골로 또는 가까운 산속으로 피난의 길을 떠났던 것이다.

그런데 철이도 어머님과 같이 시골 이모님 댁으로 가서 임시로 살게 되었다.

여름부터 시작한 전쟁은 겨울이 와도 계속하고 있다. 그런데 인제는 인민군들은 점점 멀리 북으로 북으로 달아나고 마을 사람들은 하루 속히 국군들이 오기만 마음속으로 은근히 기다리고 있었다.

초겨울 첫눈이 내리는 날 밤이었다. 고요하던 마을에서 뜻밖에 요란한 개 짖는 소리와 함께 사람들의 떠드는 소리가 온 마을에 울려 왔다.

"불이야 불이야!"

하는 소리에 마을 사람들의 가슴을 그만 놀래게 하였다. 어둠 캄캄한 방 안에서 엄마와 같이 누웠던 철이도 마을 사람들이 떠드는 소리에 그만 놀라서 창문을 열고 밖으로 뛰어나갔다. 철이 어머님도 뒤를 따라 나갔다.

지금 철이네가 살던 아랫 시가지는 불바다가 되어서 불이 붙고 있다. 조고만한 산이 가로 놓여 있기 때문에 잘 보이지는 않으나 눈 내리는 하늘까지 붉게 타는 것같이 환히 비치고 있었다.

마을 사람들은 동구 밖에 서 있는 버드나무 밑에 모여 서서 떠들고 있었다. 철이도 떨리는 몸으로 어머님 손을 힘을 주어 잡고 여러 사람들 속에 서서 불 붙는 모양을 바라보고 있었다.

그런데 여러 사람들은 불이 어떻게 되어서 붙는지 그 소식을 몰라 아랫 고을로 달려가는 사람도 있다. 펑펑 눈이 내리는 밤이 되어서 어디가 어떻게 불이 붙는 모양을 알 수가 없었다. 여러 사람들은 불 붙는 모양을 한참 바라보다가,

"여보게, 저 불이 무슨 불일까?"

"무슨 불은 무슨 불이야. 공습이겠지."

하면서 몰라도 아는 척하는 젊은 사람 하나가 말하였다. 곁에 섰던 늙은이가 기가 막힌다는 듯이,

"이 사람아. 공습이라면 비행기 소리라도 들려야 하지 않나?"

노인의 말을 듣던 젊은 사람은 좀 아까보다는 기운이 죽어서 머리를 긁으면서,

"그럼 함포사격이 아닌가요?"

"함포사격? 이 사람아. 그럼 포 쏘는 소리라도 있어야 할 게 아닌가?"

"글쎄요. 그럼 무슨 불일가요."

"아마 내 생각 같아서는 시내가 지금 전부 불바다가 된 것 같네."

"시내가요?"

하면서 모든 사람들은 그만 입을 크게 벌리고 놀랐다. 그런데 이 불 구경을 하는 사람들의 마음도 모두 다 무서워서 떨고 있었다. 그것은 유엔군 비행기가 언제 머리 위에 나타나서 기총사격을 할까 두렵기 때문이다.

바로 이때이다. 큰 길에서 젊은 사람들이 하얀 눈길을 힘차게 달려온다. 이것을 본 마을 사람들은 불 소식을 알고 싶어서 달려 나갔다.

"여보, 저 불이 어떻게 된 불이오?"

"큰일 났습니다. 지금 온 고을이 불바다가 되어서 다 타고 있습니다."

"불바다로?"

"고을 안엔 사람들이 전부 피난을 가서 누가 나와서 저 불을 끄려고

하는 사람이 하나도 없어요."

이야기를 듣던 사람들은 모두 다 머리를 끄덕끄덕 하더니,

"그런데 불은 어떻게 되어서 났나요?"

"저 불 말이요? 내무서원 놈들이 군 위원회 면 위원회 학교 할 것 없이 저희들이 쓰던 큰 건물에다 전부 불을 지르고 어디론지 막 달아났어요."

"내무서원이요?"

"네 바로 그놈들입니다."

"음 기어코 최후까지 발악을 쓰고야 달아났구나."

하면서 서로 이야기를 주고받다가 한 젊은 사람이 말하였다.

"우리가 지금이라도 늦지 않으니 불 끄러 시내로 내려갑시다."

"네 같이 갑시다."

하고 모두들 눈길을 달려가려고 할 때이다. 뒷마을 학교에서 또 큰 불길이 일어났다. 이 불길을 본 사람들은 또 놀래면서 크게 소리를 쳤다.

"불이야! 불이야!"

하면서 시내로 불 끄러 가던 사람들은 학교 쪽으로 달려갔다.

이 학교는 아이들을 다른 곳에서 공부를 시키고 마을에서 걷은 현물세를 넣어 두었던 곳이다. 이 학교를 창고처럼 쓰는 것은 유엔군들은 학교나 병원 같은 건물에는 폭격을 하지 않는다는 사실을 알았기 때문이다.

얼마 후 마을 사람들은 학교 불을 껐다. 사람마다 자기들이 피땀으로 애써 걷어 들인 현물세를 둔 학교에다 불을 붙인 것을 분하게 생각하였다. 저희들이 달아나고 남아 있는 건물과 곡물을 국군들이 쓴다고 불에 태워버리려는 심사를 사람들은 더 괘씸하게 생각하였다. 그리하여 마을 사람들은 누구나 할 것 없이 힘을 합하여 불을 껐다. 철이 어머님도 철이도 마을 사람들과 같이 불을 껐던 것이다.

그날 밤이었다. 마을 사람들은 크게 기뻐하였다. 현물세가 든 학교가

불에 타 버렸으나 인제는 공산주의자들이 하나 없는 자유의 천지가 올 것을 생각하고 크게 기뻐하였다. 한 삼일 후이면 밤낮으로 기다리고 바라던 유엔군과 국군이 올 것을 생각하곤 더 기뻐하였다.

철이도 어머님과 같이 누워서 좋아라고 재미난 이야기를 주고받았다. 그런데 철이 아버지는 왜정 때 독립운동을 하다가 감옥에서 세상을 떠나시고 철이 형은 해방된 이듬해 월남하여 육군사관학교에 들어가 지금은 육군대위로 있다. 철이는 날이 밝기를 기다렸다. 하루 속히 형님의 씩씩한 모습을 보고 싶었던 것이다. 그리고 여러 동무들에게도 자랑하고 싶었던 것이다. 언제나 마음 한 구석에 숨어 있던 일을 인제는 마음 놓고 자랑할 수 있게 된 것이 무엇보다 기뻤다.

철이는 아침 일찍 일어나서 태극기를 만들겠다고 생각하였다. 철이는 형의 씩씩한 모습을 머릿속에 그리면서 혼자 빙긋이 웃다가 무엇을 하나 생각하였다.

'형님에게 자랑할 것이 무엇일까?'

'정말 무엇을 자랑할까?'

하면서 생각하다가 머리를 그만 살래 살래 흔들었다.

아무리 생각하여 보아도 형님에겐 자랑할 것이 하나도 없었다.

'공부를 잘한 것? ……어머님 심부름을 잘해 드린 것? ……아니다. 이런 것은 아무나 할 수 있는 일이다.'

철이는 또 생각하여 보았다.

'옳다. 내가 먼저 해야지.'

하면서 혼자 좋아하였다. 그것은 철이가 사는 마을에서 철이네 집에 태극기를 제일 먼저 달아보겠다는 생각이었다. 몇 해 만에 처음 보는 태극기였던 것이다.

이튿날 아침이다. 마을 앞 국기게양대에는 누가 먼저 달아 놓았는지

태극기가 바람에 펄렁 펄렁 춤을 추고 있었다. 이것을 바라보는 사람들은 모두 반가운 듯 얼굴에 빙그레 웃음을 띠었다.

얼마 후였다. 어디서 이상한 총소리가 요란하게 들려왔다.

"탕 탕 탕……"

태극기를 향하여 총을 계속해 쏘다가 한 사람은 게양대로 달려가서 태극기를 내리고 있었다.

인민군들은 성이 나서 지나가는 사람들의 몸을 전부 수색하고 있었다. 지나가는 사람들이라곤 시골로 피난 갔다가 좋아라고 집으로 돌아가는 사람들뿐이다.

등에다 쌀 짐을 진 늙은 노인, 머리에 감자 함지를 인 아주머니들, 옷보따리를 든 어린이, 이렇게 젊은 사람은 하나도 보이지 않고, 늙은이와 여자들이 아니면 어린 학생들이었다.

그런데 지금 시내에는 공산주의자들은 하나 없고 그야말로 자유의 천지가 되었으나 어쩐지 사람마다 무슨 커다란 공포에 싸여 있다. 군 위원회도 면 위원회도 내무서도 다 불에 타버리고 사람 하나 없는 무법천지가 되었다. 그러나 이 기쁜 소식은 유엔군이나 국군에게 알릴 도리가 없었다.

인민군들은 사람들의 짐을 풀어도 보고 몸도 뒤져 본다. 철이도 기쁜 마음으로 어머님 먼저 집으로 뛰어 내려갔다. 철이의 달려가는 모양을 바라본 인민군은 소리를 꽥 질렀다.

"얘! 이리 와!"

철이는 그만 가슴이 뭉클하고 두 눈이 둥그레졌다.

철이는 가던 걸음을 멈추고 인민군에게 가까이 갔다. 어깨에 전장 하나도 없는 사병들이다. 여러 사람 가운데는 총 한 자루만 있고 그 외는 방망이를 하나씩 들고 있다. 장교처럼 차린 군인이 철이를 보고 말하였다.

"너 지금 어디를 가니?"

"집에 가요."

"집에? 너 몸에 무엇이 있나 보자!"

"있긴 무엇이 있어요?"

"정말?"

"네, 보아요."

하고 철이는 양복 저고리를 툭툭 털어 보이었다. 때마침 철이의 양복 주머니 속에서 이상하게도 종이 소리가 뽀삭뽀삭 들리었다. 종이 소리를 들은 인민군 장교는 이상하다는 듯이 머리를 기웃거리다가,

"너 이리 와."

하면서 철이의 양복 주머니를 뒤졌다. 주머니 속에서는 하얀 종이가 나왔다. 그 종이 속에는 태극기가 있었다. 이것을 본 인민군은 두 눈이 둥그레졌다. 그리고 소리 높이 외쳤다.

"너 이 자식!"

하더니 총을 잡은 인민군에게 명령을 내렸다.

"우등사수!"

하는 소리와 함께 총 소리는 요란하게 울렸다.

"탕!"

총소리와 함께 철이는 그만 눈이 깔린 길 위에 쓰러지고 말았다. 바로 이 순간, 큰 길 언덕 밑에서도 하나의 다른 총 소리가 요란하게 울려왔다.

"탕 탕 탕……."

이 총소리를 들은 인민군들은 그만 놀라 달아나다가 총알에 맞아서 길바닥에 쓰러졌다. 총소리는 여러 군데서 요란하게 들려온다. 달아나던 인민군들은 하나둘 모두 쓰러졌다.

지금 인민군에게 총을 쏜 사람들은 밤 사이로 조직한 부락 자치대다. 양복 위에 그냥 총을 메었다. 이곳에 몇 명의 인민군이 있다는 소식을 듣고 자치대원들은 총을 메고 달려왔던 것이다.

　몇 명의 인민군들을 전멸시키고 철이의 시체 앞에 제일 먼저 달려온 사람은 강 선생님이었다. 강 선생님은 철이를 가장 사랑하던 담임 선생님이다. 태극기를 놓고 죽은 아이가 누구인지 한참 바라보다가 그 아이가 철이인 것을 알자 눈물 섞인 소리로 말하였다.

　"철이야!"

　"철이야!"

하고 흔들어 보았으나 철이 얼굴은 벌써 창백하였다.

　강 선생님은 길게 한숨을 쉬다가 철이가 만든 태극기를 펼쳐서 철이 얼굴 위에 덮어놓고 고요히 애국가를 불렀다. 몇 해 만에 처음 부르는 애국가이다. 여러 대원들도 같이 불렀다. 길 가던 사람들도 철이의 죽음을 슬퍼하면서 같이 부른다.

　동해 물과 백두산이 마르고 닳도록

　하느님이 보우하사 우리나라 만세

　……

　흰 눈이 소리없이 내린다. 철이의 시체 위에 내린다. 철이가 만든 태극기 위에도 내린다. 강 선생님은 애국가를 부르다가 혼자 생각하였다.

　'철이는 죽지 않았다. 태극기가 있는 한 철이는 죽지 않았다.'

박경종 동화집 『노래하는 꽃』(단기 4291년 12월 1일 발행)

38° 선상의 소

박계주

소 먹이는 소년

두 소년이 각각 소를 타고 한 손에 고삐를 잡은 채 몸을 흔들거리우며 숲 속을 천천히 지나간다.

천안삼거리 흥,
능수나 버들은 흥,
제 멋에 겨워서
축 늘어졌구나 흥,

한 소년이 콧노래를 시작하자, 다른 소년은 머리 위에 늘어진 버드나무 잎을 훑어서 그 중의 잎사귀 하나를 입에 대고 소리 내어 반주한다.

수림 밑에는 잡초가 무성했으며, 소들이 지나갈 때마다 개구리들이 놀라 길을 이리 건너 뛰고, 저리 건너 뛰곤 한다.

"삐우 삐우, 비리비리, 쫑, 쫑, 쫑."

나뭇가지에 앉아 노래 부르던 이름 모를 들새들도 놀라 하늘에 포물선을 그으며 날아가 버린다. 여기는 삼팔선이 가까운 이남 땅이다.

수림 속을 지나자 개울이 나타난다. 유리같이 맑은 물 속에 모래가 담요처럼 깔려 있고 크고 작은 조약돌들이 바둑처럼 널려 있는 위로 물고기들이 꼬리 치며 돌아간다.

"얘, 만수야. 우리 목욕 안 하련?"

콧노래 부르던 소년이 머리를 돌려 버드나무 잎사귀로 피리를 대신하던 소년을 바라보며 묻는다.

"아무려나."

두 소년은 소 등에서 뛰어내리더니 풀이 무성한 곳을 골라 나무에 각각 자기들의 소를 매고는 냇가로 달려간다.

"누가 먼저 뛰어 들어가나 내기하자."

"그래랴."

그들은 거의 나란히 서다시피 하고 뛰면서 서로 자기의 윗옷을 벗는다. 그리고 그 벗은 윗옷을 내어 휘두르며 냇가에 이르자, 바지를 벗어차 던지고 냇물에 뛰어들며 풍덩 소리를 낸다. 그와 동시에 물방울들이 일만백옥이 되어 뿜겨지며 무지개를 일으킨다.

"내가 일등."

"이 자식, 내가 일등이다."

"누가, 네가?"

"그럼 네가 일등했단 말이냐?"

"암."

"에라 이 자식!"

그들은 서로 상대편의 얼굴에 물을 끼었으며 일대 물싸움을 일으킨다.

얼마 뒤에 만수가 몸을 돌이켜 헤엄쳐 피해 가자 물싸움이 중단되었고, 그 뒤를 콧노래 부르던 소년이 헤엄쳐 뒤쫓는다.

한동안 쫓거니 쫓기더니 하며 헤엄쳐 돌아가다가 만수가

"얘, 일선아, 우리 가재잡이 할 테야?"

하고 묻는다.

"가재잡이?"

"응."

이리하여 그들은 추격전에서 가재잡이로 장난을 전환했다.

돌을 뒤져 가며 가재잡이에 열중하기에 일선이나 만수는 시간 가는 줄도 몰랐거니와, 자기들의 위치가 자꾸 변해 가는 것도 몰랐다.

버들가지를 벗겨 가재가 잡히는 족족 꼬리를 꿰어선 세어 보고 또 세어 보고…… 그러고는 다시 돌을 뒤지며 돌아간다.

얼마 뒤다.

"만수야, 너의 소가 어디 갔니?"

일선이 소리쳐 말하며 언덕으로 뛰어 나간다.

만수는 그 소리에 머리가 쭈뼛해지며 번쩍 허리를 편다. 그리고 뒤따라 언덕으로 뛰어 올라간다.

"웬일이냐, 우리 소가?"

만수는 눈이 휘둥그레지며 멀리 나무 밑에 일선네 소만 매어진 것을 바라보고 비명에 가까운 소리를 질렀다.

"가 보자."

그러나 일선의 말보다 먼저 만수는 뛰어가고 있다. 일선이도 그 뒤를 따라 달린다.

숨이 차서 헐떡거리며 소를 붙들어 맸던 곳까지 뛰어갔으나 그리고 그 주변을 살펴보았으나 소는 영 보이지 않는다.

"우리 소가 어디 갔니, 흥!"

만수는 드디어 울음을 터치며 주변을 찾아 돌아간다.

그러자 일선이,

"아, 저기 있다!"

하고 소리 지른다.

"어디, 어디 있어?"

"저기, 저기."

일선이 가리키는 손가락을 따라 만수의 시선이 미치는 곳에 만수네 소가 어슬렁 어슬렁 걸어가고 있다.

"응, 저기 있구나."

만수는 눈물과 울음이 한데 뒤범벅이 되어 어쩔 줄을 몰라 하다가 벗은 채로 소 있는 곳을 향해 달려간다.

"애, 만수야. 거기는 삼팔선 접경이다. 위험하다."

일선이는 몇 걸음 뒤따라 달아가며 외친다.

그러나 만수는 들은 척도 하지 않고 그냥 뛴다.

"애 만수야. 거긴 위험하다. 삼팔선이다, 만수야."

"……."

그래도 만수는 아무 응답이 없이 그냥 뛰어가기만 한다.

"만수야, 만수야. 위험하다. 삼팔선이래두."

일선이는 더 따라가지 못하고 서서 발을 동동 구르다시피 소리 질렀으나 만수는 그냥 그냥 닫는다.

그러자 어디선가,

"땅!"

하고 총소리가 일어난다.

닫던 만수는 그 총소리에 놀라 서 버린다. 그리고 주위를 휘이 둘러

본다.

그러나 어느 쪽에서도 눈에 걸리는 이가 없기에 만수는 다시 소 있는 데로 달려 가려니까 공산군 한 명이 풀 속에서 몸을 일으키며 소 고삐를 잡는다.

그리고 만수를 향해 눈알을 부라리며,

"오면 쏜다!"

하고 호령한다. 소는 이미 삼팔선을 넘어섰던 것이다.

만수는 벌거벗은 채 그 자리에 서서

"아저씨, 그 소를 돌려 줘요. 인민군 아저씨, 어서 그 소를 돌려 주세요."

눈물을 뚝뚝 떨어뜨리며 애걸한다.

"안 돼, 가!"

공산군은 또 한 번 눈알을 부라리고 호령하더니 몸을 돌이킨다.

"아이, 아저씨, 인민군 아저씨. 어서 그 소를 돌려 주세요. 그 소를 돌려 주세요."

엉엉 울며 애걸하나 공산군은 들은 척도 않고 소를 끌고 간다.

"아저씨, 아이 아저씨. 그 소를 잃으면 전 집에 못 들어가요. 우리 식구들은 못 살아요. 정말 우리 식구는 그 소 없이는 못 살아요. 어서 돌려 주세요. 인민군 아저씨!"

울며 울며 그냥 애걸하고 또 애걸했으나

"따라오면 죽인다."

한 마디를 남기고는 비탈진 길을 돌아 수림 속으로 사라지려 한다. 거기에는 이북 농군들이 서서 구경하다가

"횡재했다. 대한민국 놈들 손해 봤구나!"

하고 좋아서 야단들이다.

그날 저녁이 어둡도록 만수는 집에 못 돌아가고 마을 어귀에서 울고 있었다. 집에 돌아가면 매 맞을 것이 두려웠던 것이다.

그러나 일선의 아버지와 어머니가 만수네 집에 가서 잘 이야기하여 만수 할아버지가 데리러 나왔기 때문에 만수는 도리어 달래임을 받으며 집에 돌아가게 되었다.

소를 기다리며

그 뒤부터 만수는 매일이다시피 목욕하던 냇가에 나와서 삼팔선 쪽을 바라보고 있었다.

"짐승도 제 집을 찾아 돌아온다는데……."

만수는 그러한 이야기를 생각해내며 매일같이 자기 집 소가 넘어가던 그 길로 해서 삼팔선 너머를 바라보곤 했다.

비 오는 날을 빼어 놓고는 거의 날마다 만수는 그리운 고향의 하늘을 바라보듯 오래오래 삼팔선 너머를 바라보곤 했다.

"그렇게도 정들었던 소니, 나만 본다면 아무리 먼 데서라도 나만 보기만 한다면 뛰어오련만……."

어떤 때는 만수는 자기네 소가 뛰어오는 착각도 일으키며

"아!"

소리와 함께 자리에서 벌떡 일어서기도 했다.

어떤 때는 삼팔선 저쪽에 소들이 풀 뜯어 먹는 것이 보이면,

"워이이! 워이이!"

손짓하며 소리 지르기도 하였다. 자기네 소면 자기 목소리를 들어 달라는 것이다. 그보다도 자기 목소리를 들어 알 것이라는 것이다.

어떤 날은, 만수는 비가 퍼 붓는데도 불구하고 삼팔선 저쪽에 누구의 소이든 보이기만 하면 그냥 서서 그곳을 바라보곤 하였다.

그런데 이게 웬일이냐.

어느 날 만수는 삼팔선을 풀 뜯어 먹으며 넘어 오는 소 한 마리를 발견했다.

"아, 우리 손가 보구나!"

만수는 격심한 가슴의 파동을 억제하지 못하여 풀 속에 몸을 숨기어 그리로 기어가기 시작한다. 가시에 발바닥과 다리가 찔리고, 돌에 무릎을 짓찧어 놓으면서도 만수의 시선은 삼팔선을 넘어오는 소만을 노려 보고 기어가기를 그치지 않는다.

소만이 아니다. 만수는 공군 경비원들이 있지나 않나 하여 기던 것을 멈추고 풀잎 짬으로 사방을 휘 둘러보기도 한다.

그러나 웬일인지 오늘따라 아무도 눈에 걸리지 않는다. 다행한 일이다.

'호(壕) 속에서 잠 든 모양인가?'

이러한 생각도 하여 보았고

'어쩌면 사람을 잡으려는 흉계가 아닐까?'

이러한 생각도 가져 본다.

만수는 여러 생각을 하면서도 그냥 숲 속을 기어가고 있다.

그렇게 자꾸 기어서 가노라니 소와의 거리가 몹시 가까워졌다.

만수는 두 방망이질하는 가슴속을 진정시키지 못하여 드디어 소의 다리 밑까지 이르자 소 고삐를 감아쥐고 몸을 벌떡 일으켜 끌기 시작했다. 소는 만수네 그 전 소는 아니었으나 웬일인지 그냥 슬슬 끌려온다.

만수는 나뭇가지를 꺾어 소 허리를 갈겨치며 소 걸음을 재촉한다.

소는 치는 대로 달리기 시작한다.

그때 뒤에서

"아이구, 우리 소요!"

하고 고함 지르는 아이의 소리가 들린다.

만수는 돌아다보지도 않고 소 위에 올라타고는 그냥 막 몰아 세웠다.

"아이구, 우리 소를 돌려보내요. 우리 소요, 우리 소요, 아이구, 엄마!"

울음소리가 막 터지며 뒤쫓아 오는 것 같다. 좀 뒤에는

"애야, 우리 소다. 애야 우리 소다. 어서 돌려보내다구. 어서 소를 돌려보내다구."

하고 애걸하는 어른의 목소리도 들린다.

그래도 만수는 들은 척 만 척하고 그냥 소에게 채찍질하여 막 몰아간다.

그렇게 얼마를 뛰어가다가 돌아다보니 소 잃은 아버지와 아들이 삼팔선상에 서서 더 넘어오지 못하고 손을 들어 내저으며, 소 돌려 보내기를 그냥 애걸하고 있다.

이 광경을 바라보고 있던 일선이가 만수보다 더 기뻐 날뛰다가 밭으로 달려가서

"만수가 소 빼앗아 왔어요. 어서 와 봐요."

하고 소리 소리 질러 김매고 있던 자기 아버지와 어머니며, 만수 할아버지며들 왼통 불러 만수 있는 데로 뒤따라오게 한다.

일선이를 따라 달려가는 늙은이, 장정, 아낙네 할 것 없이 모두 손에 호미를 잡은 채, 혹은 낫을 잡은 채 헐떡거린다.

그들이 냇가에 소를 잡고 섰는 만수 곁으로 달려오자,

"애 너 용히 잃었던 재산을 찾았구나. 용하다."

하고 칭찬하는가 하면

"애애, 그 놈들을 복수해 주어서 속 시원하다. 에익, 망할 공산당 놈들도 좀 가슴 아파 봐야지."

하고 내 일같이 기뻐마지 않는 이도 있었다.

"아이, 내 속이 다 시원하구려. 글쎄 그때 그놈들이 소를 돌려 보낼 것이지, 욕심을 부리더니 그 앙갚음을 기어이 받고 마는군."

만수의 등을 두들겨 주는 아낙네도 있다.

만수는 그저 입이 헤벌어진 채 기뻐서 가슴만 들먹거리며 어쩔 줄을 모른다.

그때까지도 삼팔선 저쪽에서는

"여보시오, 소를 돌려 보내 주십시오."

하고 소리 지르는 것이 들려온다.

"개소리 친다. 흥!"

누군가 콧소리를 내며 픽 웃는다.

만수는 연신 할아버지 얼굴을 쳐다보며 여전히 기쁨에 잠겨 어쩔 줄을 몰라 한다.

그러나 웬일인지 그때까지도 할아버지는 용타는 말도, 잘했다는 말도 없이 삼팔선 저쪽에 서서 소리 지르는 부자를 바라보고만 있다.

"할아버지! 한 턱 내셔야겠어요. 잃었던 소를 찾았으니까요."

마을 사람들은 모두 입을 모아 할아버지를 축하해서 한 턱 내기를 말한다.

그러나 만수 할아버지는,

"얘, 만수야. 그 소를 도루 가져다 주어라."

하고 정색한 채 말한다.

"왜요?"

모든 사람들의 얼굴은 갑자기 굳어지며 만수 할아버지의 입을 쳐다본다.

"그놈들도 우리 소를 빼앗아 갔는데요."

그러나 그 말에는 귀도 빌리지 않고,

"어서 가져다 주어라. 악을 악으로 갚아서야 쓰겠니. 너도 소 잃었을 때 울었던 생각이 나겠구나. 나도 내 가슴이 몹시 아프던 것이 잊히지 않는다. 어서 가져다 주어라."

하고 손자의 손에 소 고삐를 다시 쥐어 준다.

만수는 아무 말 없이 소를 이끌고 삼팔선을 향해 걸어간다.

모든 사람도 아무 말 없이 소를 끌고 가는 만수의 뒷모습을 바라보고 있다.

저편에는 아버지와 아들만이 아니고 공산군 보초병도 나타나 있고, 마을 사람들도 하나둘 모여 서 있다. 그리고 만수가 소 끌고 돌아오는 것을 도리어 이상한 눈으로 바라보고들 있다.

일 분, 이 분, 오 분, 십 분. 다시 십오 분이 지나서 만수가 그들 앞에 나타나 소를 넘겨주고 돌아 설 때 소 고삐를 받아 쥐던 아들은, 두 팔을 치어 들며,

"대한민국 소년 만세!"

하고 소리친다. 아버지도 그리고 마을 사람들도 두 손을 치어 들며,

"대한민국 소년 만세!"

소리를 합하여 외친다.

『소년세계』, 1953.8.

동해물과 백두산이

작자 미상

그믐밤보다도 어두운 방안에서는 한숨소리만이 구슬프게 들려옵니다.

이 슬픔을 깨뜨리는 듯이 멀리서 이따금 총소리가 불쾌하게 들려오더니, 별 하나 없는 캄캄한 하늘을 꿰뚫을 것같이 벌건 불꽃이 솟아올라서 창문을 붉게 물들이며, 이 방안 구석에 웅크리고 앉아 있는 사람들의 얼굴을 비칩니다. 무슨 뜻밖의 일이 또 일어났나 하고 방안 사람들은 무거운 고개를 들어 사방을 훑어봅니다. 웅덩이 속에 잠긴 것 같은 이 방안에 비치는 불빛은 이곳을 더욱이나 무섭게 만들어 주고 있었습니다.

별안간, 이 집 아래층에서

"따르륵 따르륵"

하는 공산당들의 총소리와 함께 목숨이 끊어질 때에 지르는 마지막의 외마디 소리가 몇 번이나 들려왔습니다.

눈이 움푹 들어간 하얀 머리를 한 노인은 이 소리를 듣자, 얼굴을 무섭게 찡그리고는 두 무릎 사이에 얼굴을 콱 파묻고 맙니다. 그 옆에 비스듬히 쓰러져 있던 중늙은이도 아래에서 일어나는 무서운 소리에 진저리를 치며, 두 눈을 딱 감고 몸부림치듯이 팔다리를 쭉 펴고 누워 버립니다. 이렇게 이 방안에 잡힌 사람들은 모두가 장차 자기네가 당할 모양을 생각하고 무서움에 떨고 낙망할 따름입니다. 다만, 이들은 맞은편 높은 창 앞에, 아까부터 우뚝 서서 봄이 비치는 먼 하늘을 노려보고 있는 젊은이 하나가 있었습니다.

환하게 비추던 불빛도 꺼지고 총소리도 끊어져서, 이 방안은 다시 썩은 물속에 잠긴 듯이 어둡고 또 어둡게 되었습니다. 싸늘한 냉기까지 떠돕니다.

그러자, 화다닥 소리와 함께 방문이 열리고 눈이 부시게 회중전등 불빛이 방안에 쏟아져 들어오며, 돼지 목 따는 것 같은 소리로,

"너희들은 모두 일어나 나와!"

"빨리 나와!"

합니다. 이 말을 듣자, 노인이 그만 소스라치며 벌벌 떠는 목소리로,

"여보셔요. 내가 무슨 죄가 있다고 이러는 거요? 제발 용서하시오, 네? 네?"

하며 비슬비슬 빨갱이 앞으로 기어가서 애걸을 합니다. 중늙은이도,

"어떡하려는 것이요? 죄가 있다면 고칠 도리도 있지 않겠소? 나는 늙은 부모와 어린 가족이 있소. 내가 죽으면 가족은 어찌되오? 좀 생각해 주시오."

이렇게 말하나, 빨갱이는 더 노한 목소리로

"듣기 싫다. 너희들, 나오라면 나왔지, 무슨 잔소리인가? 빨리 일어서지 않으면 여기서 쏜다."

외치자, 어두운 한켠에서 흑흑 느끼는 여자의 목소리가,

"용서하셔요. 제발 용서하셔요."

하며 애원을 하나, 소용이 없습니다.

"무슨 여러 소리야? 나가!"

빨갱이는 또 벽력 같은 소리를 지릅니다.

창문을 노리고 섰는 젊은이는 입을 다물고 있을 뿐, 아무 말이 없습니다.

"여보셔요……?"

이러 늙은이 소리가 다시 나자, 빨갱이는

"따르륵"

높은 들창을 향하여 총을 쏘았습니다.

지금까지 사정을 하던 사람들은 그만 몸을 움츠리고 납작하게 땅에 엎드립니다.

그러나 젊은이만은 여전히 하늘만 쳐다볼 뿐으로 조금도 움직이지를 않습니다. 총을 든 빨갱이는 방을 휘휘 돌면서 한 사람씩 꼭두잡이를 하여 방 밖으로 내몹니다. 빨갱이가 어찌 힘껏 내미는지 늙은이는 문 밖으로 밀려 나오자마자 얼굴을 땅에 박으며 엎어집니다. 아프다는 소리도 낼 사이가 없이 문 밖에 섰던 다른 빨갱이는 등덜미를 질질 끌어가는 것입니다. 끝으로 여자와 젊은이도 끌려 나갔습니다. 이리하여 열다섯 명의 불쌍한 사람들은 동녘이 불그레 밝기 시작하는 넓은 마당터에 이끌려 나와 한 줄로 서게 되었습니다.

그때, 노인이 울면서

"여보셔요. 인젠 죽는 놈의 마지막 소원이니, 나, 물이나 한 모금 먹여 주셔요. 목이 타서 못 견디겠으니 이 소원이나 좀 풀어 주시오."

하며 빨갱이에게 청하는 것입니다.

이 말에 빨갱이가 무슨 생각을 하였던지,

"그래, 너희같이 대한민국에 충성을 다한 것은 죽여야 하지만 너무도 애걸하니 네 소원대로 마지막 물이라도 주마."

하고는 차고 있던 빨병의 물을 내줍니다.

"여보, 나를 죽이려면 그저 죽여. 그래 우리나라에 충성을 하는 것이 마땅하지 그것이 죽일 죄야?"

노인은 그만 화가 벌컥 나는 모양입니다. 다시 소리를 가다듬어,

"물도 싫다. 안 먹는다."

노인은 손에 받아 들었던 빨병을 도로 내밉니다.

"큰소리 말고, 어서 죽기 전에 마른 목이나 축이고 죽어."

빨갱이는 다시 더 할 말이 없는지, 이렇게 말을 남기고 옆에 섰는 중늙은이에게,

"소원이 무어야?"

하고 묻습니다. 중노인은 가만히

"담배."

하니까 빨갱이가 담배를 한 토막 쥐어 주며,

"우리 공산당은 이렇게 친절한 줄 알아. 너는 공산당을 잡아 갔었지?"

중노인을 노리고 들여다봅니다. 중노인은 괴뢰군 손에 든 담배 꽁치를 뿌리치며,

"위조 돈을 만드는 놈을 안 잡아 가구, 누구를 잡아. 우리 대한민국에서는 무턱대고 재판도 안 하고 이렇게 죽이는 일은 없어!"

하고 호령을 합니다. 이 말에 대답을 못하는 빨갱이는 또 옆으로 서며 젊은이에게, 소원을 말하라고 하였습니다. 눈을 딱 감고 섰던 청년은 천천히 눈을 떴습니다. 그의 눈초리는 날카롭게 새벽 햇볕에 번쩍이어 보입니다. 그러더니 조용한 말소리로,

"노래 한 마디."

이렇게 말할 따름입니다.

이 말에 빨갱이는 빙긋 웃으며,

"노래? 겨우 그게 소원야? 해 봐."

이 말이 떨어지자 젊은이는

"동해물과 백두산이 마르고 닳도록……"

하고 애국가를 꺼냅니다. 깜짝 놀라는 빨갱이는 청년의 입을 틀어막으며 소리칩니다.

"안 돼! 그 따위 노래는 안 돼!"

"왜 안 돼? 죽는 놈의 마지막인데, 노래에도 자유가 없단 말이냐?"

젊은이는 이렇게 외치더니 또 계속하여,

"하느님이 보우하사 우리나라 만세."

하고 맑은 새벽녘 공기를 흔들며 청아한 목소리로 곱게 부르는 것입니다. 아침 공기 속에 들리는 청년의 노래 소리는 듣는 사람의 가슴을 아프게 찌릅니다. 옆에 섰던 노인, 중년신사며 여자들이 모두가 눈물을 흘립니다. 청년은 붉게 타오르는 새벽 햇살을 받아 가면서 아무러한 생각도 없이, 그저 노래만 곱게 곱게 부를 뿐입니다. 빨갱이들은 미친 듯이 날뛰며 청년의 목을 얼싸안고 노래를 못하게 막으나, 청년은 빨갱이의 두 팔을 꼭 잡고서,

"무궁화 삼천리 화려 강산,

대한사람 대한으로 길이 보전하세."

하고 부르니, 빨갱이 하나가 옆에 총을 가지고 있다가 청년의 허리를 겨냥하여,

"따르륵 따르륵"

내갈겼습니다.

총을 맞은 청년은 그래도 여전히 웃는 낯으로 노래를 계속하며 뒤의 푸른 나무 위로 쓰러지고 말았습니다. 청년의 목숨은 끊어졌으나, 그의 얼굴에는 웃음이 어리어 있었습니다.

청년 옆에 늘어섰던 노인, 중년 신사들은 청년의 시체에 대고 묵념을

올리는 것이었습니다.

바로 그때, 노랫소리와 총소리로 하여 우리 국군이 빨갱이들의 있는 곳을 향하여 집중 사격을 하여 왔습니다.

"땅 땅땅 땅땅"

쉴 새 없이 우박 쏟아지듯이 총탄이 날아옵니다. 그만 혼이 나가게 놀란 것은 빨갱이들입니다. 저희가 죽게 되니, 죽이려던 노인들을 돌아볼 틈도 없이 총탄이 날아오는 쪽으로 향하여 달리며 서로 싸우기 시작을 하였습니다.

늘어섰던 노인들은 뒤 바위틈으로 몸을 숨겼습니다. 무서운 국군의 공격으로 빨갱이들은 당장에 몰살이 되고 국군들이 우르르 나타났습니다.

"대한민국 만세."

"우리나라 만세."

숨었던 늙은이와 중년 신사들은 만세를 힘껏 외치며 국군 앞으로 뛰어왔습니다. 국군도 반기며 맞아줍니다.

"만세! 만세!"

"만세! 만세!"

정신없이 만세를 부르던 노인과 중년 신사들 열네 명은 숲 속에 쓰러진 청년을 가리켰습니다. 그리고 청년의 노래와 그가 죽는 총소리로 국군이 알게 되어 살아난 것을 서로 이야기하며, 한없이 우는 것이었습니다. 지금까지 지옥 같던 여수, 순천은 다시 평화로운 천지가 되었습니다.

이것은 여수, 순천 사건 때에 생긴 슬프고도 통쾌한 이야기입니다.

문교부 인정, 『반공독본』, 이문당, 단기 4289년

■ 찾아보기

ㄱ

「가자미와 복장어」 192
가족주의   35, 56, 110
강승한   84
강훈   84
강소천   82, 84, 91, 125, 138, 147,
165
결정적 단계 32
계용묵   83, 133
「고향의 나비」 197
「곰방대」 192
공산주의   53
국가주의   66, 69, 92, 102
국군   105
『국군과 유엔군은 어떻게 싸워 왔나?』 49
권정생   204
기독교   22, 66, 175
김광주   108, 109
김동리   101
김래성   124, 132, 133
김련호   84
김북원   84
김송   89, 132, 133
김영일   100, 191
김요섭   82, 84, 138, 139, 196, 197
김원룡   87
김이석   89
김장수   117
김팔봉   101, 191

『깊은 밤 별들이 울리는 종』 196
『그리운 메아리』 147, 165
「꽃씨와 눈사람」 164, 192
『꿈꾸는 바다』 124

ㄴ

「나라의 기둥」 93
「나비를 잡는 마을」 195
남응손   84
『내가 겪은 이번 전쟁』 56, 146
『노래하는 꽃』 147
노량근   84
노천명   103
「녹색태극기의 비밀」 116

ㄷ

「달나라의 어머니」 198
「달 뜰 무렵」 197
〈대감격 반공 소설〉 117
대구아동문학회 142
대중성   121
대중소설가 133
대한민국 어린이 헌장 141
『도의독본』 74
「돌아온 쎄리」 83
동화   81

ㄹ

리동규   84
리원우   84

리진화   84

ㅁ

마이클 W. 애플   39
마해송   125, 138, 147, 148, 191
「망향의 노래」 186
맥아더   161
『모던일본』 160
『모래알 고금』 164, 192
『몽실언니』 204
『민주주의와 평화, 공산주의와 전쟁』 21

ㅂ

「바둑이」 190
「바위나리와 아기별」 148
박경리   89
박경종   89, 147
박계주   103, 104, 105
박두진   133
박목월   133
박세영   84
박아지   84
박영준   88, 89, 111, 133
박우보   116
박인범   84
박태길   92
박태원   132
박홍근   82, 84, 89
박화목   82, 84, 89, 98, 138, 192
반공교육 15, 76, 94
『반공독본』 74

반공문학   97
반공 이데올로기   39
반공주의   17, 18, 20, 49, 69, 105, 201
반북 이데올로기   63
『밤을 걸어가는 아이』 192
방기환   89, 132, 146
『방랑하는 소년』 132
「백성을 사랑하시는 어른」 19
백운길   91
베텔하임   81
「봄이 오면 슬퍼지는 소녀」 117
『비밀의 가면』 124
「비오는 날」 184
「비오는 들창」 138, 191
『빛나는 소년용사』 146

ㅅ

사실주의   199
「산울림」 188
「3월의 노래」 103
「38° 선상의 소」 107
『새동화』 87
『새벗』   86, 89
「새해를 맞으며」 92
색깔 담론 14
서석규   142
「소녀와 도깨비 부대」 105
『소년』   86
『소년생활』 87
『소년세계』 86, 87, 89, 103
『소년탐정단』 132
『소학생』   86

손소희　89

손창섭　83, 89

송순식　84

송완순　84

송창일　84

『숲 속 나라』　139

「시계와 달밤」　111

신고송　84

「싸우는 병정」　102

『싸우는 어린이』　132, 146

「싸움동무」　83

『쌍무지개 뜨는 언덕』　132

『씩씩한 사람들』　125, 138, 146

ㅇ

『아동구락부』　86

아동복리법　28

아동복지　25

아동소설　81

「아름다운 고향」　192

『아름다운 새벽』　158

『아름다운 시절』　138

안수길　133

안준식　84

『앙그리께』　147, 150, 156, 161

『어린이나라』　86

『어린이 다이제스트』　86

『어린이동산』　87

「언덕에서 맺은 우정」　105, 106

에릭슨　32

염상섭　132

「오리알」　83

『오세암』　205

『오월의 노래』　140

「옥색 조개껍질」　112, 113

『우리 나라와 국제연합』　48

「우리 나라와 세계의 움직임」　91

『우리도 싸운다』　52

월남작가　97, 146

유영희　89

유주현　111

윤동향　84

윤복진　84

윤형모　91

이데올로기　13

이동규　84

이승만　19, 23, 27, 73, 110

이원수　82, 87, 125, 138, 139, 191

이주홍　138, 191, 192

이주훈　82, 84, 89

『일곱 별 소년』　132

임서하　84

임원호　84, 84

임인수　89

입양　29

ㅈ

「자라나는 새싹」　108, 109

「장님 강아지」　83

장덕조　189

장만영　133

장수철　105, 106

전시교육체제　33

『전시교재』　75

『전시독본』　58, 120
『전시생활』　42, 47, 48, 54, 68
『전시학습지도요항』　42, 46
전영택　133
전체주의　44, 66, 104
정비석　133, 188
정영길　93
정채봉　205
조풍연　133
종군작가　97, 146
「종이집」　197

ㅊ

『착한 어린이』　87
『채석장의 소년』　132
「1220고지의 모습」　84
「철이는 살아 있다」　148
『초등학교 어린이』　87
최병칠　91
최병화　84
최인욱　102, 132
최정희　188
최태응　98, 112, 113
최태호　43, 91, 125, 138
「최후의 송가」　104

ㅌ

「토끼와 원숭이」　148
통속화　85

ㅍ

『파랑새』　86, 91
「푸른 길」　191
「푸른편지」　111
『피리 부는 소년』　138
「피리 부는 아이들」　192
피에르 부르디외　78, 201

ㅎ

『학생계』　87
『학원』　86
한낙원　89
한국동화작가협회　141
한국아동문학회　141
한국전쟁　23, 97, 115, 207
한정동　122
『해송동화집』　148
허명섭　21
현덕　84
홍구　84
홍웅선　91
홍효민　188
환상　82
황민　84
『후라이 대감의 모험』　139, 192
「흰꽃」　197